U0924462

魅丽文化

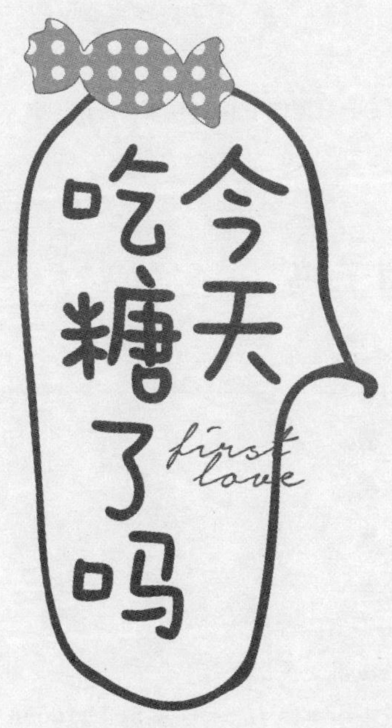
今天
吃糖
了吗
first
love

非期而然
著

江苏凤凰文艺出版社
JIANGSU PHOENIX LITERATURE AND
ART PUBLISHING

图书在版编目（CIP）数据

今天吃糖了吗 / 非期而然著．— 南京：江苏凤凰文艺出版社，2020.9
ISBN 978-7-5594-4631-2

Ⅰ．①今… Ⅱ．①非… Ⅲ．①长篇小说－中国－当代
Ⅳ．①I247.5

中国版本图书馆 CIP 数据核字 (2020) 第 036189 号

# 今天吃糖了吗

非期而然 著

责任编辑 张 倩
选题策划 喻 戎
特约编辑 喻 戎 苏 婷
装帧设计 刘芳英
官方微博 @图书出版秒秒米
出版发行 江苏凤凰文艺出版社
南京市中央路 165 号，邮编：210009
网 址 http://www.jswenyi.com
印 刷 湖南天闻新华印务有限公司
开 本 880mm × 1230mm 1/32
印 张 9.5
字 数 258 千字
版 次 2020 年 9 月第 1 版
印 次 2020 年 9 月第 1 次印刷
书 号 ISBN 978-7-5594-4631-2
定 价 39.80 元

目 录
CONTENTS

目 录
CONTENTS

# 第一章
# 亲爱的霍先生

林溪脱下细细的高跟鞋，长舒了一口气。

老师和新生们都已经离开，表演节目的人也走了。

原本满座的迎新晚会会场褪去了热闹和喧嚣，只留下了打扫一地彩色亮片的后勤人员和他们几个最后退场的主持人。

时间已经很晚了，两男两女四位主持人结束工作后倒是都不急着离开，全坐在化妆室的沙发上，或靠或躺，缓解一晚忙碌后的疲劳。

梁晖进了化妆间后毫无形象地瘫靠在沙发扶手上，仿佛一条失去梦想的咸鱼。忽然，他一个鲤鱼打挺，活了过来：“都这么晚了，你们饿不饿？要不要一起去吃个串儿？一暑假在家也待腻了，一起出去通宵浪一个？”

“我都 OK。”庄成铬一直在看手机，说话时头都没抬一下。

“吃什么串儿啊，都快累死了。”赵乔蹙着眉，皱着小脸窝在沙发里噼雳啪嗒地打字，说完她顿了顿，用手肘碰了碰林溪，“你想不想去？你要是去的话我就陪你一起。”

“我啊……”林溪单手托着下巴，手指在脸颊上轻轻点了两下。现在已经是晚上十一点半，为了防止影响舞台效果，她晚饭没吃，之前还觉着饿，但现在大概是饿过头了，胃里木木的，什么都不想吃，而且身体也疲惫得很。所以林溪想了想还是兴致缺缺地摇头，“还是下次吧，今天真的太累了。”

梁晖只好耸了耸肩，继续做一条躺尸的咸鱼。

过了会见大家都没个动静，梁晖又问：“你们打算什么时候走？再拖下去可都要过零点了。”

庄成铬依旧头也不抬：“我坐你的车。”

梁晖点头：“成。”

赵乔道：“我男朋友来接我。”话音刚落手机就响了起来，她接起后立刻站起身，踉踉跄跄地把高跟鞋重新穿好，匆匆照了照镜子后拎着包包往门外走，“我男朋友已经到外面了，我先走了啊。溪溪小宝贝你可千万别一个人回去，待会叫他们俩送你。”

“得了，你快点走吧。”梁晖做了个往外推的姿势。

“大小姐拜拜。”庄成铬头都没抬，仍盯着手机。

赵乔停下脚步，回过身拧起眉：“哟呵！你们这什么态度？”

两个男生立刻默契回道：“恭送女王！”“恭送赵大人！”

赵乔这才满意地哼了一声。

一旁的林溪看得直笑，她靠在沙发上弯着眉眼，冲赵乔挥了挥手：“乔乔小宝贝，下周见啦。”

赵乔冲林溪挤了挤眼睛：“亲爱的，再见哦。”

言罢，赵乔踩着高跟鞋离开。

林溪看着赵乔离开的背影，掩唇打了个小小的哈欠，浅浅的泪水湿了睫毛和眼角，让眼睛一下舒服了许多。她闭了闭眼后转过头对梁晖和庄成铬道：“现在也不早了，你们也早点回去吧。”

“那你呢？”梁晖问，“我有车，送你回去呗，你一个女生大半夜回家太不安全了。”

林溪把鬓边的发丝拢到耳后，晃了晃手机笑道：“我也有人来接了。”

梁晖愣了下，随后长长地“哦”了一声：“懂了懂了，那我们就不在这当电灯泡了哈。”说着他一把揽住庄成铬的头，把他从沙发上拖起来，“走走走，哥送你回去。”

庄成铬终于收起手机，他看了眼林溪：“那我们走了？”

林溪点点头：“好，再见啦。”

互相道别后梁晖和庄成铬勾肩搭背离开，刚走出化妆室关上门，庄成铬抿着唇就用手肘撞了下梁晖的肚子。

梁晖往旁边一跳，捂着腰低声道：“你干吗？她不上车我难道还绑她上车？”

“嘁，没用。”说完庄成铬就把手机塞兜里快步往外走。

梁晖瞪大了眼，仿佛没见过如此厚颜无耻之人，他骂骂咧咧地追上去：“是你想追她又不是我要追……”

化妆室里终于安静下来，林溪垂下眼露出倦容。

她半阖眼眸，伸手把长发全都拢到背后，随后软着身子靠在沙发上，翻出手机发了条短信：我这边结束了，你顺便给我带件外套过来吧。

发完，林溪收起手机，把腿曲起缩到胸前，整个人都蜷缩进沙发，她揉了揉脚踝，感受着阵阵酸涩。

今天是大一新生的迎新晚会，林溪作为主持人之一参加了这场晚会。晚会从晚上八点开始，一直持续了三个半小时才结束，忙碌的后台化妆间根本没有可以坐的地方，所以她只好穿着旗袍和高跟鞋直直地站了三个半小时。

林溪伸手摸了摸腰上那条细长的拉链——她今天穿了身月白色绣着几条锦鲤的长款旗袍，这身行头把她的身材勾勒得凹凸有致，看起来别有韵味，但穿久了总归不舒服。

想换，但没带替换的衣服，因为家离学校很近，她晚上七点才出发，直接换好一身行头过来的。

又看了眼手机，收到对方的回复后林溪放下心，闭上眼开始假寐。

C 市东边的一家汽车维修厂灯火通明，引擎声不时地轰响，宽敞的空间内弥漫着一股汽油味。

几个打扮时髦的青年满头大汗，有几个还打着赤膊，戴着手套又是爬车底又是掀引擎盖，忙碌个不停。

维修场外的花坛边上蹲着个人，看起来年轻又时髦。头发是浅金色的，脑袋顶上随意地扎了个小揪，上身穿着黑色涂鸦 T 恤，下半身灰色运动长裤，黑暗中看不清脸，只能看到嘴边明明灭灭的一点火光。

感觉裤袋里的手机振动了下，霍焰吐出烟圈，拿出手机看了眼，随后皱眉："外套？"他扭头看了看四周，心想大半夜的哪还有卖衣服的。

把烟灭了，他从花坛上一跃而下。

听到动静，维修厂里走出一个年轻男子："火哥，怎么了？"

"你知道这个点还有哪儿卖衣服吗？"

"这么晚应该没了吧。你要买衣服啊？"

"没就算了。"说着霍焰把手机收回口袋，动作利索地拍了拍裤子上的灰就往马路上走，"我现在有事，先走了。"

年轻男子立刻瞪大了眼："欸！火哥你的车怎么办？"

"你在这给我看着他们就行。"

男子还想说什么，但霍焰已经动作迅速地过了一半马路了，他只好收回自己的声音和伸出的尔康手，转过头恶狠狠地瞪着几个叮叮当当忙碌着的几个男子："看什么看！给老子把车修好才准走！"

霍焰到达 S 大化妆室的时候林溪已经睡着了，她窝在沙发里，蜷缩成小小的一团，一头乌黑的长发像网似的密密披在身后。

她看起来已经卸了妆，白白净净的脸上略有些素淡。

霍焰放轻了脚步，慢慢朝林溪走近。

他没急着叫醒她，就在沙发旁边蹲下，收敛了呼吸，定定心，打量着沙发上的睡美人——最后霍焰还是觉得这个睡美人化了妆更好看，不化妆虽然也很好看，但皮肤有些过白了，配着弱不禁风的身材看起来特别柔弱，而化了妆脸色就会红润许多，特别娇艳。

风情万种。

霍焰低咳了声："林溪。"

林溪睡得很浅，霍焰推门进来的时候她就有点察觉了。

她睁开眼看向来人，随后目光落在那一头浅金色的短发上，盯着对方头顶那个小揪看了两秒后才眨了眨眼道："你怎么才来？"

"车坏了，我走过来的。"见林溪醒了，霍焰坐在沙发上，双手往靠背一搭。

"怎么没打车？"

"太晚了，打不到。"

"哦。"林溪点头，上下看了看霍焰，"我要你带的外套呢？"

霍焰坐在林溪旁边，闻言扯了扯自己身上的黑色 T 恤，歪头看林溪："我没回家，这个要不？"

T 恤是纯黑色，胸前画着意义不明的涂鸦，非常宽松。

林溪看了眼，觉得可以："给我了你穿什么？"

"我里面有背心。"

林溪点头，伸出手："那你脱给我吧。"

霍焰看着伸到自己面前的手，比他的手小了好几号，手指又白又直。他看着林溪的眼睛："真的要？"

林溪点头："嗯哼。"

"那就给你好了。"

说完，有力的大手一把抓住了林溪的手腕，霍焰施了点力把林溪拉到自己面前，然后在她没反应过来的时候迅速靠近，两人几乎面贴面地相对。

林溪呼吸一窒，直直地看着那双距离自己非常近的眼睛，她甚至还能感受到他呼出的温热气息，有点呛，里头混着香烟和酒精的味道。

黑色的阴影罩住两人的脸，下一瞬林溪身上一热，一件带着体温的黑色 T 恤就被套到了她的身上。

温热的呼吸远离，霍焰坐回位置上，他上身仅着一件黑丝的运动背心，露出肌肉紧实的手臂。

“怎么样，这一下帅不帅？”霍焰看着林溪，眼睛里带着点得意。

林溪回过神，慢条斯理地把胳膊从袖口伸出去，低头看了看穿在自己身上的T恤，发现并没有线头什么的：“是挺帅的，这衣服没正反的吗？”

“双面都能穿。”

“哦。”林溪背过身把手伸进衣服里，拉开拉链的同时问道，“你抽烟了？”

“嗯。”

霍焰的目光落在林溪的背上。

她背对着他，逆着光，一只手在前面整理掀起衣服，纤细窈窕的背影被清晰地勾勒在他眼前。

随后，他的目光顺着丝绸的纹理游移，落到不盈一握的腰肢上。

啧。别看他这个小妻子身材细瘦，但该饱满的地方还是非常饱满，很有看头。

只是这副惹火的身材一直被她用穿衣打扮修饰得非常含蓄——她在人前一直都是知书达理的淑女形象，总是穿着带有古典飘逸风格的衣服，夏天也经常是长袖的丝质衬衫配以长及脚踝的百褶裙，很少把除了手脚以外的肌肤暴露出来，虽仍能看出姣好的身材，却不会令人觉得低俗。再配上长而直的乌发和不争不抢的性格，林溪从大一开始就是S大公认的古典派气质女神。

但只有霍焰知道，这副总是面带温柔微笑的皮囊之下掩藏着一个性感的灵魂。

背后的目光实在太直白，林溪抿唇忍了忍没说话。

可她不说，也不见后面那人收敛目光，她只好蹙起眉，哼了声：“你在看什么呢？”

“看你呗。”

“有什么好看的？”

霍焰四平八稳地靠在沙发上，闻言仰头看天花板：“长得好才看你，长得丑谁看。”

一听这话，林溪心里乐了，她喜欢被人夸漂亮，不管是含蓄的还是直白的，她都喜欢。

她把T恤放下，转过身冲着霍焰笑了下，然后勾了勾手指：“把手伸过来。”

“干吗？”霍焰虽这么问，手却已经先一步伸了过去。

林溪把手放到霍焰的手掌心上，道：“喏，握住。”

霍焰的身高一米九一，身形颀长精瘦，一双手也大得很，可以把林溪的两个拳头都包起来。他配合地握住林溪的手，问：“然后？”

“你不是过来把好看的我带回去金屋藏娇的吗？”林溪笑吟吟地看着霍焰，长长的头发披散在肩上，看起来万分甜美。

霍焰不着痕迹地舔了下唇，然后掂了掂手里柔若无骨的手，配合着林溪突如其来的戏，进入自己的角色，道：“带回去有什么好处啊？能侍寝吗？”

林溪和霍焰属于包办婚姻。

在双方家长的极力撮合下，他们在大三的时候就登记领了结婚证，成了一对新婚小夫妻。

当然，这件事情除了他们各自的父母外没有别的人知道，就连学校里的同学也没能探到任何风声，而他们两人目前也处于先婚后爱中——试爱的阶段。

两人虽然不是通过自由恋爱走到一起，但也并不排斥对方，甚至对于这段已经确立事实的新关系非常积极地去适应。

简单来说就是——接受能力强，进入角色很快。

而在他们父母的眼中，两人都年纪轻轻，男帅女靓，一个当婚一个当嫁，在一起非常相配，而且性格还正好互补，一个动一个静，简直就是天造地设的一对。

尤其是看过他们两人之间相处的日常之后，两家的父母都觉得他们在一起过日子肯定特别和谐。

但这都是爸妈觉着的，霍焰可不这么认为，毕竟感情这东西不是说有就有的。

两个人从领证到现在也快三个月了，可他们没有过一次深入交流。都处在二十二、三岁的躁动年纪，骨子里的中二被磨掉，理智的比重增加，但胸腔内的热血只增不减，尤其是从高中升上大学，曾经被父母和长辈明令禁止的东西现在都被直白地摊开在眼前，虽有些不适但也让人跃跃欲试。

霍焰本就是不安生的主，心里自然也存着想法。

但是……林溪不配合。

她的理由简单但充分——相处时间短，感情深度不够。

她也会关心他，也会和他笑闹，但是他很清楚，她现在更多的是把他当朋友，关系比较亲密的朋友，而不是可以完全交心的丈夫。

这一点霍焰也能理解，但是心里想想总归不怎么愉快。

他的私心是不想跟林溪慢慢地处感情，反而希望能发展得快一些，希望两人能早一点进入真正的丈夫与妻子的角色。

安静的化妆室内，白炽灯的光芒有些刺眼。

林溪看着霍焰，白净的脸上是单纯而无辜的表情，但漆黑的眼眸里闪着灵动的光。她笑道："你这人怎么突然乱说话？"

霍焰挑眉："这也算乱说话？你怕不是……"

林溪伸手戳了戳霍焰的脸颊，打断他要说的话："行啦，这件事以后再说吧，慢慢来，嗯？"

林溪还记得两人第一天在同一张床上睡觉，根本就睡不着，第二天都无精打采地去上课，光是适应同床共枕他们就用了一个星期，最后还是因为实在太累才睡着的。

而且那几天霍焰还染了红头发，每天早上起床他都跟炸了毛的公鸡似的，林溪每每想起来都觉得好笑。

嘴角的弧度有些克制不住，她赶紧换了个话题："我还没吃晚饭呢，你呢，吃过了吗？”

“吃过了。走吧，带你去吃夜宵。”

林溪摇头：“不用。我想早点回去睡觉，晚饭泡个燕麦就行，吃多了也不好。”

“随你。”霍焰站起后把林溪也拉了起来，“走，先回家。”

学校离他们住的地方不远，步行大概十来分钟。两人到家的时候正好零点，一进门林溪就迫不及待地甩掉鞋子，光着脚往浴室里走。

这房子是霍焰的父母给他们租的，因为新房还在装修，大概要过一两年才能搬进去。

这房子是典型的单身公寓，一共四十平方米，麻雀虽小，五脏俱全，一个人住着还挺宽敞，但两个人就显得有些拥挤，免不了挨挨蹭蹭，但是两家的家长要的就是这个效果。

林溪没有选择泡澡，直接关上浴室的移动门站在了淋浴器下，她打算速战速决地洗完。

“霍焰——”

“什么？”

“帮我泡一杯牛奶燕麦片，待会我洗完澡了喝，要用热牛奶泡，燕麦就在冰箱上面第二层。”

“知道了。”

事情说完，林溪把出水量开到最大，任由密密的热水浇在身上。

浑身的酸痛感仿佛在这瞬间得到了缓解，这时候要是能泡一泡就更好了，但困倦感让林溪只想快点洗完就倒在床上睡过去。

霍焰热了牛奶，泡好燕麦片后坐在书桌前，开了电脑准备打个游戏，因为林溪洗澡很慢，每次起码得洗半个小时。

浴室是移动门，隔音效果不太好，淅淅沥沥的水声在耳边响个不停，霍焰面上不为所动，依旧全神贯注地打着小兵，但敲键盘的声音明显猛了很多。

忽的，他的鼻子动了动，抬头看向桌边——那里摆着一个粉色的化妆品收纳盒，里面传来若有若无的甜香味。

这味道和林溪身上的味道一模一样。

霍焰有点想看看是什么东西，但就在这时移动门拉开，林溪从浴室里走了出来。

“今天这么快？”霍焰朝林溪瞥了一眼，她的身上裹了浴巾，还在外面披了件系带式的丝质浴袍，遮得还挺严实的。

林溪用手拢着浴袍往霍焰那儿走，在他旁边站定时，霍焰闻到了甜香的味道，和刚刚闻到的味道一样，只是这个更加浓郁一些。

“对啊。换你了，快去洗吧。”

本就被队友的蹩脚操作弄得暴躁，霍焰直接合上电脑，起身拿了条内裤进了浴室。

林溪在霍焰的位置上坐下，一口口地喝掉了燕麦片，然后从化妆盒里拿出几瓶乳液和一个一元硬币大的小盒子，她冲浴室里的霍焰道：“我要抹东西了，等我说好了你再出来。”

听到浴室里的人应了声，林溪才背朝浴室而坐，解开了包裹着的浴巾。

因为马上就到经期，这几天身体的免疫系统有些脆弱，为了穿旗袍贴的胸贴才贴了四个多小时，身上就开始泛红了。不过林溪也不担心，因为她早就考虑到了这种情况，所以应对的东西她一直都备着。

她先把衣服解开透气，接着把涂水、涂乳等一套脸上的程序走完，然后开始抹身体乳，把身体都均匀涂抹了一遍后才小心翼翼地打开小圆盒，从里头抠出一小块膏脂，细细地抹在泛红的地方。

浴室里的霍焰靠在墙上，等着外面的人出声。

他洗澡很快，所以洗完了就有些无聊。等待的时间总是格外漫长，尤其浴室里还充斥着热气，大夏天待在里头就跟蒸桑拿似的，过了会他曲起手指在移动门上敲了敲：“林溪你好了没？”

“没呢。”

“还要多久啊？”

“不知道，不过也快了，好了我喊你。”

霍焰有些无奈，他不懂就抹个东西而已，怎么能花这么久的时间。

他等得实在无趣，对着镜子随意地晃了晃湿漉漉的金色脑袋，一转头视线对上了洗衣篓，里面月白色的旗袍被团成了一团，他走过去把旗袍捞出来，然后搭在架子上。林溪的父亲总是跟他吹嘘自己的女儿多么能干，但他一个大老爷们都知道这种衣服不能随便洗，林溪却随手团一团扔进了洗衣篓里。

霍焰勾起唇，又拉了拉衣角把布料撑平，结果里头突然掉出来一个东西，他定睛一看，是条内裤。

霍焰盯了好一会才捡了起来，地上是湿的，沾了水后轻薄的布料总算有了点重量。他将内裤放在衣服上，扭头走到推拉门边敲了敲。

“怎么了？”

霍焰道：“你好了没？快点，我要热死了。”

“知道了。”林溪加快了手上的速度，“你再等一下，我马上就好。”

“嗯。”

林溪隔着浴室门都能感觉到霍焰的忍耐力快要消失殆尽，她匆匆把霜在手上涂匀，然后把浴巾、浴袍叠放到一边，从衣柜里拿了睡衣裤套上，钻进被窝后才对浴室里的霍焰道：“我好啦。”

霍焰立刻推开门走了出来。

他浑身上下只着一条黑色三角裤，布料很服帖，浴室里空气太潮，加上他又在里面待了很久，所以身上有些潮湿。

出来后他随手拿起林溪放在凳子上的浴巾擦拭身体，毛巾上带着林溪的味道，霍焰总觉得擦完后自己身上也会沾到那种女儿家的甜香。

“你要不要也涂点身体乳啊？”林溪因洗完澡又涂涂抹抹了一阵后，睡意反倒少了许多，她眼睛眨也不眨地看着霍焰。

霍焰的身材很好，年轻又充满爆发力，每一块肌肉的分布和背脊腰窝的线条非常完美，尤其现在他的身上有些潮湿，背着光看，有些亮亮的。

林溪看得有些手痒痒，想一边摸这些优美的纹理线条，练习画人体。

霍焰撇了撇嘴：“不用，男人身上弄那么香干吗？”

“不香啊，蜂蜜做的，没什么味道，我特地没买花香型。”说着林溪下了床，从收纳盒里拿出一个棕色的按压瓶，举到霍焰面前，“你闻闻。”

霍焰配合地低下头闻了闻，熟悉的甜香涌进鼻腔。他垂下眼眸，视线落在林溪瓷白的手臂上，香味是从她的身上散发出来的，这个身体乳确实没什么味道。

“那你身上那么香是用了什么？”霍焰接过瓶子，挤了点在手上。

“面膜、水乳、沐浴露和香水之类的，用的时间长了身上也就沾了点味道。味道很大吗？不会吧，我没用过什么味道大的东西啊，不好闻吗？”林溪见霍焰那么大的块头就挤了一点乳液，她直接拿过瓶子往他手里又挤了好几下。

“没，挺好闻的。停停停，要用这么多？身上不得黏死？”

霍焰皱着眉，想缩手却被林溪一把抓住。

“不多的，这些还只够你抹个背呢。放心，一点都不黏的，抹在身上很快就会吸收掉，皮肤会很舒服。”

霍焰看着手里黏糊糊的乳液，皱起眉：“要怎么抹？”他本意只想弄点试一试，没想到林溪这么豪爽，给他挤了这么多。

林溪：“你之前都没用过吗？”

“嗯。”霍焰点头。

“好吧。”林溪把瓶子放到桌上，一只手托住着霍焰的手背，一只手小心翼翼地从宽阔的手掌里把白色的乳液全都刮到自己的手上，“我来给你抹，你去床上趴着。”

没想到还能得到这么高的待遇，霍焰顺从地四肢摊开，趴在床上，腰上忽然一沉，是林溪坐在了他的腰上。

林溪提前把乳液在手里搓了搓，等到微微发热后才按在了霍焰的背上，开始涂抹和揉压。霍焰没忍住地“嗯”了一声，他微侧着头把大部分脸都埋进枕头里，然后闭上了眼。

说实话，还挺舒服的。

林溪虽然是个女生，平时看起来也娇娇弱弱的，但手上的劲道倒是不小，又是捏又是摁的，背上被弄得又酸又痛，可这种痛却让人畅快得很，仿佛筋骨都被疏通了一遍，舒服极了。

霍焰忍不住地哼出了声。

林溪的手已经滑到了霍焰的腰侧，听到他的闷哼她也没想太多，只问道："你腰上怕痒吗？"

霍焰暗自呼吸了一下，然后声音低沉道："男人的腰不能乱碰，知道吗？"

林溪无语，手上却毫不客气地在霍焰的腰上掐了两把。

"嘿你！"霍焰扭过头看林溪。

"就碰了，怎么样？"

她歪着头，下巴微抬，一脸"你奈我何"的样子，看起来嚣张极了。

霍焰看了只觉得好笑，他转回头重新趴着，忍笑道："不怎么样，你继续，随便碰。"

林溪点点头，满意了："这还差不多。"

说完她重新坐在霍焰的腰上，继续给他抹身体乳，但是抹着抹着她忽然感觉怪怪的，怎么自己跟个伺候大爷的小丫鬟似的？

林溪忽然就不乐意了，想罢工。

"霍焰。"

"嗯？"

林溪揉了揉眼睛："我突然困了。"

撩一下就跑？

"你怎么不说话？"

霍焰闭上眼吸了一口气，然后反手抓住林溪的腰，靠着腰劲翻了身，坐在他身上的林溪瞬间整个人失衡向旁边歪倒，但又因为被他抓着没能倒下去，反倒重新坐到了他的腹部，上半身则一下扑向他的胸口。

脑门撞在硬邦邦的胸肌上，林溪叫了一声，她手忙脚乱地伸手撑住床面，重新坐稳后看着霍焰："你突然发什么疯？"

"我没发疯，林溪，我们接吻吧。"霍焰目光灼灼地看着林溪，深黑色的眼珠似水洗过般泛着光。

林溪捋头发的动作顿了顿："什么？"

"我说，我们接吻怎么样？"

橘色的床头灯散发着暖色调的光晕，林溪低头看着霍焰。

毫无疑问，霍焰的长相极为出色，他的睫毛很长，脸部的轮廓深邃且俊朗，因为年纪的关系明显还带着蓬勃的朝气，有时她会觉得他就是个大男孩，但他充满着力量感的身体告诉她，他的的确确是个成年男人。

林溪的睫毛颤了下。

她能感觉到揽在她腰上的手臂坚实又有力，贴着她的掌心微微发烫，她还在那双深黑色的眼里看到了一些情绪。

他们对视了一会儿，林溪撇开视线用力翻身一滚，落到了另一半的床上："不要。"

霍焰从床上坐了起来："为什么？"

林溪把被子盖在身上，调整了一下睡姿，轻声道："你抽烟了。"

"我刷过牙了。"

"你还喝了酒。"

"可是我刷过牙了。"

"反正就是不要。"

霍焰露出一个坏笑："你是不是害羞了？"

林溪闭着眼不说话。

霍焰不放弃，凑过去俯视林溪："可是我们是夫妻啊。"

林溪翻了个身，背对着霍焰："亲爱的霍先生，现在已经凌晨一点多了，明天是周六，我们还要去你爸妈那儿呢。"

行吧。霍焰耸了耸肩，伸长手关掉了床头灯，房间里沉浸在漆黑与静谧之中。

霍焰躺回自己的位置，看了好久的天花板才缓缓呼了口气，翻了个身朝林溪那面侧躺着。

身边的人呼吸均匀，看起来已经睡着了。

霍焰闭着眼也想快点入睡，但怎么都睡不着，这两天他是一直有种很躁的感觉，但到底哪里躁他又说不上来。

那种甜香的味道也一直萦绕在鼻尖散不开，明明之前都没觉得林溪身上的味道有多香的，偏偏最近两天老是注意到。

霍焰在黑暗中睁开眼，他看着熟睡的枕边人，看了一会后悄无声息地挪动身体，直到快要靠到林溪了才停下来。他放轻了呼吸，过了好一会儿，慢慢地低下头，在她脖颈的位置轻嗅了一下。

早上是林溪先醒过来。

因为多了一个霍焰，原本的生活节奏或多或少有些被打乱，所以上了大学后一直是八点起床的生物钟，也被林溪调成了七点钟。

昨天睡得太晚，即使醒了她也有些不清醒，她坐起来揉了揉太阳穴，然后侧过头看着身旁的霍焰，他紧闭着眼，四肢摊开，睡得正香，只在肚子上搭着被子一角。

林溪撇开眼下了床，轻手轻脚地进了浴室。她看着镜子里的自己，缓缓伸手把头发全都拢到脑后。

因为年轻，即使经常熬夜，睡眠不足，她的皮肤也依旧毫无瑕疵，眼下更没有什么黑眼圈。

对着镜子，林溪伸手轻点了两下脸颊。

谁能想到呢？这么年轻，她就已经结婚了。

曾经的林溪是绝对想不到自己会这么快就步入婚姻生活的，因为啊，她自觉是个非常小气的人。

她除了上学上课等普通的社交之外，还有独属于自己的小世界——她喜欢看小说、看动漫，也喜欢自己写小说、画一些同人画，所以在微博上是小有名气的“产粮大大”。

林溪一直都觉得自己的生活已经被规划得满满当当，她做着自己喜欢的事，而喜欢的事又能给她带来收入，精神和物质上她完全可以自给自足，根本想不到有什么理由要把时间和精力分给另一个人。

也因此，林溪从来没有谈过恋爱。

但造化弄人，恋爱是没谈，她直接一脚踏进了婚姻。

笑了下，林溪垂下眼拿起牙刷刷牙。

简单地洗漱一下后林溪就出了浴室，坐在客厅的沙发上抱着笔记本打字——她是某个网站的签约作者，每年固定创作三到四部小说。

即使结了婚，林溪也还是坚持定时更新产粮，为了不被家庭琐事影响到自己的小世界，她养成了每天早起把稿子写完的习惯。

今天思路比较顺，林溪只花了两个小时就写完了三千字，看了两遍后修了修错字、病句，又花了半个小时才上传了今日的更新。

接着她放下电脑进了厨房，开始淘米煮粥。

就煮个粥的工夫，文下评论区已经多了上百条留言，林溪心满意足地刷完留言后看了眼时间，觉得差不多了就进了浴室，开始正式洗漱。

等她把一整套护肤功课做完，从浴室里出来的时候已经是早上十点一刻了，但拉开推拉门，床上的霍焰还是原来的姿势，一动没动。

平时霍焰都得九、十点钟起，昨天睡得比平时还晚，多睡会儿也正常。林溪想了下就没有喊他，自顾自地吃了早饭。

直到十点半了，还没见卧室里有动静，林溪才走了进去，打算喊霍焰起床，因为他们说好了今天要去霍焰家看他爸妈的。

她走进卧室，霍焰仍侧身熟睡着，怀里搂着枕头和被子，嘴里含含糊糊地说着什么，像是在做梦。

“在做什么梦呢……”林溪嘀咕着走到床旁边，她有点儿好奇。

但是听了一会儿也没听出名堂，她无奈地笑了笑，回到客厅坐下，拿起数位板，嘴角噙着笑，几笔就勾勒出一个睡得四仰八叉的霍焰，她还着重画了那翘起的头发，边画边无意识地咕哝着：“给你画个鸡窝头……”

“你在画什么？”

略低哑的男声忽然响起，把林溪吓得抱住数位板，愣了一秒后又合上电脑。她抬头就看到霍焰站在门边，顶着一头胡乱翘着的金毛正似笑非笑地看着她。

林溪条件反射地脸红了下，但看着霍焰那头翘毛又有点想笑，她清了清嗓子，挺直了腰杆，瞪了霍焰一眼道："干吗突然出声吓我？"

"没什么，就是出来告诉你一声，枕套和被套我都拆下来了，今天天气好，正好洗了晒一晒。"说着，霍焰摸了摸鼻子。

"你洗？"

霍焰点点头："嗯，我洗。"

林溪别过了头，说道："那你洗干净点。"

说完都没得到回应，林溪抬头看霍焰，只见他的脸上又挂上了一副似笑非笑的表情。

"那么看着我干吗？肉麻死了。"林溪抖了抖肩膀。

霍焰勾起嘴角："没什么，就是觉得你好看。"

林溪抿了抿唇："那我刚刚说的话你听见没有？"

"听到了听到了，洗两遍总可以了吧？"

林溪随口应道："差不多吧。"

霍焰心情美好地重新回到了卧室，林溪也收起了电脑和数位板。

没一会儿，卧室里传出霍焰的声音，他问："林溪，你看过《动物世界》没有？就是赵忠祥解说的那个。"

林溪把电脑包的拉链拉上："看过啊，怎么了吗？"

"哦，没什么，我就随便问问。"

随便问问？林溪才不信。她想了想，难道他是在暗示她思春？毕竟网上关于《动物世界》的梗就那一个最火的。

林溪摇摇头，心下反倒觉得好笑："霍焰同志，现在是夏天，动物们谈恋爱的季节早就过去了。"

等两人收拾好东西，打车到达霍焰父母家的时候已经将近十一点半了，霍妈妈正在厨房里忙活，霍爸爸则躬着腰坐在泡沫围栏里陪小儿子玩耍。

围栏里那个玩积木玩得满头大汗的小家伙是霍焰的亲弟弟——霍炎，今年才一岁半，是霍爸爸和霍妈妈响应国家二胎政策生的，现在正是咿咿呀呀会讲话但又讲不清楚的年纪。小孩儿圆头圆脑的，一双眼睛又大又清澈，还不怕生，逢人就笑，特别可爱。

林溪进门后跟着霍焰喊了人，她把包包放到一旁就去厨房里帮忙，但很快就被霍妈妈赶了出来，说很快就好用不着她帮忙，让她去陪小霍炎玩。

林溪也不推拒，回到客厅后拎起宽松的裤脚跨进了泡沫围栏里，说实在的，她也很喜欢霍炎这个超可爱的小萌娃。

“小溪啊，你来得正好，你陪他玩吧，我带不动他咯！”说着霍爸爸就揉了揉腰，一脸无奈。

“好的呀，爸你去休息吧，我陪他玩。”说着林溪就蹲在小霍炎前面，哄着他喊人。

霍爸爸终于得到解放，站起来双手叉腰扭了扭，接着走过去拍了拍霍焰的肩膀，父子俩就走到一旁说话去了。

林溪也不关心他们说什么，自顾自地继续逗着小霍炎，可能是一个星期没见，小霍炎对她又有一点点陌生，一双乌溜溜的大眼睛眨巴眨巴地看着林溪，就是不喊她。

林溪想了想，从茶几的抽屉里找出一包旺仔小馒头，当着小霍炎的面撕开包装，小霍炎的眼睛瞬间亮了，嘴角也高高扬起，表情甜兮兮地看着她，往她身边走。

“宝贝，喊姐姐。”林溪晃了晃手里的旺仔小馒头。

“姐姐！”

这声“姐姐”喊得清脆又响亮，林溪笑了起来，但她没直接给霍炎吃，而是冲厨房里忙活的霍妈妈道：“妈，炎炎能吃旺仔小馒头吗？”

“能吃，这小子可会吃了，还知道要含在嘴里含化开再咽下去。”霍妈妈的语气里满是宠溺。

林溪放下心，喂了一个给小霍炎。

小霍炎激动得像是吃到了什么绝世美味似的，在原地蹦了两下，这副可爱模样看得林溪忍不住凑上去亲了亲他的额头。这么一点儿大的小朋友身上都是奶香味，皮肤又嫩又滑的，萌得林溪的心都要化了。

这时候，霍焰走了过来，林溪仰头笑着问他："你小时候也这么可爱吗？"

能看得出来，他们兄弟俩都长得像父亲，眼睛鼻子跟一个模子里刻出来似的，就是霍焰的眉眼要成熟凌厉些，而小霍炎还太小，有些稚气。

"我小时候肯定比他帅。"说着霍焰的大手突然伸过来，一把抢走了林溪马上就要喂到小霍炎口中的旺仔小馒头。

小霍炎一愣，呆呆地扭头看了自家哥哥一眼，接着就噘起嘴要哭，霍焰见状只好把小馒头塞进了小霍炎的嘴里，小霍炎瞬间变脸，美滋滋地抿了抿嘴，瞬间忘记了刚才哥哥的戏弄。

林溪忍不住拍了霍焰的手，笑道："有意思吗你？"

霍焰也扬起笑来："小孩子不就是要这么逗着玩才有意思吗？"说着他双手托住小霍炎的腋下，一把把他举了起来，"你今天还没喊我啊？"

小霍炎竟然一点也不怕，还冲着霍焰笑，好像对接下来的举高高很期待。

"快喊我！"

"兜兜！"

"喊哥——哥——"

"好了好了你也别逗他了，都快点过来吃饭吧。"霍妈妈把围裙解开，走到林溪旁边拉着她的手往饭桌走，边走还边问，"小溪啊，我家小子对你好不好啊？"

林溪笑着回道："他很好啊。"

"你可千万别帮着他说好话啊，但凡有什么不好的你就跟我说，我来说他！"话是这么说，但霍妈妈看向自家大儿子的眼神明显是满意极了的。

"妈，他真的很好的。"这句话林溪讲得真心实意，"你放心吧，我们两个相处挺好的，他还答应要带我去吃大餐呢。”

“那就好，来来来小溪你贴着我坐，我们俩好说说话。”

这时候霍爸爸也上了饭桌，他看着霍妈妈道：“你就不能让小溪好好吃饭？吃饭的时候说什么话，知不知道什么叫食不言，寝不语？”

“哦哟哟，你现在有文化了看不上我了？哼，我不理你，我跟我家小溪说话。”霍妈妈瞪了霍爸爸一眼，扭过头拉着林溪的手继续热络地说着。

霍爸爸撇了撇嘴，抿了口酒。

霍焰家里没有食不言的习惯，饭桌上反而是家人之间互动最多的时候。

其实林溪和霍焰结婚后基本每个周六都会过来，每次来霍妈妈都有说不完的话，都要拉着林溪讲上一两个小时才能停。

这次也是一样，霍妈妈又跟她说了很多。

林溪一边听，一边看着眼前的女人，岁月在这个能干的女人身上留下了深深的痕迹，即使保养得再好，她的嘴角和眼角也都有了明显的细纹，原本紧致的肌肤也变得松弛下来，再好的化妆品都无法修补。

就和她的妈妈一样，不过她的妈妈看上去比霍妈妈还要老一些。

想到妈妈，林溪就默默在心里叹了口气，接着又打起精神继续和霍妈妈聊着。霍妈妈除了和她说了些家长里短之外，还跟她说了些霍焰小时候的事情，林溪也听得很认真。

这样一来，喂小霍炎的活就落在了霍爸爸的头上，但是他很快就推给了霍焰，霍焰也不拒绝，直接应下了，结果霍爸爸刚准备吃饭就见霍焰拿着勺子舀了满满一勺小米粥，连吹都不吹一下就往霍炎嘴里送的时候，霍爸爸只好愁眉苦脸地又把任务接了回来。

霍焰乐得清闲，坐在那儿吃自己的饭。

林溪和霍妈妈有说有笑的，没人理会的霍焰就只好在一旁听着。

他原本还想着插一两句话，结果发现插不上嘴。婆媳俩的话题聊着聊着就变成了哪里的衣服不仅好看还打折，什么牌子的化妆品又出新款了特别好用，最后她们居然还约着周末一起去公园骑自行车减肥。

减肥？霍焰看了眼林溪——她今天穿了件月白色斜排扣的复古旗袍领真丝短袖上衣，下半身是一条宝蓝色的阔腿裤，这身打扮让她看起来仙气得很，还衬得露出来的脖颈和手腕特别纤细。

再看他妈妈，虽然上了年纪，但保养得宜，平时大大小小的事情又一直在忙活，所以顺利度过了最容易发福的中年阶段，现在依旧瘦得很，手上的劲说不定比他都大。

减肥？只能说……这大概就是女人吧。

吃过饭，霍爸爸带着小霍炎上楼睡午觉，霍妈妈让霍焰下午带林溪出去玩，自己则在电话里招呼了几个老姐妹一起打麻将。

很快客厅里就剩下了霍焰和林溪两个人。

"你要不要也睡个午觉？"霍焰问。

林溪撑着下巴想了想："有点想睡，但是刚吃饱就睡不太好。"

霍焰从沙发上站起来，双手插在口袋里："出去散个步？"

林溪揉了揉肚子，站了起来："好啊，消消食，你妈妈做的菜真好吃，我都有点吃撑了。"

"那正好多走走。"

霍焰家坐落在大名城的别墅区，小区里的道路宽敞且安静，两人牵着手慢悠悠地晃荡，路过别人门口的时候，偶尔还看到被关在大门里的狗狗探头探脑地汪汪叫。

走了没几步，霍焰就按捺不住了："你热不热？"

林溪跟蔫了的花儿似的看着霍焰，她也不知道脑子怎么就抽了跟着霍焰到大太阳底下散步，难怪一路上都冷冷清清的，因为全躲家里吹空调呢。

她用手扇了扇风："超热啊。"

"走，去那边的小店里躲躲。"

说是躲躲，两人一进门就往冰柜所在的位置走，林溪很快挑了瓶冰镇的薄荷味雪碧，很多人都说这种雪碧喝起来非常冲，很难喝，但一直是林溪的心头好。

她喝了两口，身上的热度一下就退了下去，但心底的燥热感更盛。指甲在瓶身上刮了两下，她有些无聊了。

自从和霍焰结了婚，她就再没有出去享受过自我。

其实除了个人的小世界外，林溪还是个自我享乐主义派，她喜欢花花绿绿的世界，喜欢偶尔背着众人脱掉面具释放自我的感觉，但最近的几个月她过得很平静，生活中没什么有意思的东西。

瓶身被捏得直响，林溪坐在小店的凳子上，抬头问身旁的霍焰："我们晚上可以不在家吃饭吗？"

"和我妈说一声就行，怎么？有事？"

"嗯——"林溪拖长了音，扬起唇，眼神亮亮地看着霍焰。

此时的她褪去了书卷气的乖巧，眼里带着点狡黠，那勾起的嘴唇让表情一下灵动起来。霍焰很想捏捏她的脸颊，但手伸出来只是拧开瓶盖，灌了一大口可乐："说吧，要我陪你干吗？"

"陪我出去玩，怎么样？"她的语气很轻，眼神却藏着暗示。

霍焰伸出舌尖抵了抵牙齿，眼里带上一点兴味："去哪玩？"

林溪的目光直直地看着霍焰，她的手肘抵在膝盖上，下巴抵着手心。灵巧的手指轻点着白皙的脸颊，声音又轻又柔："想去酒吧跳舞，你陪不陪我？"

霍焰垂眸盯着林溪看了好一会儿，林溪也不闪不避，任他打量。

忽然，霍焰笑了，他把可乐的瓶盖拧上。

看来这个夏天，躁动的不止他一个。

霍焰怎么可能会拒绝？

他应了下来，甚至心下有些期待，期待看到另一个真实绽放的林溪。

初次见面的时候林溪并没有引起他什么兴趣，因为她举止端庄，一看就是个脸蛋漂亮却乖顺听话的无趣乖乖女。于是第一次见面的时候两人就那么面对面坐着，一本正经地"尬聊"，因为不远处坐着频频往他们这个方向看的双方父母。

两人之后又见了几次面，依旧是这样无波无澜且无趣。

直到第四次见面的时候，林溪大概是按捺不住了，竟直接开门见山地对他说，她需要婚姻，只要他愿意他们就随时可以领证结婚，也不玩什么契约婚姻，婚后该怎么相处就怎么相处，就当正常的夫妻。

那番不带感情且有些公式的话反倒戳中了霍焰心中的某个点，她需要婚姻，当时的他又何尝不是？否则他也不会耐着性子，一次次出来被爸妈盯着和林溪见面。

于是霍焰也不再耐着性子“尬聊”，而是盯着那双清澈的眼眸，真心实意地露出笑容：“我也一样，那么我们什么时候民政局见？”

接下来他们各自把决定告诉了爸妈，半个月后登记并领了结婚证，两家父母也欣慰地坐在一起以亲家相称，并且把他们的婚期定在毕业之后。

而他们两人则住到了一起，过起了同居生活。

大概是住在一起，林溪也懒得遮遮掩掩，所以霍焰很快就发现林溪根本就不是什么无趣的乖乖女，她展示在他面前的不过是冰山一角。

她仿佛有两张脸孔，一张文静端庄，一张娇艳妖娆，引得霍焰内心好奇，且蠢蠢欲动。

这真的很有意思，不是吗？

两人没有在小店过多停留，说好后就在手机上叫车回了他们的小家。林溪进门后直奔浴室卸妆，洗洗弄弄一番后又重新坐在梳妆镜前化新的妆容，霍焰则是在一旁给霍妈妈打了个电话，说他们晚上不过去吃晚饭了。

电话那头的霍妈妈知道霍焰要带林溪出去玩，高兴得很，电话刚挂断就给霍焰转了一笔钱过来，让他们玩得尽兴。

霍焰看着手机上的转账短信，走过来轻靠在化妆桌旁。他看着正在描眉的林溪，把短信页面放到她的眼前晃了晃：“看见没？我妈很喜欢你。”

林溪对着镜子比了比左右两边的眉毛，比完后又在右边眉毛的眉尾处轻轻地添了两笔：“长辈们基本上没有不喜欢我的。”

霍焰啧了一声，不过林溪说的是事实——优异的成绩，出色的外表，温柔乖巧的性格，她在人前展现的那副面孔恰恰是最讨长辈喜欢的。

而他则正相反，就他这头金毛就没几个长辈喜欢。林溪的爸妈也是因为和他爸妈是朋友，被刷多了好感才对他没什么偏见。

看着林溪深黑上挑的眼线，霍焰道："我觉得你化这种妆很好看。"

林溪闻言勾起嘴角，她把眉笔放回笔筒，挑了只高光笔出来："谢谢夸奖。"

"以后多化。"

"还是算了吧，我可不想被认识的人看到。"不欲在这个话题上多讨论，说完林溪就把装满一格收纳盒的口红捧到霍焰面前，"帮我挑一个颜色吧。"

霍焰低头看了两眼，除了明显颜色更深的几只外，其他色号的口红在他眼里都没差，于是直接挑了个包装最顺眼的给林溪："这个吧。"

林溪接过看了眼，是TF08velvet cherry，她对着镜子涂上口红："我以为你会挑那些斩男色，没想到会挑一个'姨妈色'给我。"

霍焰自然是分不清那些乱七八糟的颜色外号的，也没兴趣分清，只道："这个颜色看起来更适合酒吧的氛围。"

林溪笑了笑。她涂好了口红，转头看着霍焰："好看吗？"

诚如霍焰所想，林溪非常适合化妆，尤其是化上浓妆之后显得格外妖娆惑人，跟个妖精似的，与原本文艺清新范的小乖乖女仿佛是截然不同的两个人。

林溪本身的五官非常柔和，是典型的古典美女的长相，看上去温顺乖巧，不具有丝毫的攻击性，但化上浓妆后原本柔和的线条一下就立体了许多，多了几分气势，让原本娇娇弱弱的小家碧玉瞬间变成了舞池里娇艳夺目的party queen。

霍焰打量着林溪，点头赞道："待会我得把你看紧了才行。"

林溪的嘴角上扬，冲他眨了眨眼，然后转回镜子前继续做一些细微的调整。

女生化妆真的是件很神奇的事情，不光能变脸，连性格气场都能瞬间改变，霍焰站在一旁全程看了下来，林溪也大方地让他看着，直到她要换衣服了才把他赶进了客厅。

坐在了客厅的沙发上，霍焰还是觉得有点惊奇。

他忍不住摇头“啧”了一声，然后随手打开了朋友圈，刷了刷也没发现什么感兴趣的事情，于是颇有些无趣地关掉手机，背靠着沙发假寐，但手指在沙发面上轻轻敲着，像是在等待着什么。

卧室门打开，他睁开眼看过去，林溪已经换好了出门的行头。她穿的这身衣服看起来有些简单，但是性感满分，上身是酒红色的吊带衫，露出大片雪白的肌肤，从侧面可以看到一点诱惑的半圆，背后是系带式的设计，两指粗细的带子在腰椎的地方系了个蝴蝶结，露出曲线窈窕的蝴蝶骨和光洁的背部。下半身是一条略有些透薄的黑色纱质灯笼裤，里面两条笔直细长的白腿若隐若现，脚上是一双一字带黑色高跟鞋。额头架着副浅咖色的墨镜，原本淑女气的长直发被她随意往后抓了两把，带上了几分凌乱的美感。

如果说之前的林溪是干净清纯的好看，那么现在的林溪就是摄人心魄的娇艳，她的全身上下充斥着诱人的风情。

霍焰上下打量着林溪，眸底颜色略沉。

“你呢？要不要换身衣服？”林溪倚靠着门，眼带笑意。她从霍焰的眼里看到了惊艳，这让她感到开心。

“不用换，这样就足够了。”

霍焰今天穿得有些街头篮球风，他在脑袋顶上随意扎了个小揪，上衣是无袖的灰色涂鸦连帽衫，露出肌肉结实的手臂，下身穿一条宽松的深蓝色九分裤，脚上是一双限量版潮牌球鞋，这身打扮让他看起来不仅很潮，还充斥着满满的男子力。散发着浓浓的雄性荷尔蒙气息的他同样诱人。

“那么我们出发？”林溪勾唇笑着问。

“想去哪个酒吧？”

“人最多的那个。”

C市是一线城市，大大小小的酒吧隐藏在繁华的城区之中，其中最大的莫过于“ALL Bar”，里面欢迎各种身份地位的人，未成年人除外。

“你以前来过这里吗？”进入酒吧后林溪跟着音乐小幅度地扭动了起来。

“来过几次。”霍焰看向某个地方，笑了笑，“还见到认识的人了。”

“那你要过去打个招呼吗？”林溪熟门熟路地敲了敲吧台，要了一杯度数较低的鸡尾酒。

“用不着，跟他不熟。”

林溪抿了口：“好吧，那你喝点什么？”

“伏特加加冰。”

林溪伸手制止调酒师的动作，看着霍焰道：“不行，明天还要去我爸妈那儿，身上不能带酒味。”这家酒吧的伏特加度数很高，喝过后就算到了第二天酒精的味道还是很明显。

“那就冰啤。”霍焰对喝什么也无所谓，他将双手插在裤子口袋里，看着在舞池中间放肆狂欢的男男女女，他有些好奇林溪和那些人一样蹦蹦跳跳起来的话会是个什么样子。

但他不用好奇太久了，因为很快能见到了。

除了她换装后霍焰露出了些许的惊艳，之后就再没什么表情上的波动了，这让林溪有些不太来劲。

难得在人前展露另一副面孔，她自然想要获得更多的目光和关注，这会令她感到满足，而作为她的丈夫的霍焰，她自然更是有一种让他拜倒在自己裙下的冲动和幻想——这就是她不可说的小心思。

于是林溪用手指摸了摸细薄的杯壁，颇有些玩味地看着霍焰：“对我一点都不好奇吗？”

由于同居的关系，她那些小细节不可避免会被看到，但霍焰从来没有说什么，今天是她第一次主动把另一面展露在他眼前，得不到霍焰更多的反应，这会让她有些挫败。

霍焰笑着喝了口啤酒，他也随着音乐动了起来，但开口只是换了个话题："之前你来过这儿？"

"没有哦，这是我第一次来这样的酒吧。"林溪笑吟吟地看着霍焰。

"可你看起来很熟练。"比如吧台点酒、比如一进来就跟上音乐的节奏跳舞。

林溪冲霍焰眨了眨眼睛："因为我去过一些清吧啊，虽然两者差很多，但是看一眼别人怎么做的就可以了。"

"倒忘了你是个大学霸了。"霍焰看着林溪小幅度地扭着腰，高跟鞋轻踏着节拍，微闭着眼像是在享受这里的一切，完全没有一丝的陌生，明明很随意，但就是很好看。

霍焰看在眼里，心头的燥意更盛："你真的是第一次来？"

"对啊，因为这里什么人都有，我虽然很想来，但一直都没有来。"林溪一口干了鸡尾酒，"呼，真舒服，得给这里的调酒师一个好评。"

说着她就对调酒师展颜一笑。

调酒师立刻吹了两声口哨，但看到她身旁男人的目光后又立刻耸了耸肩，低头继续调酒。

"那今天为什么突然想过来？"霍焰瞪了调酒师一眼，他的声音比刚才沉了些。

看到霍焰的表现，林溪心下有花绽开，她看到了他的占有欲。

她放下杯子，勾唇凑近霍焰："因为你是我的丈夫，你会保护我，所以我就敢来了呀。"说着她拉住霍焰的手臂，示意一旁热闹的舞池，眼里有光流转，"和我一起跳吗？"

霍焰顺从地任她拉着进了舞池。

"看紧我。"

"怎么？"

"我怕被意图不轨的人拖走。"她冲他俏皮地眨了眨眼，然后拉着他进入了喧闹的舞池中央。

舞池里热闹非凡，五颜六色的灯光在黑暗的空间里闪耀，舞池里的人们跟着 DJ 的音乐节奏摇头晃脑。

很多人都在这里释放着他们的另一面，可能有的人几个小时前还在公司里垂头丧气地工作，现在却在这里像重获了第二次生命似的生龙活虎地笑闹。

昏暗迷离的光线和震耳欲聋的音乐给予了撕开面具的无数可能，所有人都可以在这里尽情地叫、尽情地跳，尽情地宣泄一切压抑的情绪。

林溪拉着霍焰的手，在舞池里随性地跳着、舞着，时不时地跟着 DJ 的节奏尖叫两声。

霍焰一直都看着林溪，只觉得心脏越跳越快。

因为她看起来实在太诱人！

她闭着眼，嘴角噙着笑，时不时地随着音乐在他的胸口摩擦两下，或是拉高他的手在他怀里转圈。

她已经跳得出了汗，五颜六色的灯光不时从她头顶扫过，而她闭着眼勾着唇，沉浸在自己世界里的样子无比迷人。

霍焰随意地摆动身体，他仿佛听不到音乐也感受不到旁边人的喧闹，他的眼里只剩下了林溪，那个跟妖姬似的女人。

林溪睁开眼，看着霍焰随意而简单的动作直笑："喂！你不会跳舞吗？"她特意提高了声音，但依旧被淹没在高分贝的音乐中。

他听见了，并且大声回道："对啊！不会！"他是故意这么说的。

"真的吗？"

"对！"

林溪不信，但她不想一个人跳，她想要拉着霍焰一起跳，让他跟着自己一起疯。

于是她顺着心意，踮起脚尖环住霍焰的脖颈，纤细柔软的腰身贴进霍焰的怀里，她与他眼对着眼，萦绕在两人之间的气息是好闻的脂粉和酒精的香气。

她在绚烂的灯光中对着他的耳朵呼了口气，顺着他的话道："那我教你啊。"

霍焰的耳朵一下热了，他的脸颊也有点热，但更热的是心脏，像是被蛊惑了似的狂跳。下一秒，他的大手搂住了女人细软的腰身，触上如瓷般细腻的后背肌肤，他们紧紧地贴在一起。

“好啊。”

## 第二章
# 婚后第八十三天

✦✦✦

晚上十点多的时候林溪才拉着霍焰从灯红酒绿中跑出来。

她喝多了酒，面色酡红，眼神都有些迷离了。头发也有些乱，鬓角垂下的两缕发丝略长，滑进了酒红色的吊带衫里，随后被她身上的汗水濡湿，贴在洁白的胸口。

霍焰的酒量很好，但也禁不住一直待在人多的地方，他虽然脸不红，气不喘，头却有点晕，不过一出来就好了很多。

晚上天气凉快了许多，林溪边走边捧着脸笑。

霍焰赶忙跟上去抓着她的手臂，防着她跌倒，虽然她身上的衣服好看，但也很薄，出汗后布料更是发软地直接贴在了身上，如果不是有他看着，指不定这妮子就要被拖到哪个角落去了。

林溪皱起眉，有些不满地甩了下胳膊："不用你扶，我又没有喝醉。"

霍焰仍抓着林溪的手不放："喝醉的人都会说自己没醉。"

闻言林溪停住了脚步，她回过身看着霍焰。

林溪喝的大多是度数比较低的鸡尾酒，但喝了太多，所以她的脸蛋很红，呼出的气息也带着淡淡的酒香味，可一双眼睛却像水洗过似的，倒映着月光，里头有一丝的清明："我真的没有醉，我说真的。"说着，她用涂着护甲油的手指轻轻点了点红唇，“不然我们就会在里面接吻了。”

说完林溪不知想到了什么，笑着扭过了头，这次她挣开了霍焰的手，歪歪扭扭地继续往前方走。

她的手臂和背部都很白，在橘黄色的路灯下白得晃眼。

霍焰抿唇，表情有些不愉快。

刚刚在酒吧里，他们受到周围环境的影响，和其他人一样挣脱了身上看不见的枷锁搂抱到一起，一起扭腰一起转圈，做着亲密的动作，但再怎么忘我都没有接吻，或者说，是林溪再次拒绝了他的吻。

当时他们都喝了很多酒，嘴边呼出的气息全是酒精的味道，身体的靠近和碰撞令他们之间的气氛不断升温，最后他们在黑暗中对上了彼此的目光，霎时外界的喧嚣都消失不见，他们眼中只剩彼此，就在这种暧昧的氛围下，霍焰缓缓低头想要亲吻林溪，可在快要碰到的时候，林溪躲开了。

她躲开了。

霍焰快步跟了上去，一把牵住了林溪的手。

在那种情况下被拒绝他肯定是不高兴的，但毕竟自诩是个大老爷们，他不会去跟林溪计较，也更不想放开她的手。

“我说了我没喝醉。”林溪好看的眉头蹙起，她不领情地甩甩胳膊，想要挥开霍焰的手。

霍焰不肯松手：“我知道你没喝醉。”

林溪再次站住，回头看他。

路灯下霍焰的五官立体而深邃，他没有看林溪，只看着前方的路，脸上的表情看不出喜怒：“我这不是要看紧你吗？否则你被意图不轨的人拖走了怎么办？”

这是在酒吧里的时候林溪对他说的话，现在却从他的嘴里说了出来。

闻言林溪露出了灿烂的笑容，她眨了眨眼：“好吧，那就让你牵一下好了。”说完她不再抗拒，和他手牵着手一起漫无目的地在马路边走。

接下来两人都没有再说话，安静地在夜色中漫步。

林溪不时地深呼吸一下，想把胸口的浊气全都吐出去。过了好一会儿，她舔了舔嘴唇道："我有点渴。"

霍焰看了眼四周："那边有个报亭。走，去买水"。

喝完后林溪站在原地没动，她抱着水瓶道："嗯……我们接下来做点什么好呢？"

"你还不想回家？"

林溪闭着眼，摇了摇头："才不要，我现在还不想回去，嗯……我们去江边吹吹风吧！我的头有点晕，想吹吹风。"

霍焰看了眼手机上的时间："这里离江边很远，一来一回又要到很晚，而且我们明天还要去你爸妈那……"

林溪满不在乎地打断了霍焰的话，她的脚步踉跄地靠近霍焰怀里，语气轻飘飘道："远可以打车啊，反正我就是要去，你要不要听我的？"

虽然是问句，却更像是命令。

霍焰知道，她听得懂他话中的浅层意思，只是不想听罢了。

其实相处下来他就发现林溪几乎所有的事情都喜欢自己做主，他的意见一般就作为参考。在家里他基本都顺着她，所以他们婚后大部分时间都是由林溪发号施令——由此可见林溪是一个有些自我，且有较强控制欲的人。

有着这种心态的人作风基本都很强势，不怎么会随意听别人差遣，可林溪偏偏做了二十多年的乖乖女，在家时听爸妈的，在外面也表现得温和有礼，最后连结婚的事情和毕业后的安排也都不是自己做主。

所以到底是什么让她活得这样矛盾？

霍焰伸手把林溪那垂进吊带里面的头发撩出来，拨到她的耳后："听听听，我现在来打车，行了吧？"

林溪露出笑容，伸手勾了一下他的下巴："真乖。"

霍焰拦了辆出租车，和林溪一起来到了江边。

江边风很大，林溪下车后张开手臂深呼吸了一口气，随后她拿掉墨镜，甩了甩头发，让如瀑长发披散在肩膀上。

“谢谢你。”面对着江河的林溪忽然冒出来一句。

霍焰双手插在口袋里，站在她身后看着她，闻言略有不解：“嗯？干吗突然说谢谢？”

林溪没有解释，她径直走到江边的斜坡上坐了下来，看着在夜色中呈现黑色的波浪一下下地拍打着白色的石壁。

风拂过脸颊，林溪已经完全清醒过来，她终于有了些疲惫的感觉：“我今天玩得很开心，谢谢你陪我。”

霍焰舔了舔嘴唇，他不喜欢林溪对他说谢谢。他走过去坐到她旁边：“我是你丈夫，我不陪你谁陪你？”

林溪笑笑：“那就谢谢亲爱的丈夫大人啦。”

江边的风实在是大，霍焰看着她露出的后背直皱眉：“吹一会儿就回去吧。”

林溪低声道：“嗯，好。”

想了想，霍焰干脆地站了起来，这样可以替她挡掉点风。

他只要低下头，就可以看到她细瘦的肩膀和凸起的锁骨，夜色中浓墨重彩的妆容不再那么明显，林溪借着装束增强了许多的气场也消融在江边的风中。

瘦瘦的她坐在江边，看起来弱不禁风。

霍焰在一旁，他的大拇指摸索着食指和中指，觉得自己应该做些什么，于是他再一次蹲下来，坐到林溪的身旁，然后伸手把她搂着放到自己的腿上，然后弯腰贴着她的后背，用手把她圈在怀里。

这举动把沉浸在自己思绪里的林溪吓了一跳：“你干吗？”

她光裸的后背贴上他温暖坚实的胸腔，他身上的热度一下就传了过来，原本被风吹得发凉的身体又暖了起来。

不得不说，非常舒服，林溪的表情变得柔和了许多。

“陪你一起吹风咯。”霍焰道。

林溪一愣，接着又弯起眉眼，展颜而笑：“好啊，一起吹风。”

一条小溪流呀流：婚后第八十三天，博主的少女心终于得到了满足。

今天晚上拉着霍先生去了酒吧，嗨完后又一起去江边吹风，风很大，博主穿得少，霍先生也没带外套，就在博主冻得瑟瑟发抖还偏要继续装深沉的时候，霍先生突然男友力爆棚地把博主整个人搂进了怀里！于是，博主美美地窝在他宽阔的胸怀里，冷风全都吹他一人身上，他霸道总裁似的深邃目光轻柔地落在博主身上，线条凌厉的下巴抵在博主的头顶，只听充满磁性的声音响起……好了好了博主编不下去了，博主去给霍先生递感冒药了，对，那货感冒了。

发完这条微博后林溪窝在椅子上，下巴抵着膝盖，嘴唇抿了抿，仍止不住地想笑。

她低咳了声，忍住笑意眨巴着眼看着四肢摊开躺在床上的霍焰，问道："今天就不开空调了吧？"

他已经洗过了澡，闭着眼，看上去像是睡着了。

"不用，你要开就开。"霍焰吸了吸鼻子，还好，鼻子还是通的，就是小舌头肿了，嗓音有点哑，"吃过药睡一觉就没事了。"

听他这么说，林溪反倒有点过意不去。

她从椅子上下去，轻手轻脚地爬上床后跪坐到霍焰旁边，伸手摸了摸他的额头，接着就对上了霍焰睁开的双眼。

霍焰的睫毛很长，眼睛跟墨似的黑。因为感冒的关系鼻头有点红，看上去有点可怜兮兮的。

房间里有些安静，林溪也回看着他。

直到一只手贴上她的手背，顺势把她的手攥进手心，林溪才眨了下眼睛，把目光移到了他们叠在一起的手上。

霍焰什么都没说，只是看着林溪，过了一会儿后他吸了下鼻子，然后重新闭上了眼睛，道："今天早点睡吧。"他已经有点鼻音了。

"好，现在就睡。"林溪应了声，抽出手关掉了床头灯，然后躺在了霍焰的身旁。

房间里瞬间暗了下来，林溪闭上眼睛想赶快入睡，但脑子里冒出一堆东西，弄得她怎么都睡不着。

手上还残留着霍焰掌心的温度，刚刚他看着她的眼神也让林溪有一点在意。

自己是不是有点过分了？

既然同意嫁人，林溪也不想和霍焰各过各的，弄得和陌生人似的，结婚就该有结婚的样子，所以有些事是迟早的，只是她现在过不去心里那道坎，同时也是觉得时机没到。

但换位思考一下酒吧里的事情，如果换了是她，被霍焰故意撩得她心跳加速，最后却连个吻都不给的话——林溪肯定会觉得自己被耍了，非常气愤。

但霍焰什么都没说，只是当时错愕了一下，之后很快就收敛了情绪，也没给她什么脸色看，甚至离开酒吧后还一直照顾她，担心她摔倒，给她挡风，结果最后弄得自己感冒了。

心里的小人用脑门撞墙，林溪觉得自己好像有点坏。

她内心的不平衡和不甘心是她自己的问题，不该去迁怒霍焰，说起来他并没有做错什么，反倒是因为他，自己才能不用一直遮遮掩掩，才能正大光明地跟人展示自己的另一面，而且对于丈夫这个角色，霍焰可以说是尽职尽责，非常靠谱。

心里的小人直接用脑门捅穿了墙壁，林溪叹了口气，伸出小手指勾了勾霍焰的手指。

勾了一下，霍焰没反应。

再勾一下，他还是一动不动。

睡着了吗？

又勾了下，她的手被霍焰握在了手心里。

林溪露出笑容，她一侧手肘撑着床面，斜侧着身看向黑暗中的霍焰："还没睡着啊？"

霍焰的声音在黑暗中更显低沉："睡着了都得被你弄醒，什么事？"

"嗯——我想了想，觉得还是要跟你说声对不起。"

霍焰闭着眼，揉了揉林溪的手："我不是说了吗？睡一觉起来就好了，有什么好对不起的。”

林溪又道：“才不是说这个事情。”

“那是什么？”

“你不觉得我有点过分吗？我在酒吧——”

“不让我亲的事？”

没想到霍焰一下就了解到了点，林溪点头：“嗯。”

霍焰坐了起来，把林溪吓了一跳。

“是什么让你突然反思的？”他问。

“你对我太好了，所以我觉得我有必要反思一下。”林溪也干脆坐了起来。

“感觉到我的好了是不是？”

“对啊，你很好。”

霍焰看着林溪没说话，但一双眼睛倒映着窗外的月亮，在暗色中黑亮黑亮的。

林溪侧头看着他，很想揉一下他的头发。

“你都觉得自己过分了，那打算怎么补偿我？”

霍焰的声音带着点鼻音，不仅更有磁性，林溪还听出了点委屈的感觉。

林溪笑了两声，倾身揽住了霍焰的脖颈，然后把唇印在了他的唇上，低沉含糊道：“接个吻吧。”

霍焰有那么片刻的怔愣，林溪的嘴唇很软，还带着熟悉的甜甜的香气。

不过很明显，虽然她的笑和她的动作看起来风情万种，但这个吻实在是笨拙。因为她直接把整个嘴唇压到了他的唇上，然后轻轻一下，准备结束这个简单的吻。

这回轮到霍焰笑了，他没让林溪离开，直接伸手按住了林溪的后脑勺。

“什么啊，我教你。”他声音低沉。

话音刚落，两人的嘴唇又重新紧贴在一起。

林溪感受到了霍焰的呼吸，和他的嘴唇一样热，还带点淡淡须后水的味道，充满了侵略性。她不由眨了眨眼，手指无意识地蜷缩起来，手心也沁出细汗。

“闭眼。”

林溪顺从地闭上眼，可心跳仍在加速，她还是紧张。

没一会儿，林溪受不住地发出了呜呜的声音，这个声音刺激了霍焰，他抬手掀开被子，一改刚才的温和，把林溪压在床上有些凶狠地亲吻，他的气息是那么炙热，嘴上的动作也一点都不温柔。

林溪被吓了一跳，条件反射地想抓住霍焰的后背，一时没能抓住，于是慌乱中用指甲抠了上去。

霍焰哼了一声，亲吻的动作又凶狠了许多。

林溪有些反应不过来，她从来不知道亲吻原来能让人从头皮到脚趾都感觉到发麻，同时身体也发烫发软，呼吸急促不堪。

房间里没开空调，强健的男性躯体就像一个热烘烘的火炉，林溪只觉得脑子越来越混乱，仿佛要被这个火炉带着一起融化了。

林溪急促地喘息着，伸手推霍焰。

“霍焰！停下！”

霍焰停下了，借着月光，他可以看到她跟受惊的小鹿似的缩在床头，就那么小小的一团，脆弱到不堪一击。

两人都一动不动地看着对方，胸口起起伏伏，缓和着呼吸，没有人打破黑暗中的宁静。

过了好一会儿，霍焰才向后退，下床进了浴室。

绷着的神经得以放松，林溪长长地舒了口气，她伸手摸了摸额头，才发现自己原来已经满头是汗。

林溪抱着被子跑到客厅，她在沙发上坐下，想要等待心头的热度散去，可随着时间一分一秒地流逝，心里的燥热感反而更盛。

林溪又去厨房里倒了杯水，但喝完仍觉得口干舌燥。头一回跟男人发生这么亲密的举动，直到现在她的心还怦怦直跳。

紧张、激动，又有些隐秘的刺激。

在黑暗中心跳声是那样明显，额头和颈间也在不停地冒着汗。她靠在沙发上听着卧室里的动静，一只手扇着风。

卧室里很安静，也不知道霍焰在做什么。

林溪有些烦躁地把汗湿的头发捋到身后，还去把家里的窗户全都打开了，可今晚没风，开了窗空气也是一样的热。

她长舒了口气，然后垂下眼，手轻轻覆上嘴唇。

她不讨厌霍焰的吻。真的不讨厌，甚至……有种说不上来的兴奋。

这种兴奋的情绪原本被她强行压在了心底，但终究还是顽强地冒出了头，叫她无法忽视，叫她必须承认，这个吻，令她感到欢愉。

“你真的不回来睡？”

霍焰忽然响起的声音打断了林溪的思绪，她吓了一跳，转过头才发现门没开，他是在卧室里隔着门喊的。

怎么不过来？他难道还害羞了？林溪在心下暗自腹诽了两句，这才提高声音道：“不回去！”

“我又不干吗，你回来睡呗？”

“不！”

“那要不我们换换？我睡沙发你睡床？”

“不用，你睡你的就好。”

“那行吧，明天见。”

说完，卧室里再没了声响。

林溪一边松了口气，一边又伸手打了下抱枕，然后才躺倒在沙发上，气哼哼地把抱枕搂在了怀里，闭上眼睡觉。

第二天林溪依旧是早上六点半准时醒来，睡眠不足令她的脑袋昏沉，缓了好久才清醒了些，也渐渐回想起了昨天晚上发生的事情。

随后她就发现自己不是睡在客厅的沙发上，而是睡在卧室的床上，身旁是缩起来睡的霍焰，被子全被她卷在了身上。

是他半夜抱她回来的吗？

林溪从床上坐了起来，想了想，她没有推醒他，而是径自下了床。

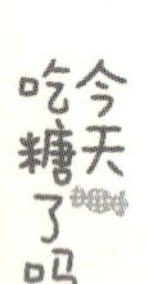

这次她不再像往常一样顾着睡着的他，光是起床洗漱就弄出了很大的动静，一会儿进浴室洗个脸，一会儿又去厨房里开火煮粥，接着又回到卧室，坐在椅子上涂涂抹抹，最后又特地把外接键盘接上电脑，啪嗒啪嗒地码字。

趴在床上的霍焰闭着眼叹了口气。

他早就醒了，但是没起来也没说话，任由林溪当他不存在似的把动静弄得老大。现在就算他起来了也没事做，两个人面对面只会更尴尬，还不如快到出门时间再起来，到时候去了岳父岳母家，有其他人在场应该会好很多。

见霍焰这样都没被吵醒，林溪抿了抿唇。

她大声地敲击键盘，但打出来的都是乱七八糟、读不通顺的句子。她的脑子里全是昨晚那个吻。

林溪越想越觉得烦躁，她看着文档里那些狗屁不通的东西，干脆全部选中删除，然后打开微博跟读者请了假，说昨晚喝醉了酒太难受，今天无法更新。

请完假后林溪把电脑和键盘都放到了一边，走到客厅，靠在沙发上回想。

在脑子里把昨晚的事情全部过了一遍，毕竟她和霍焰结婚已经快三个月，她却还没把他当丈夫看。

虽然他们有交流过这个问题，双方也都同意先相处适应一段时间，因为那时候彼此之间的感情不深，也不急于要小孩，但是……

林溪微垂眼眸，轻咬着嘴唇。

但是霍焰说得也对，他们毕竟是夫妻，是关系最亲密的伴侣，但回想同居以来的日子，他们反倒更像是两个在一起合租的普通朋友。

他在主动，她感觉得到。

这么想，那她也确实该主动点了，毕竟这感情是他们两个人的事。

林溪闭目深呼吸了两下，觉得情绪收拾得差不多了就进了卧室："霍焰，起床了。"

林溪进了卧室后坐在凳子上，打量起仍旧四肢摊开趴着睡的霍焰。

他现在二十二岁，身体完全发育成熟，皮肤紧实，背部肌肉线条流畅，褪去了青涩和稚嫩，浑身的骨骼和肌肉都彰显着成年男人的力量感，但整个人偏偏又是一眼就能看得出的年轻朝气，离成熟男人这个标签还有一段距离，反倒更像是个大男孩。

“起床啦。”

“啊。”霍焰闭着眼含糊地应了声。

他只要睡眠质量一不好，第二天早上头发就朝四个方向乱翘，跟奓了毛似的。

林溪上前摸了下霍焰的额头，没发烧：“没严重吧？”虽然昨天到家她就让霍焰及时吃了药，但不知道是否见效。

霍焰半睁开眼，扭过头看着林溪，她一身粉色的睡衣还没换，头发也没有打理，松松地披在肩头，有一点乱，让她看起来有些慵懒。

“已经好了。”霍焰看了眼墙上的钟，现在八点都没到，“太早了吧。”

“今天要去我爸妈那儿，不早点不行。”

霍焰叹了声，打着哈欠从床上坐了起来：“好吧。”

林溪的父母非常传统，也很注重仪式。霍焰跟林溪搬出来住之后几乎每个周末都会去各自的父母家一趟，相比之下去霍焰家就随意多了，就是去吃个饭玩一玩。

但去林溪家就不一样，林溪的爸妈会特地烧一桌子的饭菜来招待他们，而他们两个也得早点过去，手里还不能空着，否则就算是怠慢。

霍焰去浴室里洗漱，林溪在卧室里换了衣服。

等林溪说好了霍焰才拉开了门。他靠在浴室门框旁，一边刷牙一边看着林溪，她已经换好了衣服，现在在梳妆。

在爸妈面前的林溪是最文静乖巧的，所以她今天不仅妆容特别淡，头发也全部拢到脑后扎了个高马尾，身上穿着白衬衫和白色百褶裙，看起来清纯又文静。

“昨天接吻的感觉怎么样？”林溪挑了一对朴素的珍珠耳钉，对着镜子戴上。

“嗯？”霍焰刷牙的动作顿了顿，他笑了笑，“挺好，不介意多来几次。”他还怕林溪觉得尴尬，没想到反倒是她主动提起这件事。

林溪的语气轻飘飘道：“好啊。”说着还看了霍焰一眼，然后微低着头对着镜子继续戴耳钉，“只要你别做其他事就行。”

她的耳洞是今年三月份打的，期间反复红肿发炎过几次，所以戴耳钉的时候特别小心。

霍焰勾唇看着林溪，慢吞吞地刷着牙。

他觉得林溪刚朝他看的眼神特别勾人，但偏偏外表是个文静的女大学生，两者一结合他就忍不住往制服诱惑这上面想。

所以霍焰存心逗她，故意道：“别做什么？”

林溪忽略了他的话，戴好耳钉后看了霍焰一眼：“你就这么想感冒？”

霍焰咧嘴笑了：“关心我就直说。”

林溪没有回答，她对着镜子照了照后从卧室进了厨房，把提前从冰箱里拿出来的蓝莓洗了洗，准备配早餐一起吃，顺带还切了点草莓和猕猴桃，做了个水果拼盘。

霍焰换好衣服出来的时候林溪已经吃到一半，他看着桌上的早饭忍不住皱起眉。

又是燕麦、水果和牛奶。

霍焰是个绝对的肉食爱好者，无肉不欢，甚至早饭也喜欢吃点带肉的，比如蟹肉小笼包啊，水晶虾饺什么的，而且他每天运动量大，吃这些比较经得起消耗，但林溪跟他相反，她的食谱里蔬菜水果起码占百分之九十五。

“今天没煮粥？”霍焰往厨房望了眼，拉开椅子坐下。

“没，天天喝粥多没意思。”林溪往燕麦片里加了点蜂蜜。

霍焰沉默了一会儿，接着靠在椅背上，举起一只手跟林溪示意：“我可以向组织申请明天的早饭多一个肉包子吗？”

“驳回。”

“为什么？”

林溪舀了勺熟的亚麻籽混到燕麦里：“早起的鸟儿才有虫吃，想吃肉你得自己早点起床下楼买。”早上爬不起来的人没资格要吃肉。

行吧，霍焰耸了耸肩，决定晚点去超市买一堆小笼包、虾饺放冰箱里冻着，早饭时拿出来在微波炉里转一转。

林溪三两口把燕麦片喝光，又吃了点水果。

霍焰打了个电话，打完后对林溪道：“我车还没修好，待会得打车去你爸妈那儿。”

“好。那你把碗洗了，我去门口超市买两瓶酒，待会给我爸送过去。”林溪站了起来，坐在沙发上穿袜子。

“反正是打车，得从正门出去，出去的时候再买也一样。”

“那行，那我收拾床铺，你去洗碗。”

一个人做饭，另一个人就得洗碗，这是他们俩一开始就定下的家务分工。

霍焰把盘子里剩下的水果全倒嘴里，吃完后把盘子都收拾掉，随后进厨房洗碗，等洗完了林溪叫的出租车也快到门口了，两人一起出了门，去门口超市买了酒上了车。

林溪坐在车后座上，略有些煎熬。

这辆车有些年头了，车型还是早时候的手动挡桑塔纳，虽然车内开了空调，但效果不佳，反倒弥漫着一股淡淡的塑料和汽油混合的味道。

坐了七八分钟林溪就有些忍不了了，她略往前倾，道：“师傅，我能开个窗吗？这个空调好像没什么力道啊。”

司机师傅立刻回道：“小姑娘我跟你说，开了窗更热，吹进来的都是热风，你看看外面的马路，柏油都晒化了，也不知道今年怎么这么热。”

闻言林溪只好坐回原位，继续忍着。

她今天出门前特地在手臂上涂了防晒霜还套了防晒冰袖，头上也戴了个太阳帽，却依旧抵挡不了太阳炙热的光芒。

她伸手摸了下后颈，已经出了点汗，反观坐在她旁边的霍焰倒是倚

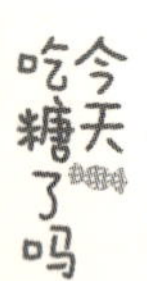

在窗边悠闲得很，这时候林溪就很羡慕那些剪短发的人。

“热？”霍焰的目光落在林溪身上。

林溪把头发撩了下，蔫蔫地靠在椅背上，点了点头道：“嗯。”

视线中，白皙的脸颊透着红，微微湿润的鬓角也贴在脸颊边，霍焰的目光慢慢落在那涂了裸色口红的嘴唇上，又移开。

他收回视线，说道：“师傅，前面路口报亭那儿停下车。”

林溪抬头看霍焰：“做什么？”

霍焰没看林溪，他的手指轻敲着窗沿：“突然想吃冰激凌了。”

林溪哪会不懂他的意思，笑着道：“谢谢你啦，霍先生。”

霍焰敲着窗沿的手指顿了下，他扭头看向窗外：“说吧，想吃什么味道的冰激凌？”

“嗯……想吃海盐味道的。”

“OK，收到。”

冰激凌吃完他们也到了目的地，下了车林溪就赶紧打起太阳伞拉着霍焰往家走。

林溪的家在福汇小区的十八栋第十八层，这房子买得早，十八楼就已经是顶楼，还附送一个顶层阁楼。

到家的时候是林溪爸爸开的门，林妈妈在厨房里做饭。

在门口换好鞋，霍焰把买的东西拎到收纳柜旁边。

受到林溪影响，霍焰把头发全都往后捋并且用摩丝固定，露出饱满的额头，虽然发色没变但精神了许多：“爸，你在做什么呢？”

林爸爸热情地招呼着他们：“来来来，我这两天新得了个紫砂壶，给你们泡个茶尝尝。”

林溪把包包放到茶几上：“我去帮妈妈做饭，霍焰你陪我爸吧。”

霍焰点点头：“好。”

林爸爸却挥了挥手道：“做饭这么简单的事情有什么好帮的？而且怎么能要你们下厨房，等着吃就好了。”说着林爸爸颇有些得意地把茶壶从黄花梨的架子上取了出来，“这个是从我同事他爸那儿买过来的，已经养了好几年了，你们看它的外壁，都发亮了看到没？里面也是，已经养出了很厚的茶锈了……”

林溪和霍焰都不懂茶道，但又不好拂了林爸爸的兴致，于是只能顺着林爸爸的话点头附和，适当地赞美两声。

霍焰要比她更加配合，虽然话不多，但句句说的点都正好，哄得老丈人美滋滋地给他泡了一杯又一杯的茶。

见两人聊得起劲，林溪说给他们削个苹果，趁这个机会她才去了厨房，刚拉开厨房门，里面一股热气猛地涌了出来。

他们家房子一百二十平方米，厨房比较小，所以后来有条件了也一直没装空调。

林妈妈正在里头炒腰花，她热得满头大汗，胸前的衣襟都湿了一片。

“回来啦，我买的都是你爱吃的菜，你来看看。”林妈妈一看见林溪就笑得眼睛都眯了起来。

林溪自己走过去看了看放在池子里的菜，芦蒿、西兰花、牛柳、河虾，确实都是她喜欢的菜。

林溪拿了个围裙套上，准备把菜洗了。

林妈妈赶紧摇手：“进来看一眼就好了，别把衣服弄脏了，白衣服弄脏了难洗，而且你一个星期就回来一趟，我还要你帮忙做饭，你爸待会又得说我。”说着林妈妈笑着冲林溪挤了挤眼睛，“去吧去吧，去看电视。”

林溪就当没看见，拿起西兰花掰了起来：“你别理他就好。”

林妈妈“嘘”了声：“你可千万别在你爸面前说这些话。”

林溪眉头微蹙：“这个我当然知道。”

林妈妈没再说什么，把一盘菜盛好后装进盘子，趁择菜的工夫她问林溪：“霍焰那孩子对你好的吧？”

林溪点头。这个问题每次回来都要问一遍，她都已经快要形成条件反射了。

“那就好，那孩子看着还是蛮可靠的，就是结婚是有点急了。”说着，林妈妈又问，“对了，你们家里是谁做饭啊？你做还是他做？”

林溪回答道：“我每天都会做早饭，其他时候一般都是下馆子或者点外卖，家里不怎么开火。”

林妈妈闻言一惊：“回到家没饭吃，他能同意？”

“他没说过什么。”

“那看来他是个脾气好的，还挺包容你的，要换了你爸肯定能把家都掀翻了。”说着林妈妈看了眼客厅，虽然离得很远她也还是压低了声音，凑在林溪耳边道，“待会你就等着看吧，我今天炒了腰花，待会他肯定又要一通点评，肯定又要‘哎呀炒老啦，哎呀怎么这么腥气啊’，他肯定要这么说的。”

林溪没忍住笑了出来，觉得妈妈模仿爸爸说话的样子特别可爱。

果不其然，等到开饭上桌，林妈妈把菜全端上来的时候林爸爸就皱起了眉，开始指点江山：“孩子特地回来一趟怎么不多买点肉？

“腰花炒得有点老，还有点腥气。

“就不能换点花样？上回他们过来你就买的这几个菜，这次还是这几个。

“青菜炒得有点苦。

“……”

林妈妈和林溪默契地看了对方一眼，暗地里偷偷地笑，霍焰也识时务地不说话，自顾自地吃着自己碗里的，仿佛没有听见林爸爸说话似的。

林爸爸说了很多也没人回应，于是他点名霍焰：“女婿啊，你丈母娘烧菜水平不行，下次再过来的话我这个老丈人亲自下厨给你们做菜。”

霍焰把嘴里的饭咽下：“不用麻烦您，我觉得这些菜挺好的，都很下饭。”

林溪在桌底下踹了霍焰一脚，面上笑着道：“下次就让我爸做一次菜呗，他是专业级别的，做的菜超级好吃。”

霍焰配合着露出个惊讶的表情，同时在桌底下伸手掐了下林溪的另一只手：“是吗？”

林爸爸被捧得很受用，笑着大手一挥：“行，下次你们来我一定亲自下厨！”

林妈妈也在一旁笑：“那我跟着有口福咯。”

一顿饭吃完，林爸爸又给他们泡了茶，拉着他们说话，林妈妈则在厨房洗碗。

“小焰啊，现在是在你爸公司实习了吗？”

霍焰摇摇头：“没呢，最近在忙论文，等论文好了就考虑实习的事情。”

林爸爸点点头：“男人该以事业为重。小溪，你呢，你怎么打算的？我听见周围好几个朋友家的孩子都要考研或者考公务员的，你打算去考吗？”

林溪闻言放下茶杯，笑着说：“我目前没这个打算。”

林爸爸听到这话眼睛一瞪：“怎么？女孩子就算大学毕业结了婚，也还是要继续提升自己，否则做老公的把你带出去脸上都没光。”

一旁的霍焰赶紧插话道：“爸你怎么这么说呢？小溪有多好你又不是不知道。”

林溪看着杯子里淡褐色的茶水，慢悠悠地道：“爸，是这样的，我明年打算生孩子了。”

“真的吗？！”林爸爸一脸惊喜地跟霍焰确认。

霍焰乍一听差点被茶水呛到，但是他憋住了，故作淡定地点点头：“是啊，我们也是这两天商量的。”说着，他看了林溪一眼。

林溪冲他抿唇笑了笑。

果然，这句话对于父母辈的人来说都是难以抗拒的蜜糖，刚才还一板一眼地为他们规划未来的林爸爸也不例外，他顿时喜上眉梢，迫不及待地要去厨房跟林妈妈分享。

没一会儿林妈妈碗都不洗了，过来握着林溪的手高兴地一直问是不是真的。

好不容易应付完爸妈，林溪赶紧拉着霍焰进了她的卧室。

门一关上，霍焰就不可置信地看着林溪。门外的林爸林妈已经凑在一起商量了，他可还震惊着呢。

“你说真的假的？”

林溪直视着霍焰的眼睛：“真的啊。”

“你别蒙我。”霍焰在椅子上坐下，“我不信，你是不是在找理由搪塞你爸？”

“不是啊。”

霍焰没说话，他等着林溪继续解释。

虽然她看起来一本正经，不像是说谎的样子，但是开什么玩笑？他们什么都没做过，怎么生得出来孩子？而且他们也没谈过关于要孩子的事情。

林溪见霍焰一脸的不相信，想了想脱了拖鞋盘腿坐在床上，跟他保持平视：“那我问你，你想不想要孩子？”

霍焰有点想抽烟，他从口袋里摸了颗薄荷糖剥了扔进嘴里：“我随意，顺其自然吧。”

林溪看着霍焰，表情非常平静：“我觉得早点生孩子对我们两个都有好处。”

“什么好处？”

林溪刚想回答，却又忽然顿住。

因为她突然想到，早点生孩子这件事对她来说是有好处，但对霍焰未必是。

“怎么不说了？”

林溪抿了下唇，手指无意识地在床单上乱划：“算了，没什么。”

“有什么话就直说。”霍焰最不喜欢说话说到一半吊人胃口的。

大概是霍焰语调里的不耐烦太过明显，林溪听完表情也有些不太好看：“我刚才想说出来的时候反思了一下，觉得自己的想法太过自私狭隘，考虑一下再说吧。”

漆黑的眼眸紧锁着白色的窈窕倩影，眼眸的主人眉头蹙起，手指敲了敲桌面：“说。”

林溪原本平着的嘴角几不可察地向下弯，她表情淡淡地对着霍焰道：“不要这个样子跟我说话可以吗？”她的声音又轻又软，人也纤纤细细的，但眼神很有力，脊背也挺得笔直。

见她这样霍焰一下就泄了劲儿。

换了别人他估计早就跳起来了，偏偏对着林溪时心里的一股气怎么都聚不起来，全都堵在心口，难受的是他自己。

霍焰站起来动了动腿：“我出去抽支烟。”说着他就开门走了出去。

霍焰的突然离开让林溪愣了下。

她看出来霍焰不高兴了，但由于没有直接把心里话直白地跟人诉说的习惯，或者说……她和霍焰之间的信任度不够，所以有些话没法直接说出来。

可霍焰这个反应也让林溪有些难堪和无措，她并不想因为这个事情把自己和霍焰之间气氛弄僵。

实际上林溪一直过着表面和内心不一致的生活，但这种生活总要有一个终结的时候，而那个时候就是她认为自己生完孩子的时候。

因为曾经父母对她的期许是好好学习，考到好的大学，等到她以优异的成绩进入好的大学后，他们对她的期许就变成了找个好的男朋友，然后顺顺利利地结婚生子，等到她和霍焰领了结婚证之后，他们就明里暗里地说要帮她带孩子。

同时，他们也终于跟林溪说了一句话，那就是——未来的日子要你们自己过，他们做父母的也只能帮着带带孩子。

所以，林溪觉得他们真正愿意放手她人生的那个点就在自己孩子出生的时候。

而现在这个时间也正好，她已经和霍焰结婚，一年后就要毕业真正地踏进社会，身份也会从学生变成一个社会人士——大学毕业的节点仿佛连通了两个不同的世界，这时候跟过去的自己告别正好。

林溪很想和现在的生活做个了断，她迫不及待地想要做真正的自己、过自己想过的生活，所以，只要满足了父母最后一个要求，她就会让自己彻底解放……

门突然被打开，林溪的思绪也被打断。

她抬起头，发现进来的人是霍焰。他看起来有些狼狈，和出去时的抬头挺胸的架势完全是两个样子。

林溪眨着眼看他，仿佛在问发生了什么。

霍焰坐回位置上，他冲林溪叹了口气："你爸真的绝了，我一出去就被他抓着说话了，他是真的能说，说起来还一套一套的，听得我头都要大了。"说完，他看了林溪一眼，"还不高兴呢？"

林溪听完没忍住笑了出来。

见林溪笑了霍焰表情也放松了许多："我觉得我还是在这陪你吧，你这里比较安全。"

林溪看着他笑："不抽烟了啊？"

"不抽了呗，你不是说明年准备生孩子吗？为了这个我也得戒烟、戒酒啊。"

"不好奇我突然说要生孩子的原因了？"

霍焰扯了扯嘴角，看向林溪的眼神既无奈又纵容："等你想说再说吧，我大男人跟你一个小丫头在那怄什么气。"

林溪这人就是吃软不吃硬，霍焰的态度一软她的心里也立刻软下来了。

"霍焰。"

"嗯？"

"我不喜欢上学，毕业后不会去考研什么的。"林溪坐直了身体，看着霍焰一字一句道，"我想做一个自由职业者，只做自己想做的事，因为我不喜欢有人管我。"

这些想法对于这一代的年轻人来说再正常不过，霍焰点点头："这个没问题啊。"

霍焰的回答让林溪松了口气。

林溪松了口气的样子反倒让霍焰有些惊讶："至于吗？这些不是很普遍的想法吗？"

林溪终于不再挺直脊背，她略微弯了点腰，放松地把手肘撑在膝盖上，一只手抵着下巴，看着霍焰道：“你跟他不一样真是太好了。”

霍焰看林溪终于有点卸下防备要跟他说心里话的样子，他忍不住想感叹和女孩子相处是真的不容易，尤其林溪内心的弯弯绕绕还特别多，不过……

“他是谁？”

林溪笑了起来，也不拐弯抹角，道：“我爸。”

霍焰点头：“你不喜欢你爸是吧？”

林溪撇撇嘴：“也不能这么说吧，因为没有哪个人是完美的，我爸当然也不例外，他有好的地方，也有不好的地方。”

好的地方在于这个出身农村且文化水平只有初中的男人靠着自己的一双手，为她和母亲创造了良好的生活环境。在二十多年前，那个多数人都没有买房和贷款概念的时代，他大胆地贷了对于当时的他们来说相当于天文数字的款，到城里买了房，理由只是为了妻女不会因为他的长期离家而受人非议。

他硬是把她们从破落的小农村带进了繁华的城市，又出钱给她们改了城市户口，接着供林溪上学，可以说家里所有的一切都是这个男人挣来的。他对家人也毫不吝啬，想要的基本都会尽力满足。

在这些事情上他的好毋庸置疑，绝对不能否认。

但令林溪不能忍受的是父亲对待母亲的态度。

林溪的父亲做的是销售，早年时候网络不发达，客户需要一个个上门拜访，所以林爸爸走南闯北地在外打拼，几乎缺席了林溪高中之前的人生，她是由母亲陪伴着长大的，所以情感上自然更多地偏向母亲。

父亲是个绝对的大男子主义，而母亲偏偏又是个非常传统的女人。她勤勤恳恳地白天上着班，回家还要包揽所有家务，父亲不在家的时候她会担惊受怕，父亲回来了她任劳任怨地伺候父亲，还要接受父亲的指责和挑剔。林溪经常看到母亲被父亲跟女佣似的呼来喝去，他在外头受了气回家也喜欢撒在母亲身上，因为母亲从不回嘴。

林溪觉得母亲的性格好听点是能忍，难听些就是包子圣母，母亲也经常会觉得难过，也会有怨言，但通通都能自己消化，甚至只要父亲偶尔夸她一句，她就觉得自己的付出非常值得。

母亲常对她说的一句话就是“老话说一块馒头一块糕，都是上天搭好了的”。她和父亲能在一起就是缘分，否则除了她谁能忍他的脾气？这都是命中注定的。

母亲说这话的时候是笑着说的，似乎觉得她这个好脾气和父亲的烂脾气是注定要在一起的一对。

母亲的笑容看起来挺幸福，但林溪听了并不觉得幸福，反倒觉得可怕。

他们为她建筑了一个完整且在外人看来非常美好的家，但也造成了林溪对谈恋爱和婚姻的阴影。

“还是不说他了吧，霍焰啊……”

“林溪。”

“欸？”

“虽然我觉得作为一个男人对自己的女人气度大点是应该的，但是你能不能不要老是说话说一半？”

“你很想听我爸爸的故事吗？”

霍焰把嘴里的糖嚼碎：“算了，你喊我干吗？”

“我就是想跟你说，你以后一定要很疼我、对我很好，可以吗？”

前一秒还在跟他闹不愉快，后一秒又跟他撒娇，而且这个娇霍焰总觉着有点可怜兮兮的。他叹了口气，走过去坐到林溪旁边，一把将她揽进怀里：“你这个脑袋里都在想些什么啊。”

林溪的心思敏感，这一点霍焰倒是清楚，但是她的脑袋瓜里到底在想什么他是真的不知道。他的情感没林溪这么细腻，想得也没林溪这么复杂。

想了想，霍焰从裤兜里掏了个几颗糖果出来，摊开手：“要哪个？”

林溪看了看，伸手挑了一个淡黄色的剥开放进嘴里，她以为是柠檬味的，结果是杧果味，这味道……有点一言难尽，她喜欢吃杧果，但不喜欢经过加工的杧果制品。

霍焰把剩下的糖果塞回口袋，道：“我是这么想的，不管怎么样我们已经结婚了，我是你的丈夫，对你好、疼你、爱你这些肯定是不用说，本来就是我应该做的。”

林溪嘴里含着糖，等着霍焰继续说。

“夫妻之间应该坦诚相待，这一点你能懂吗？”

林溪点点头：“我懂。”

“那我能做到，你行吗？”这两句话说出来霍焰觉得自己有点酷，因为他之前没谈过恋爱，也没点安慰人的技能，却没想到今天居然能做个心理辅导师。

林溪眨了眨眼：“你说的是哪方面的坦诚相待？”

“生理和心理。”

这个回答有点笼统，但好像还挺有思考意义的。林溪单手托着下巴，指尖在脸颊上轻点，过了好一会儿摇了摇头：“好像都不太行吧。”

林溪觉得自己还是很了解自己的，她没有主动跟人分享和倾诉内心的习惯，就连在能披马甲的网络上，她都不会把内心的想法变成文字写出去给别的网友看。这是多年以来养成的习惯，所以心理上坦诚相待……想想就觉得不太行。

霍焰看着林溪：“那你就说说哪些地方不行，既然现在有问题，那就说出来，我们一起解决。”

“也行。”林溪并不排斥沟通交流，只是过去的岁月里她一直都没有一个好的交流对象，爸爸不行，妈妈也不行，但是……霍焰应该是可以的，丈夫这个和她仿佛绑在一起的身份，就让他和其他人都不同。

于是林溪低着头，开始认真地思考，既然心理肯定不行……她抬起头看着霍焰：“那就先从生理上来说好了，我要是说了什么不好的你会不高兴吗？”

“不会。”语气和眼神都很坚定。

“好吧，这要怎么说呢，就是我觉得男人……”林溪伸手比了比，

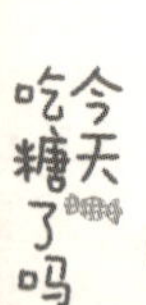

眼睛盯着霍焰的神情道，“是泥做的。”

霍焰：“……”

她眨眨眼，又问：“你能懂我的意思吗？”

“林溪小姐。”

“欸？”

“你哪里觉得男人是泥做的？”

林溪想了想，认真地说：“你看过《红楼梦》吗？就里面贾宝玉说的，‘女人是水做的骨肉，看着就觉得干净清爽，男人是泥做的骨肉，让人觉得浊臭逼人’，你知道这句吗？”

霍焰挑眉：“贾宝玉喜欢女人，不喜欢男人，当然这么说。”

“可我跟贾宝玉想的差不多，我也觉得女人是水，男人是泥。”说着她还伸出胳膊跟霍焰的胳膊贴在一起，“喏，感觉到了吗？”

霍焰看了眼，确实差别很大。

他的手臂颜色深，且都是肌肉，看着就力量感十足；而她的手臂又白又嫩，细细的，摸上去也软软的，看着就力气小得很。

放在一起对比，一个粗犷一个柔美，画风很不一样。

他轻嗤了声：“哪儿能这么比？”说完他也盘腿坐在了床上，伸手让林溪转过来跟他面对面地对坐着，然后单手使力向上举起，作出大力水手的动作，示意林溪看他胳膊上鼓起的肌肉，随后又放下手，一把拉高了衣服，露出结实的六块腹肌，“什么泥不泥的，女人看男人，应该看这个才对！我看你就是重点不对。”

林溪垂眼看着那腹肌，没忍住上手戳了戳，硬邦邦的，紧实得很。

霍焰的腹肌练得确实好看，人鱼线也很完美，这么看起来的确很吸引人。

霍焰见她确实把自己的话听进去了，又做了好几个秀肌肉的动作给林溪看。

林溪抿着的唇渐渐勾了起来，落在霍焰身上的眼神也很柔和，看得他的心里也一片柔软。

他停止摆姿势，凑到林溪面前低声道："喜不喜欢？"

林溪垂着眼，没说话。

他微微歪头，伸手去勾林溪的下巴，又问了一遍："喜不喜欢？嗯？"

男人的热气呼在自己的耳朵上，林溪的睫毛微微颤动，白玉似的耳朵漫上淡淡的粉红。

外头的树上有知了一声不歇地在叫，现在外面的太阳正是最烈的时候，即使待在空调房里也能看到窗外仿佛被扭曲了的炙热空气。

卧室里的电视声停了，林家父母应该已经去午睡，这个封闭的小卧室里，就只有他们两个。

林溪对上霍焰的眼睛。

霍焰长得很好看，深邃漆黑的眼睛，高挺的鼻梁，薄薄的嘴唇，他的呼吸是温热的，味道却是清凉的薄荷味。

他们的脸靠得很近，近得能看到彼此眼中的倒影，他们的呼吸也交织在一起，只要任何一个人往前倾一些，就能吻上对方的唇。

林溪的手缓缓抬起，仿佛受到诱惑似的伸出手指点在霍焰凸起的喉结上，她感觉到指腹下的喉结滑动了一下，脸颊的热意褪去，她的胆子大了些，眼里带上了笑意，声音不知不觉就带上点媚："那又怎么样？"

喉结又上下动了动，霍焰嗓音低哑："想试试？"

这个对话太暧昧，其中的暗示也太过明显，更何况，那只大手也已经伸到了她的腰间。

腰间的皮肤光滑细嫩，显得那两只手指就有些粗糙，而且还带着要比她的体温高一些的温度。

肌肤被摩挲的感觉有些痒，又让人不由得感到害臊。

林溪的房间在最东边，边上是掩着轻纱的大窗户，透过窗户，对面是另一栋楼，可能有人在窗边瞭望远方，也可能没有人；可能会有人隔着窗帘看到他们的影子，也可能没有人。

林溪觉得自己的心跳和呼吸开始加速，可她并不想推开霍焰。

但在此刻，卧室的门打开了。

推门的人伸进门的腿又收了回去，林妈妈的声音在门口响起："哎哟哎哟，你们在干什么呢？"

只见林溪盘腿坐在床上，整个人靠在霍焰怀里，有气无力的。

霍焰的右手按在林溪的肚子上，正轻轻地揉着。

一进来没看清，林妈妈还以为他们在做什么，还有些觉得不好意思，但等看清了她就心下了然了。

林妈妈把果盘放到桌上，问："小溪是不是又痛经了？"

林溪有些难受似的点了点头，没有说话。

霍焰道："妈，没事的，我给她揉两下就好，我手比较热，捂着能舒服很多，我们在家里也经常这样。"

林妈妈看着霍焰，满意得直点头："真不错，看到你们感情好我就高兴。我把水果放着了，厨房也有烧好的热水，你们自己倒啊，我去睡午觉了。"

霍焰一本正经地点点头："好的，谢谢妈。"

等门关上，林溪长舒了口气，妈妈这么一来已经完全把房间里旖旎的氛围打散，刚才的脸红心跳也都消失了踪影。

见霍焰的手还贴在自己的肚子上不拿开，林溪抬头看他："还不拿开？"

霍焰满脸失落："别啊，我们继续啊。"

林溪一巴掌拍在霍焰的手上："拿开，你手心里都是汗。"

霍焰抽回手，一下瘫倒在床上，他把脸埋进枕头里，还用拳头砸了下枕头，声音要多惆怅有多惆怅："林溪，你不能这样。"

"我怎么了？不是没气氛了吗？"

霍焰坐了起来，看着林溪道："那就再营造一次。"

林溪理了理裙子："刻意地营造就太假了，不会有刚才那种感觉的，还是算了吧，顺其自然就好。"

霍焰又倒了回去，继续把脸埋在枕头里哀号："这算个什么事哦！"

林溪忍不住笑，她伸手揉了揉霍焰的头，喷了发胶的头发摸上去有点硬硬的扎手："霍焰，你怎么这么搞笑，还撒起娇来了？"

“就撒娇。”霍焰闭着眼，一动不动地独自忧伤。

林溪的心里却欢快起来，她拍了一下霍焰的背，笑道：“心静自然凉，你做几个深呼吸，把心静下来。”

“静不下来。”霍焰哼哼。

“那要怎么办？”

霍焰睁开眼坐了起来，他看着林溪，道：“回去给我一次机会吧。”

# 第三章
# 你可以抱抱我吗

✦✦✦

两人吃完晚饭后打车回家，往小区外走的时候恰好路过一个嵌在墙上的安全套自动贩卖机，霍焰停下步子，只看了一眼就拿出手机扫机器上面的二维码。

林溪："……"

他一边操作着付款一边道："挺人性化啊，还能手机支付，身上正好没零钱。"

林溪扭头去看四周有没有认识的人，真的很想装作不认识他。

白天的暑热尽数散去，还难得地起了风，非常舒服。

上车后林溪靠在车窗边看夜景，任由凉爽的自然风吹过脸颊。夜晚的路况要比白天好得多，十五分钟不到就到了小区门口。

"师傅再见啊。"

"好嘞，小姑娘再见。"

林溪打开车门下车，一只脚触到地面，踩稳后整个人起来的那一瞬，她一下子僵在原地。

她赶紧转头看了眼车内的白色坐垫，上面没有痕迹，林溪松了口气，接着慢腾腾地把另一只脚踩到地面，然后关上车门，样子怪异地站在车旁。

霍焰从另一边下车，正低着头操作APP付钱。

“霍焰。”林溪喊他。

“嗯？”霍焰收了手机，抬头看向林溪，随后目露疑惑道，“你佝偻着背干吗？”

林溪在霍焰的目光中缓缓站直身体，尴尬地道：“我‘亲戚’突然来了。”

霍焰的视线移到林溪的腹部，但隔着裙子，什么都看不到，他深吸了口气，又呼出，然后指了指马路对面的超市：“是要我去给你买那个吗？”

“不是，那个家里有，我是想要你抱我到我们那栋楼的电梯那儿，因为我很不舒服。”林溪的内心很崩溃。

霍焰走过来抱起林溪：“唉，我到底做错了什么。”

“嗯？”

“先是你妈，接着又是你‘姨妈’。”

林溪反应过来，趴在霍焰的肩头笑得肩膀直抖。

进了家门，林溪踮着小碎步跑进浴室。

霍焰还站在玄关那儿，他伸出左手手臂，垂眼看着小臂上面一小块浅浅的血迹，是抱林溪的时候沾上的。

他放下手臂，叹了口气。

浴室被林溪占用，霍焰只好去厨房的洗手池清洗。洗完手，他把口袋里的安全套都拿出来扔进床头的抽屉里。

计划赶不上变化。本想趁热打铁，奈何火星都被扑灭。

霍焰很想抽支烟静一静。

“霍焰。”浴室里传出林溪的声音。

“嗯？”

“把我叠在柜子里的浴袍拿给我，我准备直接洗澡了。”

霍焰走进卧室打开衣柜，边拿衣服边扬声道：“鸳鸯浴了解一下。”

林溪在浴室里笑：“你怕不是个傻子吧。”

霍焰也跟着笑了起来，心想今天真是郁闷的一天。他拉开门，林溪跟个木头桩子似的站在里头，他进去把浴袍放到凳子上，又问了一遍：“真的不再考虑一下？”

“快点出去吧你。”林溪笑着把霍焰往外推。

霍焰被推着走，嘴里还念叨着：“夫妻之间应该坦诚相待！”

回应他的是被林溪拉上的门。

门一关上，霍焰也收了笑，他打开电脑准备打一局CS，准备“爆几个头”来宣泄自己心内的郁闷。

游戏页面才刚打开，就有一个电话打了进来。

霍焰随手接起：“喂。”

“火哥，你的车后天就能修好，到时候你亲自来拿还是我给你开到你家？”

“我去拿。”霍焰登录了账号，准备开始游戏。

“行。哥，还有个事儿。”

“说。”

“我看见傅明楷那小子了，这两天他天天中午去三区的纺院陪一女生吃午饭，看起来是交了女朋友，要不要找几个兄弟去堵他？”

霍焰顿了会才道：“先盯着吧，过几天再说，我这几天没空去找他。”

“好，知道了，那我没别的事了。”

“行，我挂了。”

挂掉电话，霍焰也没了打游戏的心思。退出游戏，他转过身朝浴室的方向坐着，手也随意地搭在椅背上。

他们住的这个小区只是个中档小区，因为靠着大学城，所以小区里的房子多是被人买了用来出租给学生，装修都不考究。

林溪和他就隔了道磨砂的玻璃门，稍微专注点就能看到里面有人影在动，声音更是听得清晰，这门根本起不到隔音作用。

霍焰盯着看了会儿，道：“林溪。”

“怎么了？”

隔着门，加上又有水声，林溪的声音就有些模糊，但听在耳朵里仍是女儿家的甜美，反正就是好听得很，能落进人的心坎里的那种。

"你下周有没有课？"

"没，但是下周我得回学校跟老师讨论下论文的事情，我上周交上去的开题报告没过，得再想个题目，然后泡几天图书馆找资料。"

"那你那个什么时候能结束？"

"要干什么？"

"带你去看地下赛车。"

"赛车？真的吗？我们市里有人赛车？我怎么从来没看到过？"林溪的声音里带着明显的惊讶和好奇。

"那你想不想看？"

"当然想啊，是《速度与激情》里面那样的吗？"

霍焰回道："肯定没电影里那么刺激，但是也还不错，要是觉得不过瘾看完了我带你去郊区飙车。"

"那你什么时候带我去？"

"我打算是下个周六晚上，到时候周末就不去爸妈那儿了。"

"可以啊，一言为定。"

"你倒是挺喜欢这些东西。"霍焰剥了颗奶糖扔进嘴里，把想抽烟的念头分散掉。

林溪关掉淋浴器，用毛巾擦着身体："'地下的东西'听着就很带感啊，仿佛抛开了很多的束缚，多了很多纯粹的东西，很容易点燃人心里的热血。"

霍焰扯起嘴角笑："听上去有点二。"

"但这不是事实吗？"

林溪三两下穿好衣服，拉开门走进卧室。

"这就洗好了？"

"嗯，生理期的话我就不用沐浴乳那些东西了，而且又是洗的淋浴，所以会比较快。你去洗吧，待会出来我给你也敷个面膜怎么样？"说着林溪走到霍焰身旁，伸手从收纳盒里拿了片补水面膜。

"我？"

"嗯。"林溪点点头。

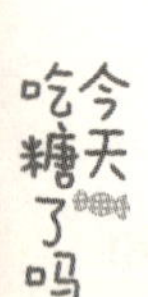

“敷面膜？”

“对呀。”

霍焰挑了挑眉：“为什么？”

林溪把手里的面膜放到桌子上，她整个人靠近霍焰，单腿抵在他的大腿上，接着双手搭在他的肩膀上，用俯视的姿势与霍焰对视。

这个姿势很撩人，充满了侵略性和压迫感，霍焰难得仰望别人，这种感觉令他觉得陌生又有些刺激。

他把手搭上林溪的腰：“嗯？”

“男人也需要护肤保养的，你以后跟我一起吧。”

“男人保养什……”

林溪的一只手按在霍焰的嘴上，道：“反驳无效。”

霍焰忍笑点头，等她放开手了道：“那就是我以后都得跟你一起贴面膜咯？”

“不止这个，还有跟着我一起做身体上的保养，我也不会要求你跟我一样做那么多，男人保养过头就显得太娘了，也就是敷个面膜、涂涂水乳精油之类的，对了，还有腿毛、腋毛之类的也都可以除一下，总之都是对你身体有好处的，也能让它看起来更美观一点。”

霍焰微眯起眼：“这还不娘？”

林溪从霍焰的身上退开，她拿了瓶爽肤水往手上倒，语气轻松：“不娘啊，这就是基本的皮肤护理啊。”

“大男人要那滑溜溜的皮肤干什么？”霍焰不由得哼了下，“男子气概都没了。”

“爱干净不好吗？”林溪把爽肤水放回桌上，重新转身直接坐在霍焰的腿上，手放在他胸口。

霍焰的面色缓了缓，手自然地搭在林溪腰间，嘴里却仍辩解道：“主要是太奇怪了，我以后出去见……”

“可我喜欢啊。”林溪抢了霍焰的话，笑着说，“我喜欢你干干净净的样子。”

霍焰没说话，只盯着林溪看，她弯弯的眼里仿佛盛着澄澈的湖水，柔软的嘴唇也是洗过澡后特有的红润。

灯光朦胧，她的笑容太美，霍焰有一瞬间的恍惚。

回过神后霍焰长呼了口气，心想自己是栽林溪手里了：“行吧，都听你的，还有哪儿要弄的一块儿说了吧。”

林溪问：“你不愿意？那也没关系啊，我不会强迫你的。”

霍焰笑着捏住林溪的下巴晃了下：“自愿的，我自愿的。”

林溪笑起来：“你说的啊。”

霍焰点头：“我说的。”

“那我说了啊。”林溪抬起手指，轻点在霍焰的下巴上，指尖上带着点湿润的凉意：“这儿很干净，继续保持。”

霍焰的眼里露出玩味之色：“然后？”

女人葱白似的指尖顺着下巴往下滑，掠过凸起的喉结，点上衬衫里凸起的锁骨，然后勾起衬衫领口，往旁边拉开。

衬衫的扣子已经解了两颗，手指可以很轻易地把衣领勾到边上。半边的锁骨和胸肌都暴露在空气中，手指还在往外勾，直到衣领都绷起来了才停下。

“这里，要修理掉哦。”

霍焰垂眼看着落在自己胸侧的手指，问：“还有？”

林溪的指尖从霍焰的胸肌上快速地划过，落到扣子上。她抬头看霍焰：“你懂的。”

霍焰摇头，眼带笑意：“我不懂。”

林溪才不理他呢，手指顺着衣服往下滑，轻点了点霍焰的肚脐：“还有这里。”

“好，继续。”霍焰的嗓音有点哑，“还有哪里？”

林溪倾身紧贴在霍焰的胸前，她凑到霍焰的耳边，对着他的耳朵呼了口气，见耳朵肉眼可见的泛起红，她忍不住地伸手捏了捏那泛红的耳垂，笑道：“没有了哦。”

霍焰把脸埋进林溪的脖颈，呼吸着那股甜甜的香气。两人的身体紧紧地贴在一起，林溪的指腹在霍焰的衬衫上一划一划地蹭着，慢悠悠道：“霍焰？”

“嗯？怎么了？”霍焰看着林溪说道。

林溪笑了下，伸手戳了戳霍焰的脸颊：“你这两天怎么回事？”

“什么怎么回事？”他看着她，漆黑的眼里是藏不住的笑意。

“老是装傻。”

林溪说完抿着唇，无论是小说还是漫画，里面的情爱永远是最美好的。

那些都在告诉她，那是最美妙不过的体验。

但是霍焰没有说话，已经开始吻她的脸颊了。他的吻炙热而充满了侵略性，还时不时发出低哑的哼声。

林溪像是被定了身，她不仅没有推开霍焰，反而觉得身体开始发烫。

除了身体，林溪觉得自己的脑子也在慢慢地变成一团糨糊。她甚至开始回应霍焰的吻，胳膊主动搭上了他的脖颈。

有力的大手落在林溪的睡衣带子上，霍焰亲了亲林溪的嘴唇，然后贴着她的唇问：“可以吗？”

林溪整张脸都红了，她摇了摇头，用最后一丝理智道：“不可以。”

话说完，带子已经被抽开。

霍焰一把抱起林溪放到了床上，她躺着，他站着。他的手放在她的腰间，而她的手按在他的手上，阻止了他的动作。

他居高临下地看着她的眼睛：“为什么？”

林溪的头发乱了，面色酡红，她大口大口地喘息着，胸口不停起起伏伏：“我在经期。”

霍焰的动作顿了下，他道：“那只亲你，不做别的，好吗？”

她的心口直跳，脸颊跟发烧似的烫。

林溪仰头看着橘色的灯，即使灯光再柔和，眼睛直接对上光源也受不了，才看了一会眼睛里就蓄上了泪，眼角也微微发红。

她没有说话，只紧紧地攥着霍焰的衣角。

过了一会儿，半边身体接触到了空气中的凉意，接着是另外半边。

霍焰好像说了什么，但她都没有听到，她的耳边只有自己的心跳。

她感觉到霍焰的唇落在自己的肩膀上，软软的，有点凉。忽然，她就松了口气，没有再推拒，反而伸手搂紧了霍焰的脖子，要他也抱紧自己。

被霍焰喜欢，被他抱紧，原来是这样开心的事。

心底的愉悦不停地溢出，林溪忍不住地抱住霍焰的头，主动吻上他。

已是深夜，房间里漆黑一片。

林溪躺在床上，手搭在腰腹的地方，睡姿非常规矩。她睁着眼，耳边是霍焰平缓的呼吸。

但她睡不着。

距离之前的脸红心跳已经过去一个多小时，但身体和心灵上触动还无法平息。林溪深呼吸了一口气，伸出一只手，顺着睡衣慢慢往上，最后覆在自己的胸口。

即使不看，她也知道自己身上多了很多的红印。

都是霍焰留下的，像是要把她吃掉似的。

他们自然没能到最后，但这已足够林溪触摸到另一个世界的大门。

黑暗中，她张开小口呼吸着，胸口也小幅度地起伏，原本乌黑澄澈的眼眸里氤氲出丝丝的媚意。

林溪也感觉到了自己的心跳，她不觉得害羞，反而垂眸思考了片刻后慢慢地坐了起来。

霍焰睡在她的旁边，他的睡姿不太好，如果是一个人睡，他一定是手脚摊开，把整个床都占领，而她睡在他旁边的话，他就会收敛一些，手脚不管怎么摆都会留出位置给林溪。

她细白的手摸黑贴上霍焰的后背，肌肤与肌肤相贴的那一瞬间，林溪感到了一丝满足，甚至生起了整个人都贴上去的念头。

而黑夜壮人胆，林溪觉得自己就像一只在夜里行走的野猫，白日里一本正经的假象全部被丢弃，被压制在内心最深处的各种念头都趁机迸发。

她并不羞于面对真实的自己，她喜欢这样的自己。

魅惑的，妖娆的，随性的，放肆的。

林溪的手从霍焰的身上收回，怕他着凉又感冒了，于是拿起遥控关掉了空调，她又重新躺下，动作极轻地给自己盖上空调被。

然后她侧过身，朝霍焰的方向贴了过去。今晚他是背对着她睡的，所以她直接贴上了他宽阔的后背。被子下，她的手往霍焰的方向伸，然后弯曲着搭在了他的胸口。

林溪的脸正对着霍焰的背，她冲着他的背呼了口气，然后轻声低语："转过来，抱着我，搂着我睡，好不好？嗯？霍焰。"

睡梦中霍焰动了动，呢喃了句什么后，就翻身伸手抱住了她。

第二天霍焰醒过来的时候林溪已经不在家里了，他想了下，估计林溪是因为论文题目的事情回学校去了。

他们都已经大四，这个阶段学校不安排上课，都是各自安排各自的事情，或是论文毕设，或是实习之类的。

霍焰右手撑床想要坐起来，但手刚一动就立刻有种被上万只蚂蚁啃咬的痛麻感。

他皱起眉，直接坐了起来，然后看向自己的右手，胳膊上有点红，估计是睡觉时压出的印子。

霍焰甩了甩胳膊就下了床，进浴室洗漱。

刷牙的时候霍焰对着镜子仰起头，下巴上冒出了一点青色的胡茬，接着又举起一边的胳膊："这么有男人味，除什么除。"

刷完牙，把嘴里的泡沫吐掉，霍焰没有漱口，直接走到淋浴器下，打开水龙头。

他仰起头闭着眼，任水流冲在脸上，手上快速地动作着，脑子里全是昨晚林溪娇滴滴的模样。

真是要疯，他一直知道林溪身材好，但没想到这么好，每天一套套的东西果然没白用，每一寸皮肤都跟豆腐似的嫩，还香得要命。

就在这时候卧室里忽然响起了手机铃声，霍焰不想接，他闭着眼继续做自己的事情，但对方执拗得很，打了三遍才停下来，接着手机就响起了短信提示音。

霍焰叹了口气，这种打电话方式，肯定是林溪没跑了。

他一只手继续工作，另一只手拿了块毛巾擦了擦潮湿的头发，接着随意地把毛巾搭在脖子上，光着脚进卧室拿了手机后又退回浴室，靠在洗漱台边上看手机。

果然是林溪。

霍焰回了个电话过去，对方秒接。

“起了吗？”

霍焰回道：“嗯。”

“在干什么？”

“你猜啊。”霍焰的嗓音懒洋洋的，说完还低低地哼了声。

电话里的林溪沉默了三秒，然后道：“你快点弄完了来学校找我，给我带条内裤和裙子，我弄身上了。”

霍焰问：“你在学校哪里等我？”

“图书馆七楼的厕所里。”

“那你得耐心点等一会儿了。”

“你有事？”

霍焰低沉地“嗯”了一声，勾起嘴角：“手头的事情起码还得半个小时才能完。”

对面沉默了会：“你才起？”

“是啊，才洗了个澡。”霍焰的语气有些懒散，他优哉游哉地靠着洗漱台。

“霍焰。”

“嗯？”

“现在、立刻、马上带着我要的东西来学校解救我，行不行？”

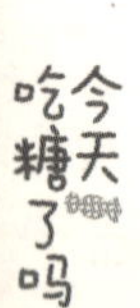

“行。”

“快点啦！”

“知道了知道了，马上就来，你等着。”霍焰叹了口气，他对上一本正经的林溪就有点无力，什么心思都缩回了心底。本来大早上的还想跟林溪煲煲电话粥，谈谈情说说爱呢，结果全没影了。

挂掉电话，霍焰只好匆匆了事。

他随意地冲完澡后穿上衣服，连早饭都没吃就拿着林溪要的东西打车去了S大。

他来过几次S大，但从没去过图书馆。对着一眼看不到头的相似建筑，霍焰直接伸手拦了个人：“兄弟你好，你们学校的图书馆怎么走？”没想到他随手一拦的人还挺帅，跟他有得一拼。

庄成铭从手机里抬头：“有两个图书馆，一个旧的，一个新的，你要去哪个？”

“哪个有七楼？”

“两个都有。”

“是吗？那你等我一下，我问问她。”

“行。”庄成铭又低下了头，继续玩手机。

霍焰掏出手机给林溪打电话：“林溪，你在哪个图书馆？新的旧的？”

庄成铭猛地抬头，林溪？

霍焰挂掉电话对庄成铭道：“她说新的那个。”

“你刚刚是打电话给林溪？大四的那个？”

对方的话语太过突兀，而且还是个男的，霍焰不由打量了一下对方，道：“是啊，怎么了？”

庄成铭话一出口就知道自己唐突了，他收敛了表情，摇摇头：“没什么。新图书馆在东边，从这里一直走，看到127号楼的时候右拐进去，再继续走，大概走三四百米就会看到一个湖，走过桥就是新图书馆。”

“兄弟，谢了。”

“不客气。”

霍焰挑了挑眉，没再说话，又看了对方一眼后转身走了。

过了会，林溪的电话又打了过来："你到哪里了？"

"已经出电梯了，大概还三十几秒，别急。"

挂掉电话，霍焰又加快了脚步。

林溪终于看到眼熟的浅金色脑袋出现在视野里，她松了口气，等不及地从女厕里走了出去，一只手还拿着包包放在身后。

"你总算来了。"林溪蹙着眉，语气似抱怨又似撒娇。

"哪儿弄到了？"霍焰低头去看。

"裙子后面。"林溪没给霍焰看，她从霍焰的手里拿过自己要的东西，赶紧转身进了厕所。

霍焰当然不能跟进去，于是只好站在厕所外的走廊上等。见来上厕所的几个女生频频往自己身上瞟，无聊之下他直接回看了过去。

几个结伴上厕所的女生本来只是偷看，结果被他这么一看弄得直接红了脸，一边捂着嘴笑一边推推搡搡地进了女厕。

"那个是不是就是他们一直说的火哥？"

"就是他啊！"

"他怎么会来我们学校的？站在厕所外面是在等人吗？"

"谁知道，不过真的好帅啊。"

"是我火星了吗？我怎么不知道他？"

"他好像去年开始就走低调路线了，我还记得大一大二的时候他一直是我们整个大学城的头号风云人物呢。"

"他以前干什么了？"

林溪在隔间里换裙子，边换边被动地听了一耳朵八卦。

这些女生说的事她以前也有听过，无外乎是霍焰以前打架、飙车之类的事情，跟很多校园小说文里男主的设定差不多，能传开也是因为他长得帅，又一点都不懂得低调，经常开着跑车进出学校，存在感十足。

在别的女生嘴里听到自己老公的事情还是挺有意思的，以前林溪只当八卦可听可不听，现在却会不由自主地去关注，甚至忍不住把自己接触的霍焰跟女生嘴里形容的他来进行对比。

林溪听着对方一直夸霍焰多帅多酷，不由得勾起嘴角。

她把弄脏的裙子收进包里，洗洗手出了厕所。

她出去的时候霍焰正趴在走廊的栏杆往外看，见她出来直接走上来伸手接过了装衣服的包。

在周围路人惊讶的目光中，他们并排着往电梯方向走。

“你刚在看什么呢？”

“就随便看看，我发现你们学校女生还挺多的，不过看来看去还是你最漂亮。”

闻言林溪抬头冲霍焰笑：“霍先生你眼光真不错。”

霍焰侧过脸去看林溪，语气带着点揶揄：“林小姐你还挺自信的啊，一般的女生被男生这么夸，第一反应不都应该是害羞吗？你倒直接就承认了。”

“自信难道不好吗？而且跟我说这个话的人是你啊。”林溪目视着前方，眼神和表情都一派坦然，“你跟别的男生又不一样。”

霍焰听了一愣，随即心头又觉得有些暖。他就喜欢林溪这个样子，仿佛在她眼里别人都是一样的，只有他是最特殊的。

他要的就是这种特殊且唯一的感觉。

霍焰心情愉快地牵起了林溪的手，视线也不由自主地落在她脖子上——林溪今天穿的是件碎花衬衫，领子有点高，一头长发又是披着的，所以什么都看不到。

这么穿挺好的，霍焰心想。

见霍焰一直盯着自己看，但是又不说话，表情还古怪得很，林溪觉得异样，她蹙着眉往旁边退开一步：“你这么看着我干吗？”

“在想我昨天在你脖子上留下的痕迹。”霍焰露出坏笑。

林溪抿了抿唇：“你说话注意点，这里可是学校。”说着她摸了摸衬衫最高的一颗纽扣，确认是扣上的后又重新拢了拢头发，然后拉着霍焰加快步伐往电梯走。

霍焰看着林溪的举动，心里直发笑：“行行行，都听你的。”

他们乘电梯的时候恰好电梯里没人，于是狭小且封闭的空间内就只有他们两个。

大概是因为昨晚的事情，所以在没有其他人的情况下，霍焰看着林溪总有种心痒痒的感觉。

夏天本就容易心浮气躁，他从口袋里掏了颗薄荷糖剥了扔进嘴里，把视线从林溪身上强行移开，问道：“你论文题目的事情怎么样了？”

“都已经解决了，研究的主体用不着变，老师让我换一个角度去写，资料的话得重新再找，不过这个对我来说问题不大，很快就可以完成。”

“那就好。”

林溪侧头看霍焰：“你最近怎么一直在吃糖？是要戒烟吗？”

“嗯。”

“怎么突然想到要戒烟？”

霍焰摸了摸鼻子：“之前不是你说的吗？要备孕。我就去网上查了查，看到说抽烟喝酒对生出来的孩子会有影响，所以就想趁还没孩子前戒掉。现在又没什么措施能百分百避孕，早点做准备总没错。”

“其实……”林溪忽然顿住了。

霍焰赶紧问：“其实什么？”

林溪抿了抿唇，表情有些纠结，张开口正要继续说的时候电梯门往两边打开，一下又进来了几个女生，她只好闭上了嘴。

霍焰拉着林溪往里面挪了挪。

“欸！是林学姐！”

“学姐好！”

“你们好啊。”林溪笑着点点头，跟她们打招呼。

其中一个女生看了看林溪，又看了看霍焰，眼里是止不住的好奇，她问：“学姐，你们要去几楼啊？”

林溪一愣，往电梯按钮那看，只见那边除了一个亮着的三楼层外其他都是暗着的，也就是说她和霍焰进了电梯后根本就没按楼层。

难怪他们俩在里面说了这么久电梯都没到一楼。

霍焰也意识到了，他人高手长，直接伸过去按了个一楼。

林溪对女生们微笑道：“要去一楼，刚才忘记按了。”

“哦哦！好的。”

女生们都各自站好，但眼睛的余光不停地往两人身上看，因为跟林溪的关系仅是同校打个照面的程度，所以心里再疑惑也没有开口问他们的关系。

有外人在，林溪跟霍焰都没有再说话。

直到出了电梯霍焰才追着林溪问：“你刚才的话还没说完呢，其实什么？”

“我们回去再说吧，周围来来去去人这么多，被听到了不好。”

霍焰上前抓住林溪的手，跟她并排走在一起：“行，那我们现在就回去。”他又问，“你事情都办完了？”

林溪点头：“办完了。”

“我现在就打车。”说着霍焰就要拿出手机。

林溪一把按住了霍焰的手：“急什么，你吃早饭了没？应该没有吧？”

霍焰笑道：“是啊，组织下达的任务肯定得放在第一位啊。”

林溪抿唇笑了下，她转过头，拉着霍焰的手往另一个方向走：“走，我带你去食堂，你吃早饭的时候我们继续说也行。”

“那行吧。”

一路上，林溪留意到周边许多落在自己和霍焰身上的目光，那些目光多是诧异和不可置信，原因猜一下就能知道——他们一个是所有人眼中的好学生，一个是众所周知的坏小子，虽然现在的人阅历丰富，各种CP（组合）都见过，但真的看到了还是会忍不住被吸引目光。

林溪表面不动声色，但其实全都看在眼里。

成为众人瞩目的中心，这也是她不可言说的小心思，或者说小爱好。

心情不错，霍焰点完早饭后林溪也点了份蔬菜沙拉，坐着陪他一起吃。

“继续说吧。”霍焰吞下一个水晶虾饺，“其实什么？”

林溪单手撑着下巴，手里的筷子随意地翻着沙拉里的蔬菜，她从里面找到了一个小番茄，用筷子夹了，却又不吃："我是想说其实不避孕也可以。"

霍焰被呛了下，他猛地咳嗽了两声："你再说一遍。"

林溪垂眼搅了搅盘子里的果蔬，又说了遍："我说，不避孕也可以。因为我本来就有明年生孩子的计划，明年要生的话，那今年怀上也差不多，所以用不着避孕。"

霍焰早饭也不吃了，他筷子一放，就盯着林溪看。

林溪被霍焰面无表情的样子看得心里发毛，她蹙了下眉，垂着眼把小番茄夹进嘴里，咽下后见他仍盯着自己看，她也抬头直视回去："你想跟我说什么？"

"我觉得太突然了。"

林溪也放下了筷子："哪儿突然了？"

"之前碰都不给碰，现在突然就说要生孩子。"霍焰觉得林溪有点想一出是一出，他不太能跟得上她的节奏，"那昨天我们买什么避孕套？"

"是你要买的，又不是我说要的，而且我觉得我们两个的发展很正常啊。"林溪看了眼周围，转过头对霍焰解释道，"你看，我们认识到现在差不多四个月，正式在一起同居是将近三个月。这个阶段我们是在培养感情，也是相互磨合，算是一个过渡期。就在昨晚我们有了突破，我们又是已婚了的，所以生孩子不是顺理成章的吗？"

霍焰单手托着下巴，看着林溪没说话。

林溪问："你觉得我说得对不对？"

"好像是挺有道理的。"

"那就是了啊，而且正好两边父母都在盼，你看起来对孩子的事情也挺上心、挺期待的，那我们早点生孩子不也挺好的吗？"

霍焰忽然问："那你期待吗？"

林溪一怔，她看着霍焰，缓缓地眨了眨眼。

"我承认，我很期待，但是我想问你，你期待吗？别管我或者爸妈他们，我就想问你，就你个人而言你期不期待？你想不想要？”

她怔愣了片刻，回道：“我当然期待啊。”说完她垂下眼，夹了片紫甘蓝放进嘴里。

S大食堂的伙食不错，水晶虾饺做得很好吃，但霍焰此时有些吃不下了，他看着林溪，想说什么但又不知道该说什么。

两人一时都没有说话，气氛有些安静。

“林溪！”这时一个女声忽然响起，霍焰和林溪同时抬头朝声音发出的地方看过去。

林溪眼里露出惊喜：“小乔！”她转头对霍焰道，“她是赵乔，我的好朋友。”

霍焰点点头：“我知道。”

“你知道？”林溪有些惊讶。

“我认识她。”

两人正说着呢，赵乔已经兴冲冲地走了过来，她在两人面前停下后双手环着胸，啧啧称奇。

林溪伸手把赵乔拉到自己旁边坐下：“啧什么啧，你今天怎么会在学校的？”

一听到这个赵乔的白眼就翻了起来：“我论文的题目没过！超倒霉，给我指导论文的老师是个新老师，第一年带毕业生论文，很多特别细的规矩他都不清楚，一想到以后要被他无数次传唤我心里就凉凉的。”

“啊……”林溪把头靠在赵乔的肩上，叹道，“那我们真是一对难姐难妹。”

“你题目也没过？”

林溪点头：“嗯。”

“你居然会没过？不可能吧。”赵乔满脸不相信。

林溪也很无奈：“是真的啦，我论文题目和内容跟前几届的学长撞了。算了算了，别说这个了，来，我给你介绍一下我男朋友，霍焰。”

霍焰朝她挥了下手：“嗨。”

赵乔道："没想到啊没想到，S大的清纯校花居然跟大魔头在一起了。"

霍焰嗤了一声："什么大魔头，你在林溪面前说话注意着点。"

林溪看着他们俩道："你们以前认识？"

"何止认识，我以前还想过要追他呢，不过后来不知道怎么回事就掉我们家小邱坑里了，然后就再也爬不出来了。"赵乔的语气里是藏不住的骄傲，"他真的太可爱了。"

小邱是赵乔的男朋友，林溪见过几次，印象里是一个看上去很乖、乖到有点奶的大男孩，比赵乔还小两岁。

林溪道："你们俩在一起我也想不到。"

赵乔长得很漂亮，是很有攻击性的那种妖艳美，穿衣打扮也很时髦，性格张扬又特别会玩。而小邱长相很清秀，是个看上去干干净净的大男孩，不抽烟不喝酒，一门心思地好好学习。

赵乔幸福地摊了摊手："这就叫缘分嘛。"

缘分……

林溪看了眼自顾自吃早饭的霍焰，觉得这个词他们俩也很适用："对了，你今天什么时候来学校的？"

"我早上八点半就到了，小邱要上课，所以提前把我送过来了。"

林溪开玩笑似的拍了赵乔一下："要是知道你在我就不喊他过来了，也就不用一路上都被人当猴子围观了。"

赵乔一笑，她伸手捏了捏林溪的脸颊："你个口是心非的小妖精，心里指不定多高兴呢。"

林溪笑着拍掉赵乔的手："你把我的粉都蹭掉了！"

看着两个女孩子互动，一旁围观的霍焰表示认同赵乔的看法。

别说，林溪还真的是口是心非的典型。

他们相处的时候他经常会被她噎住，有时候还会有点郁闷，觉得她性子怪，但一个人的时候回想一番，又觉得还挺可爱的。

霍焰觉得自己中了林溪的毒。

"你喊他过来干什么的？"

“让他来送衣服的，我把衣服弄脏了。”林溪说来也觉得尴尬，“你要是在的话多方便，直接跟你借一身衣服了。”

赵乔看着霍焰，惊讶之情溢于言表：“这么暖的吗？我是真的想不到火哥居然会做这种事情，他以前可高冷了，对女孩子都板着脸。”

“她们又不是林溪。”霍焰喝着豆浆，迅速吃完剩余的虾饺和包子。

林溪笑了起来，这种言语里秀恩爱的感觉着实不赖。

他们又聊了会儿，没多久小邱就来接赵乔了，于是几个人分开，霍焰和林溪也坐车回家。

离开学校后，在车上林溪就忍不住问了：“真的是小乔说的那样吗？”

“什么这样那样的？”

林溪抿抿唇，觉得有点不好意思：“就是你对别人都很高冷，就对我暖这个。”

霍焰将看着窗外的目光移到林溪身上，道：“除了你，你看我还对哪个女生暖过？”

林溪移开目光，克制着上扬的嘴角：“做得很好，组织决定明天的早饭奖励你两个肉包，五两虾饺。”

“就一天？”

“就问这个奖励你要不要吧？”

“要。”

林溪看着窗外，极力克制的嘴角还是高高扬了起来。

两人很快就到了家，林溪决定补觉。她动作麻利地卸了妆，然后进浴室换好了睡衣。

霍焰问：“你待会不吃饭了？”

现在已经十一点半多，马上就中午了。

林溪躺在床上道：“不吃了，今天下午我打算都拿来补觉，昨晚根本就没睡好。”

“是不是太紧张了？”一想起昨晚的事情霍焰就觉得心口发热，他走过去拉上窗帘。

林溪冲霍焰挤了挤眼睛："是啊，你倒是睡得快，跟猪似的睡得特别沉。"

"怎么，睡眠好碍着你了？"

林溪问："你干吗？"

霍焰道："陪你一起睡个回笼觉。"

说是这么说，但等真的躺到床上了，霍焰就开始不老实起来，手先是搭在林溪的腰上，被她推了两下后他整个人侧过来，朝着林溪。

"我今天早上起床的时候手特别麻。"霍焰凑近林溪的脖颈间。

林溪闭着眼道："是我压的。"

"你昨晚睡我怀里了？"

"对啊。"

"像这样吗？"霍焰托起林溪的头，把胳膊伸到她脑后。

林溪斜着眼睛看他。

窗帘已经被拉上，但外面的阳光太耀眼，房间里虽然暗了下来，但东西都能看清楚。

霍焰小心地托起林溪的头往他胳膊上放，但不小心压到了林溪的头发。

他问："疼吗？"

林溪没回答，她伸手拨了下头发，看着霍焰无声地笑了，接着主动转了个身靠近霍焰怀里，把头枕在他的胳膊上。

"投怀送抱？"说着，霍焰把林溪搂得更紧，让两人紧贴在一起。

"其实枕着胳膊睡一点都不舒服。"霍焰的肌肉锻炼得很好，所以硬硬的肌肉远没有枕头来得舒适。

"既然嫌弃你还主动压上来？"

两人互相紧贴，声音又都特地放低，彼此的呼吸像是要缠绕在一起，暧昧的气氛在房间里悄然酝酿。

林溪又想起了昨天晚上的事情。

想起了他的吻，他的怀抱，还有后来肌肤相贴，温暖又满足的感觉。

林溪主动伸手搂住了霍焰的腰，头抵在霍焰的胸口，眼睛半闭，长长的睫毛微微颤动，她低声道："我本来是想睡觉的。"

"本来？那现在呢？"

"现在我觉得不做点什么有些浪费。"

霍焰哼了声，眼神紧锁着林溪的脸，可她偏垂着眼，看不清楚表情也看不出情绪。

"霍焰。"

"嗯？"

"我喜欢你坏一点，强势一点的样子。"她把手轻轻放上霍焰的胸膛。

霍焰的嗓音有些低哑："跟昨天那样？"话音刚落，他翻过身把林溪压在身下，跟她面对着面。

她卸了妆，眉眼比平时要淡一些，身上的气势也弱了许多，有种脆弱的感觉，跟他一对比就跟一个小可怜似的，可说出来的话却是一点都不可怜，反倒处处是诱惑。

林溪伸手勾住霍焰的脖颈，看着他的眼睛道："一定要我说出来吗？"

又来了。被这样的眼神看着，霍焰只觉热血下涌，有种做点什么的冲动，但他今天偏偏就不想遂林溪的愿，想逗她把那些她总遮遮掩掩的话都说出来。

"对，我想听你说。"

林溪勾起唇，朝着霍焰的唇上呼了口气："吻我。"

"还有呢？"他也放轻了声音，像在诱哄着林溪。

柔软的小手覆上那只大手抓紧，霍焰的手指动了动。当手被拉着覆上腰间的时候，他已经整个人都绷紧了："要我怎么做？自己说。"

林溪娇声笑道："你故意的是不是？"

霍焰声音低哑："是，你要怎么做？"

林溪冲霍焰嫣然一笑，弯弯的眼睛在此时不像月牙，倒像两把能勾人心魄的钩子。

她揽着霍焰的脖子往下按，然后把嘴唇贴上了他的唇。

她有些粗笨地吻着霍焰的嘴唇，见他都没什么动作后坚持了没一会儿就放弃了，她的语气有些气恼：“你磨叽死了……”

话还没说完，霍焰就猛地发起了攻势。

绵长的吻让林溪的脑袋有些发昏，只听霍焰声音低沉地警告道：“这种时期你最好别挑衅我，不然有你哭的。”

“那你就别磨叽啊。”林溪的脸颊泛着粉，嘴唇也红润润的。她呼呼地喘着气，眼里亮亮的。

霍焰看得心头发热，他道：“林溪你完了！这就治你！”

两人缠在一起闹了半天，接着又睡了一下午。

快到傍晚的时候霍焰被他爸一通电话叫走了，从床上起来的时候他不停地唉声叹气，把林溪笑得不行。

他离开后林溪一个人躺在床上继续赖床。她很久没有这么懒散过了，而且今天也跟老师确定以后不用再天天去学校，这样一来她既不用上课又不需要上班，日子立刻就空闲了下来。

下午的时候下了场雨，气压一低人就更容易觉得疲倦。

林溪起床的时候天还没黑，她没再化妆，只随意地把头发挽了个髻，吃了个木瓜当晚饭后又坐回床上，准备画图。前两天她接了一个小说的封面设计，她为了画封面特地去找了文看，现在才只看到一半。

她打开手机继续看，电脑里放着歌，有灵感了就在数位板上画两笔。

画着画着，时间不知不觉就到了晚上，九点多的时候霍焰回来了。

林溪仍是坐在床上，她啃着苹果头也不抬地问：“你爸喊你回去做什么了？”

“跟我说了点公司的事情，他想让我早点继承他的衣钵。”霍焰看起来兴致不太高，他往桌前一坐，开了电脑点进入游戏界面，“之后几天我要跟我爸去D城出差，他要带我谈一个案子，你一个人能行吗？”

林溪点头应下：“可以啊。你周六前能回来吗？你说了周六要带我去看赛车的。”

“你就不能做个舍不得我的样子？”

林溪抬头看着霍焰，眨了眨眼。

“难受。”霍焰转过身进入了游戏。

“那你要去几天啊？什么时候去？”

“明天出发，周六回来。”

林溪点点头，视线又回到电脑上：“那没几天啊，你坚强一点嘛。”

霍焰决定要在游戏里大开杀戒！

之后几天霍焰跟着他父亲去D城出差，林溪一个人待在家里。

这是两人同居以来头一次分开这么长时间，林溪倒是一点没觉得不适应，她待在家里写写小说看看剧，和网上认识的朋友们打打游戏，轻松又充实的小日子过得很是潇洒。

霍焰就没那么幸福了，他每天晚上回到酒店都会跟林溪视频聊天，说起白天事情的时候，脸上神情总有些一言难尽。

明天霍焰就要回C市，当晚他在视频里冲林溪叹了口气道：“你知道这个季节穿着西装和皮鞋走在大太阳下有多热吗？”

林溪目露疑惑：“为什么不待在空调房里？”

“得去工地上实地考察。”

“那是真的不容易，幸好你明天就能回来了。好啦，高兴一点啦。”说着林溪又问，“对了，你的发色是你自己想换的还是你爸爸——”

“我爸。”

林溪点点头，果然是这样：“不过你黑头发也挺好看的。”

视频里的霍焰摸了下头发：“你觉得是之前的金色好看还是现在的黑色好看？”

“黑色吧，感觉干净清爽一点。”一说到干净林溪就想起了件事，“说起来我放你箱子里的面膜和面霜什么的你用了吗？”

“用了两次。”

“那用下来感觉怎么样？”林溪忽然勾起唇，像是又想到了什么。

看着视频里林溪的笑，霍焰有种不太好的预感，他有些谨慎地回答道：“还不错。”

林溪笑着点点头："那还有件事情你这次回来是不是也可以考虑一下了？"

霍焰一下就明白了这句话的意思，他没有立刻回答，而是反问林溪，企图转移话题："现在都十一点多了，你还不睡？"

"是要睡了，那你明天大概什么时候回来？"

这就话题转移成功了？霍焰心下松了口气："两点四十五下飞机，大概三点半或四点能到家。"

"好。"林溪把电脑桌推开，忽然兴冲冲地下了床，"我去拿个东西给你看看。"

"什么东西？"

林溪很快又回到了电脑前，她的手里多了个东西，是一个还没拆包装的全新剃须刀。

还没等林溪开口，霍焰就急匆匆道："刚刚爸忽然找我有点事，有什么事等我明天回去再说吧，晚安，你早点睡。"说完霍焰合上电脑，松了口气。

另一边的林溪看着迅速黑掉的屏幕愣了下，反应过来后一点没生气，反倒趴在桌上笑了起来，边笑边说："至于吗……"

她只是想给他刮胡子。

第二天上午霍焰又跟着父亲出了一趟，直到下午才一个人坐上飞机。

飞机飞行的途中，他坐在位置上仰头休息，内心有些兴奋，期待回去见到林溪。

下了飞机，霍焰一眼就在人群中看到来接机的林溪，她穿了身嫩黄色的长裙，在人群中很亮眼，看起来也很乖巧。

霍焰大步地走过去抱住林溪，亲了下她的脸道："等多久了？"

"没多久，爸呢？他没跟你一起回来？"林溪朝霍焰的身后看去。

"他没回来，那边的事情有些棘手，一时还谈不下来。"霍焰牵着林溪的手往机场外走，C 市的机场外是出租车最多的地方，伸手拦一会儿就有车在他们面前停下。

林溪坐在后排座，又问："事情没谈完你就回来，这样可以吗？"

"没事，我爸同意我回来的，他主要是带我去感受感受。"霍焰把行李放到出租车的后备厢，上车坐到林溪身旁，"这个案子还有得磨呢，根本就不是这一天两天的事。算了不说这个了，我有点累，先眯一会儿，有事我们回去再说。"

林溪点点头："好，那你靠我身上睡吧。"

过了二十多分钟，汽车开到小区门口。

两人下车上楼，刚一进门，林溪弯着腰正换鞋子呢，霍焰从后面伸手一把把她抱了起来。

"你干吗？"

林溪挣扎，霍焰不容拒绝地把她压到沙发上。

炽热的吻落下来，林溪却用双手把霍焰的脸推开，让两人的眼睛能够对视："现在已经四点多了，你是不是忘了什么？"

霍焰低沉道："忘了什么？"

林溪拧眉："说好要带我去看赛车的啊，我都期待好久了。"

吻重新落下，霍焰心想看赛车哪有她重要："记着呢，那个不用急，那些人起码十点十一点才会开始聚齐。"

林溪仍偏头避开，手也继续推着："那现在也得开始做准备了，我还要化妆的。我这两天特地去网上找了个很街头的烟熏妆，应该会很适合赛车那种气氛，待会我化给你看。"

见林溪不乐意，霍焰的动作只好停下，但他仍压在林溪的身上，试图做最后的说服工作："做完再化也来得及，我们反正就是去围观而已。"

"你真的很想？"

"都等不及了。"霍焰的声音低沉了好几分。

"你今晚还想上床上睡吗？"

霍焰沉默了一会儿，接着单手撑着沙发，站了起来："怕了你了，去化妆吧。”

看霍焰吃瘪，林溪没忍住大笑了两声，然后被霍焰按着猛亲了好几下。

林溪这次特地化了一个非常浓的烟熏妆，眼妆用了许多类似金粉的东西，看着有点闪，头发也特地全都编成了小辫子。

她上半身穿了一件黑色短抹胸，露出肩膀、双臂还有腰，下半身穿的是一条超短的牛仔热裤，露出雪白笔直的大长腿。

她的这身穿着打扮有些夸张，但胜在林溪的五官和身材比例很好，完全能撑得住，所以看起来还是很漂亮，俏皮又诱人，还有点坏坏的，像个叛逆期不服管教的小太妹。

霍焰的视线直直地落在那双大腿上，无法移开。林溪的腿很长很直，皮肤也又白又嫩，骨肉均匀，外形很漂亮，

林溪看起来好像不太适应，她站在镜子前，不停伸手调整裤子的边角。

“有点太紧了。”林溪小声地嘟囔。

确实有些紧，她的腰线被勾勒得一清二楚。霍焰目光骤暗：“很适合你，这么穿很有吸引力，很好看。”

“真的吗？”林溪转过身，正对着霍焰。

舌尖抵了抵牙齿，霍焰点头：“嗯，不过我觉得你最好再披一件衣服。”

林溪听完勾起了唇，她拿了件白色半透明的长款防晒服，抖开给霍焰看：“我打算外面披一件这个，晚上会有一点凉，披这个正好。”

“看着不错。”

“好，那差不多了，我们可以出发啦。”

准备工作做完后两人就出门吃晚饭，林溪的意思是去夜市里吃烤串，霍焰同意了。

“吃完了顺便去维修厂拿个车，我的车已经修好了。”他出差没在家，也就没让人把车开到家里。

“好啊。”林溪指着一个路边的露天摊子，“我们去那吃吧。”

霍焰顺着林溪指的方向看了过去，这个摊子应该属于那边的一家小店，估计是店铺太小里面坐不下几个人，所以才在外面搭了个棚子。

棚子里坐着吃饭的人还挺多，霍焰的视线在那群人身上转了圈，觉得没什么问题人士后他点点头道："走，我们过去。"

两人入座后点了一堆串串，还点了半盆麻辣小龙虾和两瓶啤酒。

菜上得很快，林溪手上套着一次性手套，熟练地剥着麻小。

霍焰不疾不徐地喝了口啤酒，他看着林溪吮手指的样子直发笑："我以为你不会到街边这种露天的摊子来吃东西。"

"为什么不会？这种地方吃麻辣小龙虾和串串才最过瘾。"林溪的视线集中在手里的麻小上，头都没抬一下。

"你不是很养生吗？不觉得街边小摊不卫生？"

林溪吸了下手指，又从盘子里拿出一只麻辣小龙虾剥起来："不卫生也认了，心里觉得过瘾和开心就可以，而且养生……我只是为了保持身材而已，要是真的养生就不会天天到楼下餐馆吃饭了。"

霍焰觉得林溪挺有意思的。

她换个妆容换身衣服，整个人就跟脱掉了面具似的，原本矜持的样子全然消失，还每次角色都不太一样，上次是妖娆的舞池小姐姐，这回又是接地气的小太妹。

光吃没意思，林溪对霍焰道："我们来聊天吧。"

"聊什么？"

"嗯……以前经常听说你打架飙车什么的，但是现在跟你相处下来，我觉得你的脾气比我想得还好，跟传闻中那个暴力的校霸一点都搭不上边。"

霍焰笑了出来："什么校霸，都是无聊的人瞎传的。"

"那你有没有打过架，还有飙车什么的？"林溪问。

霍焰点头："有。"

"那传闻不是对的吗？"

"哪有经常，我就打过两次架，打的都是家里有点背景的好学生，所以那时候闹的比较大，根本谈不上什么校霸，我从来不无缘无故找别人麻烦。"

“那你的意思是那些好学生主动找你麻烦吗？”

“嗯。”

“为什么？你跟他们有什么冲突吗？”

霍焰心情不错，于是耐心解释道：“我理科很好，但是我们省高考制度你也知道，分数算的是语数外总和，我语文很差，所以高考的分数不高，几乎是压线进的学校。不过进了大学就不一样了，我不擅长的科目我都可以选择不学，所以成绩就从垫底的变成了年级前三，我又三天两头逃课，结果就有人看不惯了呗，那时候我脾气也暴，有人来挑衅我直接就炸了。”霍焰的表情很平静，边说还边剥了几只小龙虾放到林溪碗里。

“那现在脾气怎么这么好了？”

霍焰笑笑：“我脾气本来就不差。”说着他敛了笑，又喝了口酒，“我是我爷爷养大的，一直跟着他住在乡下，大一开学前那段时间爷爷去世，我才跟爸妈住一起，加上换了个陌生的环境，什么都不太适应，所以那段时间人就特别暴躁。”

“那我们不说这个了吧。”林溪赶紧换了个话题，“嗯……你后来为什么会答应跟我结婚的？”

“一个人太孤单，就想成家了呗。”

“真的吗？”

霍焰喝了口啤酒，“嗯”了一声。

二十刚出头的年轻人，哪会还没毕业就想着要结婚，不过是太孤单罢了。

最亲的亲人去世，接着就换了个陌生的环境，终于和父母住在一起了，结果没来得及处感情，他们就怀了二胎，心里眼里都是未出生的弟弟。

孤独，空虚。

钢筋水泥浇灌而成的城市里弥漫着压抑的空气，那时候的霍焰觉得哪儿都是冷冰冰的，他没有一点存在感，也没有人需要他。所以那段时间他很暴躁，一点事情都不能忍，不过被人挑衅了一下，他就生气了。

霍焰一暴躁就暴躁了两年，后来之所以慢慢平息下来大概是觉得累了烦了，也习惯了，正好爸妈觉得管不住他，想着让他娶个媳妇能收收心，机缘巧合下他就碰到了林溪。

霍焰勾起唇，很快从过去的思绪里抽离。

他反问林溪："那你呢，你为什么同意嫁给我？你爸说让你……"

"霍焰！你这个混账东西！"

两个人都被这声突如其来的怒吼吓了一跳，林溪则是被吓得直接站了起来。

那是她爸爸的声音！

# 第四章
# 请给我一个机会

林溪立刻慌了，她手足无措地站在原地，表情惊恐，手脚也有些发凉："是我爸！是我爸！怎么办？他怎么会在这里？被他看见我这样肯定会骂死我的！"

霍焰也站了起来，他让林溪站到自己的身后，道："别慌，先别慌。"

看着越走越近的父亲，林溪都快急哭了："怎么不慌？要不……要不我们跑吧？回去了赶紧换身衣服，然后告诉他认错人了！"

可人都到眼前了哪里跑得掉？

霍焰的心里虽然也觉得很郁闷，但脑子转了转他又觉得被发现也不是多大的事，因为最坏的结果也就是两个人都被骂一顿。

"别怕，有我顶着呢，就说是我的主意就行。"霍焰还算淡定。

林溪抓着霍焰的胳膊，急得直跺脚："可是我不想他看到我这个样子啊！"

想再多也没用，因为林溪的父亲很快就来到两人眼前。

他今天难得出来吃个饭，结果就碰到女婿和别的女人在一起，林爸爸瞬间就怒了。他满脸怒容地冲了过来，一边走还一边卷起袖子，刚走到两人跟前就冲霍焰扬起手，看起来像是要打他，嘴里也不由分说地骂道："你个混账东西！"

霍焰伸手挡了一下，林溪躲在霍焰背后揪着他的衣服，整个脸都埋在他后背，生怕被认出来似的。

霍焰皱眉道："爸你听我解释。"

"解释个屁！你当我瞎的啊？我没眼睛看啊？幸亏我今天出来跟老朋友喝个酒，你把我女儿还放不放眼里了？啊？"林爸爸暴怒地道。

虽然霍焰伸胳膊挡住了对方的攻势，但林爸爸到底年长些，手上的劲很大，加上现在又处于暴怒的状态，下手的力道没克制，光打在胳膊上都疼得霍焰直皱眉。

霍焰只好一边挡一边道："爸……爸，我们别在这里说，免得被人看热闹，我们回去说，回去说。"

"回去说个屁！刚结婚就做出这种事，你还会怕丢脸？！"林爸爸的脸涨得通红，眼睛狠狠地瞪着霍焰，手也不停落下。

霍焰心里也很无奈，林溪躲他身后声都不敢出，估计是怕得不行了。她不想面对她爸，那他也不会拉她出来跟林爸爸说我没出轨，这姑娘就是你女儿。

但是呢，不说清楚眼下尴尬的场面又很难解决，霍焰一时有些头疼："爸，有什么事我们回去私下解决，这里人太多，闹大了对小溪的名声也不好是不是？"

又被打了好几下，霍焰好说歹说林爸爸才停了手。

但林爸爸哪能就这么轻易放过霍焰？他毫不客气地一把揪着他的衣领子，拉着他往路边又拖又拽，另一只手伸着打车。

扭过头，林爸爸见这个一头小辫的姑娘还抓着霍焰的衣服不放，心头更是恼火："你这个小姑娘到底怎么回事？我看你年纪小给你脸才不骂你，你还非要跟过来找骂？破坏别人的感情你还挺理直气壮的是不是？"

霍焰赶紧伸手护着身后的林溪："爸，你就别说她了，我们回去再说好吧？事情真的不是你想的那样。"

见霍焰护犊子的架势，林爸爸眼睛都要瞪出来了，他指着霍焰："你居然还护着她？你把我家小溪置于何地？你这样对得起我们小溪吗？！”

不管旁边已经停下的出租车，也不管什么脸不脸面的了，林爸爸冲上来又揪起霍焰的衣领：“你是不是男人？你也是，你知不知道这个男人已经结婚了？好好的姑娘家不做，出来做什么小三，你爸妈怎么教育你的？！”

霍焰夹在两人中间，又要护着林溪，又要挡住岳父的巴掌，脸上的无奈之情溢于言表。

旁边的司机见势不妙把车开走了，于是他们三个人又僵持在了路边，很多路过的行人都往这里看，甚至还有食客端着饭碗看他们，真的是看热闹不嫌事大。

霍焰还是头一次被人这么单方面追着打，他不仅不能反抗，还要被人围观，但没办法，只能忍了。

终于，躲在霍焰身后掩耳盗铃的林溪忍不住了，她强忍着害怕从霍焰后面探出了头，大声道：“爸！你别打他了！”

挥到空中的手顿住，听见自己女儿声音的林爸爸一脸难以置信：“你说什么？”

林溪咬咬牙豁出去了：“爸，我是林溪！霍焰没出轨！他在跟我约会！”说完她又闭上眼，等着爸爸失望的指责。

果然，原本还想去打霍焰的手变成了指着林溪，林爸爸嘴角颤抖，一时没说得出话来，仿佛看见自己的女儿打扮成这样比女婿出轨还让他接受不能。

他指了林溪好一会儿，最后才终于挤出话来：“你看看你像什么样子？像不良学生，传出去了你让我和你妈怎么在别人面前抬得起头？！”

原本林溪的只觉得害怕慌张，但这些话让她脑子一空，眼泪一下就流了出来。

霍焰皱起眉，也不高兴：“爸，你怎么能这么说自己女儿？而且是我让她这么打扮的，我想看她这么打扮！她也是听了我的话才这样打扮的！”

林溪揪着霍焰的衣角咬紧嘴唇，父亲说的那些形容词刺得她的心都揪在了一起。

她抽噎好几下才抬起头冲林爸爸大声道："不关霍焰的事，是我想这么打扮的，我觉得好看所以打扮一下，难道不可以吗？"

林爸爸深吸了口气，他手指颤抖地指着林溪："你怎么变成这样了？打扮成这样还这么理直气壮？林溪啊林溪！你这样不仅丢你自己脸，也是要把我和你妈的脸都丢光！"

林溪哭着道："我根本不在意别人怎么看我！"

"你懂什么？！人活一张脸树活一张皮，你不在意你爸我在意！你妈也在意！"林爸爸说完，一脸头痛地揉了揉额头，他看向霍焰，板起脸道，"女婿，今天的事情是我误会了你，这个我是对不住你。但是，我好好的闺女交到你手里就变成了这样，那我倒是要问问你，你到底是怎么做这个丈夫的？"

霍焰又是无奈又是觉得头大，但没办法还是得耐着性子解释道："爸，小溪的打扮你就当是我和她之间的趣味行吧？她很好，今天我们就是一时兴起玩个刺激，没想到就被你看到了，其实根本没什么。"

"没什么事情？就这还没什么事情？看来我要找你爸谈谈了，一个好好的女孩弄得跟个……跟个不良学生什么似的，还觉得没事？"林爸爸气得插着腰，来来回回地走着。

他总算看见了周围围观的人，脸上也觉得非常挂不住，但心里又实在咽不下那口气，还是想说两句，于是他转过头对林溪道："小溪，你从小就很懂事，没让爸爸操心过，爸爸也一直很欣慰。但是今天的事情，你让我很失望，爸爸也不想当着这么多人的面说你，你自己回去好好反省反省，好好想想自己哪里错了。"说完，他直接穿过马路，在对面拦车离开，看起来是一点不想跟他们多待。

目视着林爸爸离开，霍焰拍了拍还揪着自己衣角的手："好了，没事了，他走了。"

"我不想待在这里给人看。"林溪的声音里带着浓浓的哭腔。

霍焰抬头就对围观的人恶狠狠地道："看什么看！都滚远点！"说完他把林溪拽到自己胸前，让她的脸埋自己怀里，"走，我们回家。"

说完霍焰就伸手拦车，两人赛车不看了，车子也不拿了，直接回了家。

到了家里，霍焰把还在哭的林溪抱到自己腿上。

她的妆全都哭花了，鼻头也红彤彤的，看得霍焰心里的郁闷一下散了个干净，虽然有点不厚道，但林溪哭花的脸真的搞笑又可爱。

霍焰捏了捏林溪的鼻头："还哭呢？"只捏了一下，他的手指上都沾到了黑色的东西。

"嗯，还要哭。"林溪低头抓着霍焰的手，擦掉他手指上的黑色。

霍焰哄道："他都走了，别哭了。"

"就哭。"林溪甩开霍焰的手，双眼含着泪水，可怜兮兮地看着他，"我委屈，你听到他怎么说我了吗？他居然那么说我，他……"

"老一辈的人思维比较传统，一时接受不了嘛。"霍焰用拇指擦掉林溪的眼泪，林溪的脸一下更花了。

"那也不能这样说我啊。"林溪满脸的委屈，"他脾气真的太差了，也不听你解释上来就打你。"

霍焰从桌上抽了张餐巾纸给林溪擦晕开的妆："我被打两下没什么……怎么擦不掉？"

林溪吸了吸鼻子，道："干擦没用的，要用卸妆油。"

说完霍焰抱着林溪站了起来，他倾身凑到那个粉色的收纳盒，问："哪个是卸妆油？"

"蓝瓶子。卸妆棉也要拿，两个要一起用。"

林溪的鼻音很浓，说起话来嗲声嗲气的，听得霍焰心都软了。

她闭着眼指挥霍焰给她卸妆，指挥完了又叹了口气："我爸肯定很生气，他就想我做一个乖乖女，我打扮成这个样子，他回去肯定气得吃不下饭了。"

霍焰放轻力道地给她擦着脸："他这么说你，你还担心他吃不吃得下饭？"

林溪叹了口气道："他是我爸嘛，虽然有时候真的特别让我生气。"

"你是不是从来没跟你爸吵过架？"

霍焰觉得有些奇怪，林溪按道理来说并不是多乖、多听话的性格，这么多年的乖孩子装下来都没能磨掉她骨子里对另一种生活的向往，可见她是个很倔也很有想法的人。

但她偏偏在父母面前特别乖巧，让做什么就做什么，一点都没有一般孩子在父母面前的任性，更没有自己的想法，就跟为了父母而活似的。

"没有。"林溪摇头。

果然。霍焰又问："你就从来没跟家里闹过一次？任性撒娇也算。"

林溪还是回答没有。

霍焰不解："你就这么怕你爸？孩子跟父母闹一闹不也正常。"

林溪沉默了会，说道："我不是怕他。"

"那是什么？"

林溪闭着眼，又是好一会儿没说话。

霍焰也不催，一遍遍地给她卸妆，林溪今天化得特别浓，用了三四张卸妆棉都没卸干净。

房间里安静了好久，林溪才出声道："我哪有什么任性的资格，我又不是他们亲生的。"说完她咬了咬唇，眼睛又有点湿润了。

霍焰手上的动作顿住："你怎么知道的？"

"小时候我住在农村上，嘴碎的人很多。"林溪闭着眼，看不出什么表情。

"那你爸妈他们知道你知道这件事吗？"

"知道啊。"林溪自己抽了张纸巾擦眼泪，"以前是一直瞒着我的，户口本也从来不给我看。但后来长大了就瞒不住了，很多证明都得本人带户口本去办，之前我们结婚领证的时候不就得带户口本吗？"

"我没注意看。"

"嗯。"

隔了好一会儿，潮湿的化妆棉重新擦上林溪的脸颊，霍焰道："所以你很想报答他们。”

林溪低头看着手里的餐巾纸，低声道：“尽心尽力把别人不要的孩子带回家养大，这么大的恩情，怎么可以不报答呢。”

至此，霍焰差不多弄懂了林溪的想法。

她不是不想按自己的性子活，不过是因为感激父母的养育之恩，想让他们高兴，所以才一直压抑自己的本性，活成他们想看到的样子。

大概在林溪心里，为了父母做什么都可以吧。

一只手抚着林溪的头发，霍焰又问：“那么孩子呢？也是报答的一部分？”

“这是他们期盼我做的最后一件事，之后的生活就让我们自己过了，所以我就想，生一个也无妨，他们开心，我也解脱。”

霍焰蹙眉：“可这样你觉得对孩子公平吗？”

林溪回道：“这个问题不存在啊。我会对孩子负责的，不管因为什么原因生下来，我都会爱他、疼他，好好地养育他。我会做一个母亲该做的事情，尽自己的职责，所以这没有什么公不公平的，我并没有做对不起孩子的事情。”

霍焰看着林溪，忽然内心生起一种茫然和恐慌。

他向往家庭，但林溪并不。她热爱自由，厌恶束缚，结婚生子全是因为父母的意愿，根本不是发自本心。

“我还想问你一个问题。”

“什么问题？”

“如果不顾你爸妈，就你自己而言，你想过什么样的生活？”

林溪看着霍焰，他的表情很严肃，她赶紧解释道：“霍焰，你不要想太多，我嫁给你了我就会对你一心一意，生孩……”

霍焰打断了林溪的话：“我不是问你这个，你告诉我，如果不去管你的父母，你自己设想的未来是什么样的？”

林溪一时没有说话，她仔细地观察着霍焰脸上任何细微的表情，然而根本猜不出他的意图。

“没关系，你直接说，我想知道你真正的想法。”

林溪垂着眼，神情是明显的纠结。

因为她设想的未来，几乎每一条说出来对霍焰来说都是伤害、都是不公平的，可他是无辜的。

霍焰冲林溪抬了抬下巴，示意道：“你说吧，没什么好顾忌的。”

林溪咬了咬嘴唇：“真的想听？”

霍焰点头：“嗯，想听。”

“这是你说的啊……”林溪长呼了口气，道，“如果随我自己的心的话……我不会结婚。”

霍焰的心口一闷，虽然有这个准备，但听到了也还是会心里不舒服，他收敛情绪，问道：“还有呢？”

林溪吸了一口气，缓缓道：“我会带着行李，一个人去国内外各个城市旅游。我不会去上班，因为我的经济来源全靠小说和画图换取。我会养一只猫，或者一条狗。我会到一个地方就租一间房子，高兴的话就在那座城市玩一玩，兴致不高的话就窝在房子里睡觉。我还想文身，想去蹦极，想做很多让人觉得尖叫的刺激的事情。”

顿了顿，林溪轻声道：“我不会生孩子，因为我很自私，我只想对父母还有自己负责，只想自己活得快乐。”

说完林溪垂下眼，没有看霍焰：“霍焰，对不起。”

“说完了？”

“嗯。”

霍焰的脸上已经没有笑容了，他觉得自己成了个牢笼，困住了林溪这只自由的小鸟：“原来你是这么想的。”

“对不起，但是你也别想太多，我做的选择都会负责的，我……”

霍焰伸出一只手：“停！不用说对不起，你让我想一想，我组织下语言。”

林溪没说话，她抿唇看着霍焰。

霍焰沉思了好一会儿才抬起头看林溪：“那我也直接说好了，林溪，我不会放开你，也不可能跟你离婚。对于你说的那些，我想了下，觉得都还行。养猫养狗都可以，我也挺喜欢动物的。但是你不可以和别人谈恋爱，我也可以陪你一起文身、蹦极，这些我都很喜欢，你想做的事情我们可以一起去完成。我还可以保护你，有我在你可以走夜路，晚上也照样可以出去玩。不生孩子也没问题，反正我们家还有个弟弟。总结一下呢，就是你是需要我的，只是你没想到而已，而我也需要你。所以林溪，我的存在对你想要的生活没有任何阻碍，和我结婚，你也可以一样快乐。”

林溪在霍焰开口的时候就已经惊到了，听完后内心更是无比震动，她很有自知之明，知道自己的自私，也知道自己这样那样的毛病，现在霍焰也知道了，可他却一点都不介意。

林溪有些不可置信地看着霍焰：“我觉得自己并不值得你为我做这么多。”

“为什么会不值得？我是你丈夫。”霍焰耸耸肩，接着道，“而且也没哪条法律规定结了婚的人就不能过你所说的那种生活。”

“可是……”林溪有点蒙，她是撞大运了吗？才碰到这么个男人？

“没什么可是的，你的意思我懂，但是我不介意。”霍焰揉了揉林溪的头，终于又露出了笑容，“林溪，我们是夫妻，这是改变不了的事实，而且你也不用想得太复杂，你就把自己设想的生活里加一个我进去不就可以了？”

说实话，如果换了别人，霍焰大概一个眼神都不会给。

但林溪不一样，她是他的妻子，也是和他命运相连的女人，他很享受这种稳定的、绝对的、被捆绑在一起的关系。

仅这层关系，林溪在他心里就是与众不同的。

“你也不用管我们现在的感情怎么样，那都无所谓，反正未来我们一定会彼此相爱。”霍焰挑了下眉，言语间是满满的自信。

听完霍焰的话，林溪垂眸思考了很久。

她还是有些迟疑。

原本她是打算一个人过一辈子的，因为她真的有能力给自己一个想要的未来，可现在偏偏出现了意外，她的身边多了个霍焰。

如果霍焰只是一般的结婚对象也就罢了，可他现在却对她说——她做什么他都愿意陪着一起。因为他们是夫妻，他说他们未来一定会彼此相爱。

天啊，多大的自信。

林溪心里既觉得霍焰轻率，甚至是轻狂，令她诧异又想笑，可又是他的这番话，让她迟疑，让她思考……为什么不呢？

他说得好像也不错，所以身边多一个人……为什么不可以呢？

更何况，他们已经是夫妻了啊，是注定以后都一直要在一起的人，所以……她为什么不能试着接纳他呢？

其实这么想的时候林溪的心里就已经偏向于给霍焰一个机会，也给自己一个机会，去尝试霍焰所说的那种生活。

所以最后下决定的时候反倒轻松了许多，既然他想，而她也愿意，所以，为什么不呢？

她呼了口气，勾起嘴角笑了出来："那就照你说的这么做吧。"

原本憋在心里的沉重感情忽然一下就散光了，两人交流过后林溪觉得整个人都轻松了不少。她笑吟吟地看着霍焰："一桩心头大事解决，好开心啊。嗯……接下来我们是不是要做点什么高兴一下？"

霍焰伸手捏着林溪的下巴，暗示地问："你觉得做点什么好？"

林溪靠近霍焰怀里，揽着他的脖子道："我现在心情很不错，对你的表现也非常满意，所以接下来想做点我们两个人能一起开心的事。"

霍焰笑："什么事？"

林溪上下打量着霍焰："你觉得呢？"

林溪坐在霍焰的腿上，双手搭在他宽阔的肩膀上。两人双目对视，眼里都是暗涌的情潮。

这时，林溪忽然蹙眉摸了下自己的脸，上面是卸妆油留下的黏腻感，很不舒服。

霍焰轻笑道："先洗把脸吧。"

他让林溪在卧室里坐着，自己去浴室拿了个盆装热水。

看着霍焰走开，林溪小声地呼了口气。

撩人的话和撩人的姿态对她来说都很轻松，但今天不同，所以明明是自己主动提起，但心跳依旧不由自主地加快，嘴里也有点干渴起来。

霍焰很快就接了水出来，他把盆放在桌上，重新抱起林溪，道："闭上眼。"

林溪闭上眼，任由热热的毛巾敷上自己的眼睛，霍焰的力道克制得很好，不轻不重的擦拭让她觉得很舒服。

没一会儿，湿热的毛巾从眼睛上移开，擦向她的额头和脸颊，然后又移走，林溪听见霍焰拧了把毛巾，接着热毛巾又一次擦上她的鼻子和下巴。

他们面对着面，靠得很近，呼吸仿佛也交织在一起。

安静的房间内重新弥漫起成年人之间的暧昧气息，因为林溪闭着眼，所以她没有看到霍焰的手颤了颤。

他也在紧张。

林溪道："毛巾可以再湿一点。"

"好。"

林溪闭着眼，感受着毛巾在脸上游走，也感受到了霍焰喷到自己脸上的呼吸，她猜霍焰应该靠得非常近，近到一低头就可以吻上她的唇。

可她等了很久，脸上已经擦干净了，她想象中那个炙热的吻却还是没有落下来。

霍焰注意到了林溪那轻颤的睫毛，还有微微抿着的嘴唇，他勾起唇，感觉林溪比他还要紧张。

说起来，他们之前两次的接触都源自一时冲动，所以亢奋多于紧张，而这次不一样，这次是两人都清醒的，虽然内心依旧激动澎湃，但还未开始前反而是紧张的情绪占得更多。

他对着她软软的粉色嘴唇看了很久，终于发起进攻的号角，他道："我要吻你了。"

脸上来回擦拭的毛巾终于移开，林溪的心里却松了口气，她睁开眼看着霍焰，柔声道：“好。”

一切随着那个轻柔的吻，顺其自然地发生了。等到云散雨歇，再互相看着对方的时候两人脸颊都布满了红云。

“去洗澡吧。”林溪率先出声。

霍焰低咳两声：“嗯，要我抱你吗？”

林溪“嗯”了声，声音很轻，像是在害羞。

霍焰低头亲亲林溪通红的耳朵，道：“辛苦你了。”

林溪一只手捂着脸，一只手推了推霍焰：“洗澡！”

“好好好！”

这是害羞了呢，霍焰心下高兴，兴冲冲地抱起林溪进了浴室。

林溪洗完澡，回到卧室后没有直接睡觉，而是坐在椅子前准备做日常惯例的护肤保养。

但坐下后她好一会都没有动作，因为……身上有点不舒服。

她怔愣了好一会儿才又动了起来，她缓缓地呼了口气，垂下眼，伸手解开了衣服扣子，拿着东西往身体上抹。

浴室里的水声消失，一阵窸窸窣窣后霍焰从里面走了出来。

才出浴室，霍焰的人就愣在了原地，他盯着林溪看了会儿，哑声问：“在抹什么？”

“药膏。”

“什么药膏？”

“消炎的。”

这话一听霍焰有点急，他走到林溪身旁问：“哪儿破了吗？”

“没，就有点肿了。”

霍焰弯腰要看，林溪伸手挡了挡：“没什么事，你别盯着看。”

霍焰勾起唇，看着林溪：“严重吗？”

“不严重。”林溪别过头，“睡你的觉去。”

霍焰不仅没听，反而在床边坐了下来，还伸手连人带凳子把林溪拉到跟前。

“你干吗？”林溪别过头，就是不看霍焰。

霍焰觉得她这副娇样特别抓人心肝，没忍住地伸手刮了下她下巴，笑道：“你说你怎么这么好看？”

林溪没忍住地笑了，她伸手就去捏霍焰身上的肉：“别夸我，糖衣炮弹对我没用。”

“那什么有用？”

“实际行动！”

霍焰笑道：“得嘞，你以后就看好了吧！”

林溪抹好药膏穿上衣服说：“你有没有觉得饿啊？”

霍焰帮林溪拧着药膏盖子：“你饿了？”

“嗯，胃里感觉空空的。”林溪点点头。

他们晚饭就只吃了两口，根本没吃饱，那时候是没什么感觉，但他这么一问，才发现饥饿感冒了出来。

林溪朝厨房里走，她问霍焰：“家里还有没有什么吃的？”

霍焰想了下，回道：“别的我不清楚，你最爱的燕麦和牛奶是肯定有的。”

林溪笑了笑，她拉开冰箱，发现里面只有牛奶和两根已经坏掉的香蕉，接着她又把旁边的一个个橱柜打开，发现了用来煮粥的五谷杂粮和几包挂面，其他几个柜子还是空着的。

霍焰也走了过来，他大致地扫了一圈后道：“要不换身衣服，我们出去吃东西？”

林溪抬头看了眼钟，现在十点左右，不算晚。

“我们去超市买点东西吧，家里也太空了。”他们都没有吃零食的习惯，林溪不买，霍焰就更不会买，家里又几乎不开火，所以一点蔬菜和肉类都没，下碗面条都只能是清汤寡水的。

“你决定就行。”

林溪又打量了一下空荡的冰箱和没什么烟火气的厨房，她抬头看向霍焰：“要不这样，我们先去吃消夜，吃完消夜后去小区对面那个二十四小时超市采购，就当吃完了消消食，你觉得呢？”

“我都可以。”

说完霍焰就去衣橱里找衣服，林溪跟在他的身后。

因为要去的地方离家不远，加上又是大晚上，两人就都穿了比较宽松居家服。

林溪披头散发的，手里还拿了只乳霜，边走边在脸上抹。

出门后霍焰一直看着她笑，林溪本来觉得没什么，但被他这么一笑也开始有点不好意思起来，她瞪了霍焰一眼：“看什么看？。”

霍焰脸上挂着笑，双手插在裤兜里，看上去优哉游哉的：“你好看我才看你。”

“公共场合收敛点。”

“那也得你先收敛点才行啊，你看看你，就出来一趟还带这么多护肤品。”

林溪把擦脸的乳霜拧上盖子放回口袋，然后又从口袋里拿了支眼霜出来，小心翼翼地擦在眼睛周围。

“你知不知道洗完澡后的皮肤是最适合做护肤的？”

“不知道，我只知道你这样特别好笑，路过的人没一个不看你的。”霍焰的视线落在林溪的口袋里，她衣服两边的口袋都鼓鼓的，里面装满了瓶瓶罐罐。

他知道女生都爱惜自己的脸，但还没见过林溪这样一刻都不能等的。

林溪才不理会别人的目光：“我就当没看到，反正他们都不认识我。”

霍焰笑得不行：“我之前怎么没发现原来你这么可爱的？”

林溪勾起唇：“你现在发现也不算晚。”

“真自恋。”

林溪笑了声，没反驳。

一路上霍焰忍了又忍，最后还是没有忍住，他掏出手机迅速给林溪拍了张照，把她素面朝天、脸上还有一块没涂开的白色膏状物的样子拍了下来。

意料之外的，林溪居然也不生气，看了照片后只做做样子，踢了下霍焰小腿。

没一会儿他们就进了个馄饨店，点完东西后霍焰看着林溪道：“要不今晚还是别去超市了吧，明天上午去也行。”

林溪从手机里抬起头：“为什么？刚刚不是说好要去的吗？”

霍焰凑了过来，低声道：“我怕你待会不舒服。”

林溪没说话，霍焰就当她默认了：“那就这么说定了，明天再去，嗯？”

林溪只好点了点头：“好吧。”

接下来霍焰终于没再看着林溪，转头玩起了手机游戏。

林溪也打开微信看了眼，里面有一长串的红点，有一起写文的朋友来约着码字的，也有作者来跟她商量约封面或者插画事情的，林溪都没有点开，只大致地看了眼就继续往下滑，滑了几下才看到了妈妈八点多的时候给她发的十来条微信。

林溪赶紧点了开来。

“今天到底出什么事了？”

“你爸回来后特别生气，无缘无故地骂了我一顿，说我没教好你，我都想不通，实在是莫名其妙的。”

“小溪啊你没事吧？”

“你和你爸碰到了？”

“回妈妈的消息。”

“你爸都气了一个多小时了，现在还板着脸呢，刚没给他准备洗澡衣服，他就又冲着我大嗓门了。唉，跟吃了火药似的。”

“你最近都别回来啊。”

林溪迅速地看完，心里又有些不舒服了。

她爸就是这种人，对外人都特别有义气、特别讲道理，不管跟认识的还是不认识的面上都是和和气气的。但对家人就变了个样，臭脾气全冲着自己人发，有一点不顺他的心意他就会立刻甩脸色，完全不顾她和她妈妈的情绪。

“怎么了？”

林溪边低头打字，边说：“还不是我爸，在我这里受的气全回去撒我妈身上了。这男人怎么这样的？真的气人。”

林溪皱着眉，面色不愉。

她把今天发生事情的大概都给妈妈发了过去，并强调了好几遍千万别理爸爸，他说任他说，别放在心上。

霍焰扯了扯嘴角，最终还是什么都没说，毕竟那是林溪的爸爸，也是他岳父，他不太好评价。

他把服务员端过来的小馄饨推到林溪面前，道：“馄饨上来了，快点吃吧，你不是饿了吗？”

“好，等我把这段话发完。”

好一会儿林溪才收了手机，拿起勺子舀馄饨吃。

霍焰往碗里加了点醋，问林溪：“你要不要？”

林溪摇摇头。

“那这件事你打算怎么办？难道要回去跟你爸道歉？”

林溪还是摇摇头：“不用的。”

“嗯？”

“我要是主动过去他只会再骂我一顿，解决不了什么问题，而且我爸有个很神奇的技能，就是一点事情他能说来说去讲好多遍，就算没人理他他也能自顾自不停地说。从这个点发散到别的点，然后自己把自己说得越来越气，接着就开始发火。”说到这个林溪也有些无奈，“最好的方法就是别理他，尽量别凑到他眼前，让他有火没处发，等过段时间他气消了就好了。”

“你爸真的绝了。”

林溪苦笑了一下：“我倒是还好，反正不住家里也不用面对他，就是我妈最近可能不好过了。真的心疼我妈。”

霍焰也不知道该说什么，他伸手把林溪脸颊边的头发撩到耳后：“吃馄饨吧，他们老夫老妻都磨合几十年了，彼此间的脾气他们最清楚不过，用不着你来操心，你先把肚子填饱了再说。”

林溪心想也是，于是继续吃了起来。

很快林溪就又恢复了淡定的表情，她问霍焰：“接下来你有什么打算吗？除非被老师召回去，否则我论文答辩之前都不用再去学校了。”

霍焰立刻道：“我带你去一个地方散散心吧。”

“散心？去哪里？”

馄饨已经不烫了，霍焰也懒得再用勺子舀，端着碗几口吃完，他放下碗，拿纸巾擦了擦嘴：“就在隔壁市，具体是哪里我先保密，等带你过去看了就知道。”

还挺神秘的，林溪莫名有些期待：“好啊。”

“过两天再去吧，你先养养身体，等身上好点了我们再去。”

林溪被馄饨的汤呛了下，她有些无奈地看着霍焰：“我又不是生病，用不着为了这个特地养两天，没关系的。”

“这个听我的，嗯？”霍焰说着伸手捏了捏林溪的耳垂。

“行吧。”林溪拍掉霍焰的手，“别在公共场合动手动脚的。”

霍焰看着林溪：“我控制不住。”

他也不知道自己是怎么回事，之前还能克制，现在是越看林溪心里越觉得高兴，看到她就想对她动手动脚，摸个小手、捏个耳垂都行。

林溪自顾自吃馄饨，放弃了抵抗。

吃完馄饨，两人没去超市，霍焰拉着林溪去了趟小区里的药店。

“你要买什么药？”

“酒精，顺带再买个药膏。”

“你买这个干吗？家里都有啊。”

“留着备用。”霍焰搂着林溪，眉眼间都是笑意，“不过我觉得还应该做点什么庆祝一下。对了，有喜事是不是要吃红鸡蛋的？”

“庆祝什么啊？”林溪有些无奈。

“庆祝我们的感情更进一步啊，心里话都说出来了，未来也一起规划好了，终于有夫妻的样子了，你说该不该庆祝？”说完霍焰还自问自答地点点头，“我觉得该。”

林溪拧了下霍焰的胳膊：“随便你！”

其实她心里也挺高兴的，只是没表现出来而已

“你难道不高兴吗？”

林溪哼了声，看着别处道：“有什么好高兴的。”

“真的不高兴？”

“不！”

“我不信。”

林溪一下就笑了出来：“好了好了，高兴高兴，我很高兴，你满意了吧？”

霍焰也跟着笑：“满意了。”

“霍焰。”

“嗯？”

“要不这样……明天早上我们早饭就吃红鸡蛋吧，你觉得怎么样？”

“我觉得非常好！”

当晚，林溪回到家后强打着精神做完剩下的护肤步骤，接着就赶紧躺到了床上，等霍焰打完游戏上床的时候她已经睡着了。

毕竟累了一天，她睡得很沉。

她朝床外侧着身，一只手搭在被子上，还打起了小呼噜。

霍焰关了电脑也打算睡觉，但不知怎么的，他走到床另一边准备躺下的时候脚步一拐，一转身又走回了林溪那边的过道。

然后他在床边蹲了下来，看着睡着的林溪。

她的脸颊红扑扑的，应该睡了好一会儿了，嘴唇也红润润的，看起来还有点肿。

他盯着看了好一会儿，终于忍不住地伸出手，把落在林溪脸颊上的发丝撩到她耳后，随后放轻呼吸，缓缓凑过去亲上了她的额头。

亲一下不够，霍焰又亲了好几下。

林溪睡得很沉，被霍焰偷吻了好几下都没醒。

亲昵的浅吻了一阵后，两人鼻尖对鼻尖，霍焰就保持着这样的姿势一动不动，静静地感受着林溪的呼吸，闻着她身上特有的香气。

开心啊……

今天是真的开心。

霍焰在林溪身边蹲得脚麻了才站起来，回到自己那边的床上。他躺下后翻了个身朝着林溪，小声道："晚安。"

第二天早晨，林溪率先从睡梦中醒来。

她看了眼挂钟，发现已经八点半了。这么一算她睡了九个多小时，可即使这样脑袋还是昏沉沉的，才睁眼就又打了个哈欠。

她想坐起来，但动不了，因为霍焰把她整个人都搂在了怀里，他的头埋在她的肩窝里。林溪忍不住翻了个白眼，叹了口气后把霍焰推开，然后轻手轻脚地下床，进浴室洗漱。

洗漱完出来，林溪发现霍焰也醒了，正躺在床上睁着眼看天花板呢。

"才八点多你怎么就不睡了？"

"你一起来我就醒了。"

"是我动作太大了？"

"嗯。"

"好吧，那你继续睡吧。"

"不睡了，也睡不着了。"说着霍焰从床上坐了起来，头发乱得跟鸡窝似的。

"睡不着那就起来吧，陪我一起去超市买东西。"

"买什么？"

"昨天不说了吗？早饭吃红鸡蛋啊，还是你说的。"

霍焰一只手拍上额头："哦，想起来了，我现在就起来。"

说着他下了床，大步走进浴室。

林溪打开衣柜准备换衣服。昨晚敷面膜的时候她特意搜了下资料，发现这东西一般超市没有，得去婚庆店买。他们住的小区附近没这种店，所以得自己买鸡蛋和红曲米回来煮，工序还挺简单的，不然她都不打算吃了。

“林溪你身上好点没？”

林溪脸一红，道：“我没事！”

“不觉得累吗？”

“不累啊，我昨天睡得挺好的。”

“哦，好吧。”

听霍焰这语气好像还挺遗憾似的，林溪不由道：“你呢？你背上好点没？”

“没，一道道的血痕，可惨了。”

林溪毫无愧疚之色，一脸平静道：“那我待会帮你涂药。”

“现在就涂。”霍焰站在浴室门口刷牙，满嘴白色泡沫，头发也仍乱得很。

林溪别开眼，故意道：“辣眼睛。”

霍焰一愣，刷牙的动作都停了：“你说什么？”

“我说你满嘴泡沫加鸡窝头，辣眼睛！”说完林溪就往卧室外跑，结果被反应迅速的霍焰抓了回来。

他一边抓着林溪的手不让她跑，一边飞快地刷完牙漱口。

漱完口他故作凶狠地把林溪压在床上：“嗨呀，不得了啊你，刚刚说了什么？有本事你再说一遍。”

林溪这会装傻了，她眨眨眼，道：“我说什么了？我没说什么呀。”

霍焰也不跟林溪客气，上手就去挠林溪腰上的痒痒肉。

林溪的表情一下垮了，她弓起腰，不停地去推霍焰，整个人笑得不可自抑，眼泪都快笑出来了。

“放过我吧！我错啦！”

“现在认错？晚了！”

林溪实在挨不住，又是笑又是叫的，都快哭出来了。

好一会儿后林溪才挣扎着翻身躺到一旁，气喘吁吁地道：“别闹了，放过我吧，累。”

霍焰停了手，他亲亲林溪微微汗湿的额头：“累就再躺会儿，反正没事。”

林溪抬头去看霍焰：“就只躺一会儿？我不信。”

见她一脸怀疑的样子，霍焰眼睛弯起，笑着夸道：“我们林溪可真聪明。”说着，他低下头吻上了林溪的唇，堵住了她要说的话。

林妈妈坐在计程车上，心里还是气得很。

她昨天睡得早，今天特地早起去菜场买了只野鸽子，打算给丈夫补补身体。结果她在厨房里剁肉的时候林爸爸起床吃早饭了，他刚吃了口油条就开始叨叨，说她买的油条不好，油太多了吃得他胃里不舒服。

本来这几天他就气不顺，早饭没吃好可不得好好发作一通，借着油条的事情说到了家务还有女儿的教育上，把她数落了好久，把林妈妈气得坐车出来找女儿诉苦。

林妈妈心里头憋着气，但她做了二十多年的全职主妇，习惯了事事为家人着想，所以下车后她没有直接去女儿住的地方，而是去超市买了一堆蔬菜肉类，因为她还记得女儿说家里不怎么开火，就想着今天给女儿做顿饭。

林妈妈一买就买了不少，拎着一大堆食物来到女儿家门口。

林妈妈有门钥匙，林溪和霍焰同居的头一个月她没少过来，所以这次也习惯性地直接开了门进去。

把东西放玄关，林妈妈换了鞋往里面走了两步，接着就顿在了原地。

这个房子是典型的单身公寓，一共就四十平方米，中间是客厅，卧室阳台厨房都环绕在客厅两边，只要这些房间的门都开着，站在客厅里就能把所有房间里的情况尽收眼底。

卧室的门没关，所以林妈妈一眼就看到卧室里小两口亲亲密密搂在一起的样子，她尴尬地往后退回门口，然后敲了敲门：“小溪，妈妈过来看你，你起来了吗？”

房间里立刻乱成了一团。

林溪推开霍焰一边穿衣服一边急道："妈你等等，我们刚起，还在穿衣服呢，妈你先在客厅里坐会啊。"说完压低声音对霍焰道，"快去关门。"

霍焰跳下床把卧室的门关上。

林溪快速地把衣服套上，她回过头的时候霍焰正在穿裤子，她催了一声："你快点穿。"

说完她就进了浴室，对着镜子一边梳头一边看脖子上的痕迹，头梳好了她又急急忙忙地回卧室拿遮瑕膏，结果她进了卧室发现霍焰还没穿好裤子，他坐在床边一动不动，不知道在干什么。

林溪催促道："你快点啊。"

霍焰皱着眉，表情不愉："你先出去吧，你妈过来估计也是找你的。"

"嗯……那好吧。"

林溪对着镜子把遮瑕膏抹好，然后把两边头发分开放到胸前，确认看不到什么了才出了卧室。

"妈你怎么今天突然过来了啊？"

林妈妈来的时候准备了一肚子的牢骚要跟女儿说，但现在全卡壳了。

林溪刚起，还没化妆，长发披肩，皮肤雪白但脸颊绯红，嘴唇也比平时红一些。

林妈妈心里有点高兴，这不就证明两人真的是准备要孩子了吗？但同时又尴尬后悔，觉得自己这趟来得不是时候。

林妈妈看了林溪一会后就移开了目光，回答也有些支吾："也没什么事情，就是……就是突然想过来看看你，上个星期天你不是没回来吗。"

林溪又倒了杯水，点点头："哦，是这样啊。"

"是啊。"

气氛很尴尬，对话也很尴尬。

林溪低着头，一只手端着茶杯，另一只手在沙发上无意识地轻划，过了会道："那个——是不是爸爸早上又闹情绪了？"

林妈妈总算有东西能说了，她忙点头："是的啊，我今天特地早起给他买了早饭，结果油条太油他吃了反胃，就又不高兴了，把我数落了一通。我心里不高兴，这不就出来透透气吗？然后就到你这来了。”说着说着，林妈妈的声音低了下来，表情很是尴尬，“我也不知道你们还在睡……以后要来我一定给你提前打个电话。”

林溪抿着唇，心里是满满的无奈。

这套房子是霍焰父母给他们两人租的，所以霍焰父母那儿也有一把钥匙，不过他们比较忙，从来不过来，也比较知趣，不想打扰他们的二人世界。

就她母亲会过来，尤其是头一个月来得最勤快，因为担心他们两个匆匆结婚不会过日子，不懂如何相处，所以总是不放心，要来看看。

林溪不想她来了之后要在门外站着等，所以跟霍焰商量过后就也给母亲配了把钥匙，方便她进来。

“来也没事，反正这个点我们也该起床了。”林溪说完找了个借口道，“妈我进去看看霍焰，看看他怎么还没出来。”

说完也没等母亲反应，林溪就转身进了卧室。

一进去她就看见霍焰靠坐在床头，林溪走过去坐到他身旁，把头靠在他肩膀上，小声地叹了口气。

霍焰看林溪这副样子，他凑过去亲了她一口：“好了，你去吧，别让你妈等太久。”

“嗯。”

跟霍焰说了会话后林溪心里放松了一些，她又回到了客厅，只见妈妈站在冰箱前，正在把她带来的东西往冰箱里装。林溪赶紧过去道：“妈你放着吧，待会我来收拾就行。”

林妈妈还在不停往里放：“你们这个冰箱也太空了，怎么也不买点东西囤着？你有空就在家多做做饭，别老在外面吃。”

“知道了，我今天本来也准备去买点东西了，没想到你带着这么多东西过来。”林溪拉着妈妈的手，让她坐到沙发上，“坐吧妈，你来了我们就说说话吧，霍焰他还得洗个澡，所以晚点出来。”

这次林溪起了个头，把之前的事情又具体说了一遍，接着林妈妈也开始倒起了苦水，把这两天林爸爸不好的地方一口气都说了出来。

林溪听得直皱眉，但更多的是觉得麻木和可悲，同样的内容她已经听了太多次了，她希望母亲能硬气一回，但次次都是受了气后来找她诉说，之前她听完都还算心平气和，但今天头一次有了种厌烦的感觉，甚至很想问问母亲为什么不离婚，但最后她还是什么都没说，和往常一样地安慰母亲。

林溪问："那你今天是要留我这里吗？这样也好，我们正好可以一起吃个饭。"

林妈妈忙摆手："不用不用，你们好好过日子就行，我就是过来看看，话说完我就走了，我还得回去给你爸做饭呢。"

说着她就站起来要走，摆着手不要林溪送。

这时候霍焰正好从屋里出来，两人就一起送林妈妈出门。

等人进电梯了，霍焰和林溪回屋，他看着林溪手里的东西，边走边问："你妈把钥匙给你了？"

林溪拿着钥匙到霍焰眼前晃晃："是啊。"

霍焰把门关上："你爸那样对你妈，你妈怎么就不跟他离婚？"

林溪扯了下嘴角："我妈不会离婚的，她甚至还觉得她和我爸是上天配好的一对，因为性格正好互补。"

"一个愿打一个愿挨。"霍焰说着摇了摇头。

林溪走过去环抱住霍焰的背，把脸埋在他的背后没说话。

霍焰转过身把林溪搂怀里，心里有些无奈，他觉得林溪肯定又受到她父母的影响了。

也是最近这段时间开始，霍焰对林溪爸妈的观感越来越不好——做父亲的脾气差掌控欲强，做母亲的又是个夫为天的软弱女人，受了气只会找女儿倾诉，林溪都跟他结了婚，还老是要接收这些来自他们的负能量。

霍焰就纳闷了，做家长的怎么就这么不识趣的呢？自己的日子过不好还要去影响自己的女儿，简直让人头大。

霍焰摸了摸林溪的头发："又不开心了？"

林溪摇摇头："也不是不开心吧，怎么说呢，我觉得……"

"觉得什么？"

林溪抬头跟霍焰对视，认真道："觉得我应该对你好一点。"

霍焰一愣，随即笑了："怎么突然良心发现了？"

林溪的下巴抵在霍焰的胸口，仰头看霍焰："我妈给我的启发。"

母亲冲她倒的苦水确实带给了她一定的负能量，但这次更多的只是让林溪反思，反思怎么样避免重蹈父母婚姻的覆辙，把自己的婚姻经营好。

她曾经信誓旦旦觉得自己不可能把日子过得和父母亲那样，但昨晚那个空荡荡的厨房和冰箱，又让她觉得自己的这个家其实也没有比爸妈他们好到哪里去，幸亏和她一起过日子的人是霍焰，否则她的生活肯定也是一团糟。

一个人的生活怎么过都行，但两个人的生活总得花些心思才行。

"那你打算怎么对我好？"霍焰看着林溪的眼睛，手也搭上她的腰间。

林溪踮起脚尖，冲着霍焰眨了眨眼道："说不如做，你以后会知道的。"说着她轻啄了下霍焰的下巴，"我帮你刮胡须吧。"

霍焰挑眉，搭在林溪腰间的手动了两下："去浴室里？"

"嗯。"

霍焰在浴室洗完脸出来，林溪躺在床上玩手机，他问："早饭想吃什么？我去做。"

林溪把手机放到一边，起身穿上衣服："本来想弄什么红鸡蛋的，都这个点了，要不直接做饭吧，我看我妈带来的东西还挺多的。"

霍焰有些惊讶："你要做饭？"

林溪点点头："嗯，我做饭，但是你要帮忙打下手。"

他笑着道："有点难以置信。"

"我不是说了会对你好一点，我对我说的话可都是负责的。"

他们俩动作快，一顿饭很快就做好了。

林溪见霍焰把牛腩都吃完了，她进了厨房拿盘子又夹了几块，倒到霍焰的碗里，“多吃点。”

霍焰盯着碗里又多出来的牛腩肉，傻傻一笑。

还真别说，林溪真的是说到做到。

以前她除了自己的事情几乎不会主动做别的，但真的做起来霍焰只觉得日子一下舒心得跟天堂似的。

原本天天白粥、燕麦的早餐终于多了霍焰喜欢的肉包、肉粽、三明治。他们也不用再天天下馆子，能舒舒服服地在家里坐着吃饭了。吃完都是霍焰洗碗，不过他也挺乐意，这样的改变很大，但其中最称霍焰的心的是林溪在他面前不再像以前那样藏着掖着，有什么事情都会直接跟他说。

总之这两天霍焰的心情特别好，林溪说什么他都依。

这两天两人都在家待着，等第三天的时候霍焰终于去维修厂把他的车开了回来，然后兑现承诺，载着林溪出去散心。

林溪坐在车上，看着远方映入眼帘的高山和路边零零散散的二三层别墅，有些好奇：“我们这是要进山？”

“不是，我带你去的地方在山脚下。”

“是什么地方？乡下吗？”

“嗯，是渠西乡。”

“这儿跟我印象里的乡下有些不一样。”周围看到的都是精致且独立的小别墅，几乎每家房子门口都停着价值不菲的车，不像农村，反倒像是有钱人的度假区。

“我要带你去的地方还在里面呢，里面要比这里原始一点。”

林溪点点头，有些期待。

她透过车窗看着外面，发现车越往前开别墅越少，马路两边变成了一望无际的农田，里头不知道种的是水稻还是小麦，绿油油的，看得人心情大好。

“大概还要多久到啊？”

“十五分钟吧。”

“好。”

又过了五分钟，林溪看到远处出现许多白墙黑瓦、风格古朴的房子，她伸手指着前方问：“是那儿吗？”

霍焰点点头：“对。”

霍焰又把车开快了些，林溪转头看他，发现他在笑。

“你很开心？”

“嗯，林溪，我带你去看我长大的地方。”霍焰望着前方，漆黑的眼里倒映着白墙黑瓦的村庄。

# 第五章 带你去我长大的地方

坐了差不多三个小时的车，他们终于到达了目的地，林溪觉得自己的骨头都快要软掉了。

下车后，她仰头看着眼前的建筑——这座房子看起来很大，白墙黑瓦，屋角是精致的飞檐，给人的感觉是古朴又有韵味，像电视里那些大户人家的房子。

房子的最前方是两扇古色古香的木质大门，大门是打开着的，可以看到门口往里是一条青石板铺成的小路，小路两旁种植着许多花卉和蔬菜，还有几个黑色大缸零散地分布其中。

里面有人正在采摘蔬菜，还有人正对着大缸里面的东西拍照。

那些人明显不像是霍焰的亲戚，反倒像出来体验生活的游客。林溪有些疑惑："你不是说带我去看你住的地方吗？可这里是农家乐吧？"

霍焰正从车里把行李一样样地拿出来："这里就是我家，不过除了后院的几个房间外，其他全租给了一对夫妻，是他们办的农家乐。"

"这样啊，那这么说起来你家好大啊，以前是很多人住一起吗？"

霍焰回道："不是，这是我爷爷的爱好，他喜欢自己设计庭院，里面的花草树木都是他亲手种的，后院里还有个小池塘，也是我爷爷亲自挖的。”

“你爷爷真有情调，听着像个隐士高人。”说着，林溪有些玩味地看着霍焰，“你怎么没有你爷爷这种文雅的爱好？”

“他文雅？哪儿啊，那是你没看到他拎着柴刀追着我满山跑的样子。”霍焰像是想到了什么，没忍住笑了出来。

回忆是那么美好，轻而易举地让人心头变软。

见霍焰柔和的表情，林溪也来了兴致，问：“你小时候是不是很调皮啊？”

霍焰笑着点头：“超调皮。爬树、偷鸟蛋、采蜂蜜我都做过，那时候性子特别野，大夏天都被晒脱皮了还一直在外面玩，你知道吗？这村上所有的狗基本都被我当马骑过。”

林溪哭笑不得：“你这什么爱好啊，不怕被狗咬吗？”

“就是被狗咬了为了报复才去骑狗的。”

林溪无语。

“然后差点被狗咬死。”霍焰说着还耸了耸肩，一脸的无所谓。

林溪忽然觉得霍焰的爷爷很伟大，能把霍焰这个熊孩子养这么大还不缺胳膊少腿的，真的是非常不容易。

好不容易笑完了，林溪一边把霍焰递过来的防晒服披上，一边指着里头那些黑色的大缸问霍焰：“你知道那些缸里装的都是什么吗？”

“鱼，还有荷花。要去看看吗？”

“要！”

“那你自己先进去，我来拿东西。”

林溪没听霍焰的，她看了看：“这两个包给我拿着吧。”

“不用，我来拿就行。”

“这么多你哪能都拿得下。”因为霍焰说了是N日游，所以林溪把一大堆东西都带了出来，光是她的护肤品就带了半个箱子，衣服又装了一个箱子，更别说一些防蚊液之类的零零碎碎的小东西，这些行李基本都是她的，霍焰倒没带什么。

“我说行就行。”

霍焰不容林溪拒绝，一个人把东西全拿了。

林溪进屋后去看缸里的鱼，霍焰没去，就在原地等她。

她怕他拎得累，只拍了两张照片后就跑回了霍焰身边，跟着他一起进到屋子里面，反正之后有的是机会看。

“你住的房间在哪儿？”

“还在后面呢，我先去跟张叔打声招呼，然后就带你过去看。”

“好。”

他们穿过大厅走到中庭的时候霍焰把东西放到一边，然后去到一张圆桌那跟一个看起来四五十岁的男人说起了话。

林溪没过去，她趁这个机会打量了一下周围——这座房子里的布置挺有年代感，多是木头制的东西，给人感觉很舒服。

里面的游客也不少，光是在庭院里吃饭的就有三十多个人，看来这儿的生意很不错。

霍焰很快就回来了，林溪也收回目光，两人继续牵着手去往后院。

路上，林溪问他：“刚刚那个男的就是租下这里的人吗？”

霍焰看起来心情很不错，他笑着道：“对，你以后碰到了也跟我一样喊他张叔就行，他是个热心肠，人很不错。”

“好。那他们是什么时候跟你爷爷租了房子做这个农家乐的？”

“我念高一的时候，到现在也快七年了。那时候我在市里上高中，每个星期只能周末回来，我爷爷一个人在家太寂寞就把房子租了出去。”

“这样啊。”林溪点点头。

“嗯。”

刚进后院，林溪就听到了狗叫的声音，但她四处看都没有找到狗在哪里：“狗呢？”

霍焰朝里头抬了抬下巴，示意道：“那儿呢，在里头锁着呢。”

果然，再往里走一些就能看到一个石块搭成的狗窝，里面有一条被拴着的大黑狗。它叫了两声，看到是霍焰后高兴地甩尾巴，激动得前爪立起，即使被绳拴着也一副想扑到霍焰身上的样子。

“好大的狗。”站起来都跟一个成年男人差不多高了。

霍焰放开林溪的手，走过去揉了揉黑狗的头，只听黑狗兴奋地叫着，尾巴甩得都快成残影了。

林溪没过去，站在原地问：“是黑背吗？”

霍焰不停顺着大黑狗的毛，脸上是明显的笑意：“它是黑背跟土狗生的，算是一半的黑背吧，它名字叫将军，我给起的。”说完还冲林溪挑了下眉。

这话和动作都带着明显的小得意，让林溪不免有些想笑，她觉得霍焰像是一个在炫耀自己宝贝的大男孩。

林溪走到大狗面前，唤了两声将军，结果这狗真的听得懂，她喊一下名字它就回应地叫一声。

“你不怕这种大狗？”

“不怕啊。”林溪慢慢靠近，伸手摸了摸将军的脑袋，大概是有霍焰在旁边看着，所以将军乖顺得很，还舔了舔林溪的手，“我挺喜欢大型犬的。”

“我还以为你们女生都怕大型犬呢。不过喜欢也别去招惹它，乡下的狗都比较凶，不像宠物狗那么温顺。”说着霍焰站了起来，拉着林溪进门，“走，我带你去看我的房间。”

“好啊。”

进了门，一眼就能看到两边木板制成的楼梯，霍焰先一步上去，林溪紧随其后。

“我们家都住二楼，这里是我爷爷原先住的地方。这间房子是留给我爸妈的，不过他们一直都没来住过。”霍焰带着林溪很快略过这些房间，走到最东边的一间屋子，“这个就是我的房间，我自己选的，因为这个房间有一扇很大的窗户，采光很好，夏天的时候风也很大。”

林溪跟着霍焰进了屋子，屋子里的摆设很简单，一张床，一个书架，还有一张长桌和一个衣柜。家具全都是木质的，外面裹着一层莹润的包浆，不用凑近便能闻到一股仿佛能让人静气凝神的淡淡木香。

“欸？这里没有装空调吗？”

霍焰把东西放下，整个人扑倒在床上。这里就算他不回来也一直有人打理，所以干净得很。

“没，用不到的，睡觉的时候只要把窗户一开，就有自然风吹进来，比空调、电风扇都舒服。”说着霍焰拍了拍床，“来，你上来躺着感受感受，不知道你适应不适应，乡下都是硬板床，铺了床垫都不怎么软。”

林溪脱掉鞋子踩了上去。

确实很硬，不过铺着竹席的缘故，踩上去脚底一片清凉，舒服得很。

“是挺硬的，睡惯了席梦思这个真有点睡不惯。而且你这个枕头怎么都是硬的，还沙沙响，里面是什么啊？”说着林溪翻了个身，抱着枕头晃了晃。

“都是荞麦，我小时候睡的枕头都是荞麦、绿豆壳做的，你没有用过？”

林溪摇摇头：“没有。”她还低头闻了闻，是一种谷物特有的味道。

霍焰伸手把林溪耳边的头发撩到耳后，然后随意地搭在她的腰上：“你小时候不是也住在农村里的吗？”

“那都是四五岁以前的事了，搬家后就没住过了，只有过年的时候会回去看看奶奶，不过我十岁的时候奶奶就过世了，之后就再也没回去过。”

就算不太记得了，林溪对那个自己生活过一段时间的乡下也没什么好印象。

霍焰微垂眼眸，他的手指隔着衣服轻轻点在林溪的脊椎骨上：“那你有没有去水渠里钓过龙虾？”

“没有。”

“那有没有去田里面放过野火？”

林溪有些诧异：“这是干坏事吧？”

霍焰也笑：“是不好，但是乡下的小子谁没干过，那爬树、掏鸟窝你体验过没？”

林溪回忆了下，还是摇头：“没有，说了我那时候还小呢，哪有人敢带四五岁的孩子爬树、掏鸟窝啊。”

“四五岁怎么不爬树、掏鸟窝了，我就是四五岁就上树了。那你童年都干吗了？”

林溪想了好一会儿才揪住了回忆里的零散碎片，慢慢道：“好像是在家里跟着我奶奶折元宝，因为妈妈要忙家务，没人带我玩，只能让奶奶看着我，奶奶又信佛，天天在家折元宝，我就跟着折了。”

“那不是很无聊？”

“我都没什么印象了，而且四五岁的孩子哪里懂什么无不无聊的。”林溪拍掉在自己背上乱画的手，“痒啊。”

霍焰笑笑，收回手改去捏林溪的脸：“那这回我带你玩，没玩过的都给你补上。”

林溪想了想，还挺期待：“好。那我们今天下午先做什么？”

“先去吃饭，吃完了睡个午觉养养精神，然后我带你去水沟渠里钓龙虾和黄鳝，钓得多的话晚上就拿它们做菜。”

“野生的会不会有寄生虫？”

“又不是生吃。”霍焰失笑，伸手弹了下林溪的额头。

“好嘛，那别磨蹭了，我们现在下去就吃饭吧。”

“成。”

林溪打算坐起来，结果被霍焰拉住了胳膊，她扭头去看却直接对上了霍焰吻过来的嘴唇。林溪只愣了下就回吻了过去，于是两人简短地接了个吻。

分开后霍焰显然心情好得很：“走，下去吃饭。”

天气热，又坐了一上午的车，林溪的胃口不好就没吃多少，霍焰倒是胃口大开，把大份的地锅鸡和两盘炒菜都扫进了肚子里。

回到房间后霍焰直接在床上躺成一个大字，林溪坐在床上有些担心地摸了摸他的肚子：“你要不要起来消消食再睡？”

“不用，难得一次没事。”

“那好吧，我挂个蚊帐啊，待会你注意点，别被我踩到。”林溪下了床，

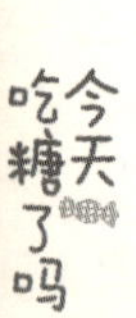

从背包里拿出一团白色的帐子。

霍焰转头看林溪："你什么时候买的蚊帐？"

"好久以前买的了，学校组织的旅游我都会带上这个，因为我是那种吸引蚊子的体质，出门的话，蚊帐、防蚊液，绝对少不了。"

林溪带的床帐是最简朴的白色，顶上一圈数个绳结，用来系在床的木梁上。

霍焰的床属于正宗的老式红木床，四周和顶上都有床柱，所以系起来特别方便。林溪的动作也很爽利，她很快找到帐子的前后便系了起来。

"你的手挪挪。"

霍焰把手缩到一边，接着又返回去摸上林溪的小腿。林溪的小腿又细又白，皮肤光滑莹润，她的脚腕上还系了一个串着草绿色小香囊的脚绳。

霍焰伸手拨弄了一下那个香囊，然后又轻扯了一下绳子，问："这是什么？"

"用来防蚊虫的，绳子和香囊里的东西都用药草泡过。"

霍焰用手指轻戳着林溪的小腿肚："真是精致少女。"

林溪轻踢了他一脚，继续着手头的事情。

霍焰眼里和嘴角都噙着笑，手上也一直捣乱，握着林溪的脚腕不让她动，气得林溪踢了他好几下。

林溪的动作很快，已经系好了两面，接下来就是霍焰头朝着的地方。

"你能不能起来？"

霍焰懒洋洋的："干吗？"

"要落脚。"

"我脑袋两边的位置你尽管踩。"

"万一踩到你怎么办？"

"没事儿。"

既然霍焰都这么说了，林溪也就继续系帐子了。

结果霍焰坏得很，忽然伸手握住林溪的脚挠她脚心，林溪笑得连手里的帐子都拿不住，一下子坐在了床上。

“你烦不烦啊？”她瞪他。

霍焰笑：“你怎么这么怕痒？”

林溪踹了他一下，随意伸手摸了摸后背，被他这么一闹背后又出了汗。

乡下解暑讲究心静自然凉。

如果心静下来，吃片西瓜，吹吹自然风，在房间里睡个午觉着实舒服，再热也就用个蒲扇扇风，根本不需要什么空调和电风扇。

但是，心里不静的话……

林溪气喘吁吁地坐在床上，两人闹了这么一会儿，她身上已经发了汗，额角的发丝全都贴在鬓边，脸颊通红，胸口不停起伏。

有一束头发不知怎么从衣领那儿钻了进去，贴在出了汗的胸前，有些痒痒的，林溪伸手想把头发拿出来，却有一只手在她之前帮她拿出来了。

林溪抬头和霍焰对视，他躺着，而她坐着，两人的目光胶着，里头是化不开的暧昧。

“放开，我还要继续系帐子。”林溪用被霍焰握着脚腕的脚踢了下他。

“不放。”

“不午睡了？”

“睡，不过睡前运动运动、消消食也不错。”霍焰抓着林溪的脚腕耍赖皮。

林溪失笑，她不再去看霍焰，直接站了起来继续系帐子，这次她也不管会不会踩到霍焰了，直接站在霍焰的脑袋上方，专注地系绳结。

霍焰松开手，嘴里暗示着：“有点无聊，要不我们做点什么？”

林溪听懂了，随口道：“晚上再说。”

“行，你说的你可别忘了。”

林溪没好气道：“我说的是‘再说’。”

“我好几年没上语文课了，听不懂。就今晚，定了不改了。”

林溪翻了个白眼，没再说话。

霍焰就这么躺在床上，看着林溪把一个个绳结系好。

林溪系完后下床从箱子里拿了一瓶防蚊液出来对着空气喷，再上床后仔仔细细地把帐子的每一个角落掖进竹席下，直到把蚊帐里检查了一遍，确认没蚊子后才又下床拿了衣服，开始脱衣服准备午睡。

全程霍焰都一直在看她，看着她又下床用毛巾擦了擦身子，然后换上小吊带和短睡裤躺到他的身旁。

真的精致，也是真的娇，真的磨蹭。

有她做这些事的工夫他都睡了起码半个小时了，但是吧——他还就喜欢她这个样，女孩子娇娇气气的惹人疼。

等林溪躺到床上，霍焰自动地贴上去把林溪搂进怀里。

林溪蹙眉：“别贴着我，热。”她的体温偏低一些，但霍焰就跟个大火炉似的，就算家里开着空调，贴上去也热烘烘的，更别提本就闷热的乡下了。

“心静自然凉。”

“你别贴着我我就心静了。”

都这么说了霍焰只好翻个身，推开了点：“这样总好了吧？”

林溪换了个姿势：“好了。”

“那睡吧。”

“嗯。”

两人各自睡一边，互不打扰地开始午睡。

霍焰睡得快，没一会儿就睡着了。林溪却翻来覆去睡不着，床太硬不习惯，身上也汗津津的不舒服，她感受到了窗外吹进来的微风，但那点风根本没什么用。

她又下床拧了把毛巾擦了一遍身体，之后换了好几个睡姿才总算睡着了。

下午三点的时候林溪醒了过来——她是被热醒的。

额头上全是汗，身上的小吊带也湿了一半，说不抱她的霍焰还是整个人贴了过来。

林溪去推霍焰，推了好几下他才醒过来。醒了后也不自觉点退开，反而迷蒙着眼，嘴巴也凑过去亲林溪。

“三点了，要出门了，霍焰！”林溪拍了拍霍焰的脸颊。

“别拍，我醒了，醒了。”

“那还不退过去点？”

霍焰抽了手，撩开帐了下床。

“你去哪儿？”

“卫生间，你要不要也去？”

“要。”

林溪也下床跟了过去。

霍焰家大，卫生间也修得很宽敞，但和古色古香的房间不同，卫生间里的装饰就很现代化，当然，除了中间那个用来洗澡的大木桶。

林溪对着镜子，只听他说：“你待会换条长裤，田里草多，别被割伤。”

“好。”

“衣服也穿长袖。”

“嗯。”

“你带太阳帽了没？”

“带了。”

“那行，待会我下去给你拿一双胶鞋。”

“好。”

两人都换了身衣服，收拾好后下了楼。

霍焰给林溪找了双长筒胶鞋，但林溪不肯穿：“这个一看就不透气，脚出了汗闷着会臭的。”

“你要穿自己的鞋也行，但是会弄脏，而且夏天田里灌水，到处都是湿乎乎的泥，走一趟鞋基本就废了。”

林溪皱着眉妥协了：“那就穿这个吧。”

但出门的时候林溪还是把自己的凉鞋放进了霍焰的背包里，决定路况好的话她就换上。

霍焰随她。

他们出门前老板娘正好切了西瓜，于是他们吃了两片才出门。

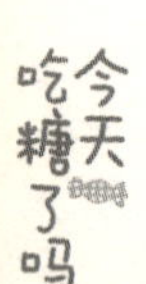

一出去霍焰就带着林溪往田埂上走，田埂并不宽，只容一人通过，于是霍焰走在前面带路，林溪抓着他的衣角紧随其后。

夏天太阳大，土地容易干裂，所以到处都在引水灌田，这样一来田埂上都是湿泥的，一不小心的话很容易滑进旁边的田里。

霍焰为了照顾林溪，所以没放开步子走，要他一个人可以在这种路上直接跑起来。

但不管他再怎么当心，林溪跟着他安全地走过两块田的时候还是滑倒了，一下坐进半湿的田里。

林溪大惊失色，尖叫一声："快拉我起来。"

林溪刚滑下去就被霍焰一把拉了起来，他的反应很迅速，动作也非常快，可林溪还是感觉到湿乎乎的泥水正在渗透裤子，触碰里面的肌肤。

那种感觉湿冷又黏腻，还很脏。

她站起来后等不及站稳便扭身去看自己的身后，只见裤子上都糊了泥，披散的发尾也沾到了一些，其他地方倒是幸免于难。

"天……"林溪见到这情形，整张脸都皱在了一起，她赶紧伸手捏起裤子不让它贴在身上。

霍焰看了眼，淡定地安抚林溪："还好没什么水，这块地应该是半个月前就灌过了，否则掉进水田里浑身都得湿透。"

林溪蹙眉看着裤子后面的泥，内心有些抓狂，想拍又嫌脏，只能用两根手指把裤子拎起来："这条裤子还是我前两天新买的。"

"等风干结块一拍就全掉了，没事儿。"

这话没安慰到林溪，她仍旧表情不太美好地用指尖捻着裤子，防止它贴在身上。

霍焰想着林溪那爱干净的性子，又问："要不回去换身衣服？"

林溪又摇摇头说："那也不用，来来回回多麻烦。"

她抬头看了眼太阳，又朝四周看去——他们从霍焰家走到这经过了三块田，渠西乡的每块田面积都很大，所以林溪光是看着回去的距离就有些发愁，刚刚突然打滑也让她对全是泥的田埂有了点阴影，不想立刻再走。

于是她又转头去看远处，并问霍焰：“这儿有河吗？”

霍焰莫名：“你要干吗？”

“我想就着水先把泥搓掉，反正太阳大，湿了也很快就能晒干。”

霍焰心下了然：“这简单。走，我带你去。”

找个没什么人的水边对霍焰这个从小就在这一带玩的人来说小菜一碟，他牵着林溪的手很快就来到一个僻静的浅滩。

浅滩里的水清澈见底，能看到有小鱼在其中自由地穿梭，很是凉快。

“我感觉自己好像是来下乡受罪的。”林溪蹲在河边，看着霍焰把她的裤子三两下在水里洗净拧干。

林溪有些别扭地走了两步，勉强还能接受：“那我们现在去钓龙虾那儿吗？”

霍焰没回答，他看着林溪忍不住地闷笑。

“你笑什么？”

“看着你我感觉跟看《变形记》一样，城里孩子和乡下孩子身份互换体验生活。”

林溪抿起唇走过去，轻踢了一下霍焰的小腿：“看我这么狼狈你很开心是不是？”

她是真的有点气，本来在城里活得起码还是个正常人，可到了乡下这边就暴露了一堆的小毛病，走走路都能摔泥里。这不习惯那不习惯的，还老在霍焰面前出丑，偏偏霍焰还不给面子，一直笑她。

想到这林溪更来气了，转身就走。

“你去哪儿？”霍焰赶紧站起来跟上。

林溪闷着头走，不理他。

霍焰大步走过去，拉住林溪的手道：“生气了？我就是开玩笑的。”

“你笑话我。”

霍焰赶紧解释：“那不是笑话你，是因为你太可爱了，我看着心里高兴，所以才笑了。”

“编，继续编。”

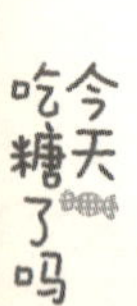

霍焰拉过林溪的手举到面前亲了亲，态度极其诚恳地认错：“我错了我错了，不该笑你，是我错了，你别不高兴了好不好？”

见他讨好的模样林溪心里那气早没了，但她仍故意板着脸问：“那你还笑我吗？”

霍焰哄道：“不笑了不笑了。”

林溪轻“哼”了声，算是把事情揭过了：“那现在呢？带我去钓龙虾吗？”

霍焰牵着林溪转了个方向，道：“在那边呢，你跟着我走。”

他选择的地点是一片种植着芦苇的水渠，不大的水渠里，水流速很慢，水面上飘着一层极其细小的绿色圆形细叶片，水也不是很干净，能见度并不高。

林溪对这种一眼看不到底的水沟没什么好感，她站在离沟渠一步之外的地方打量了一下，然后问霍焰：“你带钓龙虾的东西了吗？”

“不需要，直接现场取材就行。”

林溪有些疑惑：“就地取材？那你做一个我看看？”

“看好了啊。”霍焰冲林溪抬了抬下巴，然后从旁边的枯草丛里掰了一根一指粗的枯枝，接着又去田埂边走了小半圈，他的手里就多出了一根长长的灰色细绳，再把细绳绑在枯枝上，一根简易的钓虾竿就这么完成了。

“那你要用什么做饵？不会是挖蚯蚓吧？”林溪说这话的时候表情有些纠结，她对表面滑腻腻的软骨动物生理上就非常抵触。

“不用那个。”霍焰伸手拍了拍草丛，林溪都不知道他在干什么，他就忽然捏着一个东西说，“抓到了！”

林溪睁大眼睛，走过去看：“什么？”

“蚂蚱。”

草绿色的蚂蚱在霍焰的指尖挣扎，林溪看到后眼里是掩饰不住的惊讶：“这就抓到了？你是怎么知道它在草丛里的？这么小的东西你居然能注意到？我都没有看到，你好厉害啊……”

霍焰嘴角勾起，耸了耸肩道：“最简单的小把戏而已。”说着，他动作迅速地把蚂蚱用绳捆了起来，然后走到沟渠旁边把捆着绳的蚂蚱抛进了沟里，“看着，没一会儿就会有龙虾上钩。”

林溪向前挪了一小步，她看着不太清澈的水：“这么快吗？”

“嗯。”

“为什么？”林溪几乎是下意识地就问了这个问题。

霍焰有些无奈，又有些好笑，林溪现在就跟没见过世面的小丫头片子似的，一惊一乍，这个要问为什么，那个也要问为什么。

“因为龙虾笨呗。”

“有这个说法？”

“你知不知道为什么骂人脑子笨都说那人是龙虾脑袋？”

“不知道，为什么？”

“因为脑子里装的都是……”

林溪忽然福至心灵，瞬间就懂了龙虾脑袋的意思，她赶紧伸手：“停！别说！我知道了。”

霍焰看着林溪大笑出声。

林溪也笑着伸手拍他，特地压低了声音：“别笑了，把龙虾吓跑了怎么办？”

“没事，它笨。”

林溪愣了下，接着仿佛被这句话戳到了笑穴似的哈哈大笑起来。

果然，不管他们再怎么大声交流，霍焰的钓竿也很快就动了起来，林溪看到有一个深红色的龙虾钳夹住了还没有死的蚂蚱。

“真的上钩了！快钓上来！快快！”林溪有些兴奋，她的记忆都是在城市里整天安安分分地生活，她从来没有像这样接触过原始的自然，也更是没有玩过这些花样，所以不免有些惊奇。

霍焰侧头朝林溪道：“把桶拿过来。”

“好。”

霍焰接过蓝色的塑料桶，随手在沟里舀了点水，然后就把龙虾放了进去。

这个龙虾根本就没有吃蚂蚱，只是用钳子夹住而已，其实钓上来的时候它只要放开钳子就会落回水里，但直到被拉起来的时候它还是死死抓着不放。

林溪蹲在塑料桶边看着里头高举钳子的龙虾，不由感叹："它真的好笨啊。"

霍焰问林溪："你要不要试试？"说着把杆子递给林溪。

林溪点头，接过道："好啊，那你呢？"

"再做一个呗。"

"好。"林溪站起身，站在水边有些兴奋地把还没用完的饵料抛进水渠里。

接下来林溪就发现钓龙虾确实是没有一点难度，就算她是第一次钓，全程也都轻轻松松的，几乎把诱饵刚放下去，一两分钟后就会有龙虾上钩，再加上旁边还有霍焰陪她一起钓，很快他们就把带来的桶里装得满满的。

但大概是难得有一次这样的经历，就算过程很简单，林溪也有些上瘾，一只只龙虾钓得根本停不下来。

时间一分一秒过去，桶里已经装不下了。见林溪还要继续，霍焰只好伸手拦了一下："好了好了，这些差不多了，再钓桶里要装不下了，你也不要一天就把这条沟里的龙虾都赶尽杀绝嘛。"

"啊……可我还想玩。"林溪眨着眼看霍焰。

霍焰立刻败下阵来，他道："好吧，那再玩一会儿。"说着他把桶里的一半又倒回沟渠里。

林溪见状笑了起来。

霍焰伸手捏了捏林溪的脸："这回钓满就真的要回去了。"

林溪点点头，又把捆着蚂蚱的线甩进沟渠里："知道了知道了。"

傍晚收杆回去的时候林溪还是有些意犹未尽，她走在田埂上还老是回头看霍焰拎着的龙虾。

霍焰无奈地笑：“还想再摔一次是不是？”

林溪赶紧扭过头看路，同时回道：“不要乌鸦嘴好不好？不过说起来真的好开心啊，成就感爆棚。”

“你开心就行。这些龙虾还得再养两天，过几天就把它们做成麻辣小龙虾，全给你吃。”

“好啊，我肯定都能吃光光。”

两人回到霍焰家里的时候已经六点了，正值傍晚，满天红霞，炙热的太阳光消失，清凉舒爽的微风掠过大地。

霍焰去杂物间里翻出了一个红色的木盆，然后把龙虾全都倒了进去，接着又给它们换了水，再用一个笼屉盖着，防止它们逃跑。

“行了，就放这养着吧。”

林溪拿出手机，拎起笼屉一角，对这里头的战利品拍了张照：“好，辛苦你啦。”她收了手机，凑上去揉着霍焰的手臂，“提了一路手酸了吧？”

“啧，还知道心疼我。”

“那是必须的，之后还得你带着我玩儿呢。”林溪说着给霍焰捏了两下胳膊，“饿不饿？现在去前面吃饭吧。”

“都快饿晕了。”

林溪靠在霍焰的胳膊上笑。

夏天天热，林溪胃口不好，所以饭菜没吃多少，倒是吃了好几块西瓜，把肚子撑得圆滚滚的，见霍焰还在吃饭，她就提前去楼上放洗澡水。

浴室里那个大木桶吸引了她的注意，她很想用一次试试，但看来看去不知道要怎么用，因为这个圆木桶上面没有水龙头也没有任何放水的东西，总不能烧了水一盆盆接了往里倒吧。

没办法，林溪又只好去找霍焰：“那个木桶要怎么放洗澡水？”

霍焰已经吃完了饭，正坐在门前吃着西瓜乘风凉，闻言他道：“洗手池下面的柜子里有根皮管，接在水龙头上就行，要不要我去弄？”

“不用不用，有皮管我就知道怎么用了。”

林溪又回到了楼上，这回她会用了，于是一边放着水，一边去前院里摘了几片玫瑰花瓣，洗干净后放到水桶中飘着做点缀，接着又从行李箱里找出一瓶芳香精油，朝浴桶里滴了两滴。

看着干净又不失文艺的泡澡桶，林溪心下非常满意。

在外头吹了一会儿风的霍焰惬意地晃悠着回到二楼，卧室没找着人，他便抬脚去了浴室。果然在这儿，就是有点可惜，她还没洗澡，否则还能看一场美人沐浴。

霍焰懒散地靠在门框上，目光直直地看着在里面调水温的林溪，她正挽着袖子，露出洁白的手臂，橙黄色的灯光给她打上了一层模糊的阴影，浴桶里又飘着渺渺的雾气，霍焰觉得她看起来漂亮又仙气，嗯，还很贤惠。

“在看什么呢？”漂亮又仙气的人说话了。

霍焰笑：“看你。”

“好看吗？”

霍焰缓缓点头：“嗯，好看。”

林溪垂着头，细白的手指在微烫的水里搅动了两下，雾气扑在她的脸颊上：“好看的人今天很开心，想邀请你一起进来。”说着，抬起头看了霍焰一眼。

原本还懒散靠门男人一下站直了身体，接着笑容渐深，只听他回答道：“乐意至极。”

说完，霍焰就笑着进入了眼前这个雾气滚滚的橙黄色世界。

这个世界里有些湿湿的，也有些热热的，更多的是迷人眼的白色雾气。

水溅到地面，花瓣也跟着跳了出来，一地香艳，又是一地狼藉。

桶里的水渐渐变少，又渐渐转温，里面的波澜也渐渐平息。

林溪无力地趴在霍焰胸口，表情慵懒地看着一地水痕：“地上湿成这样了，怎么办？”

“会有人打扫。”霍焰伸手理着林溪的湿发。

“水也快凉了。”

“那就再加点热水。”

“可是再泡下去我的皮肤会起褶的。”

“真娇气，我抱你去床上。”

躺在床上，林溪睁开眼看着霍焰，看了好一会儿后缓缓伸出一只手指，柔软的指腹从他的额头画到高挺的鼻梁，又顺着高挺的鼻梁落在薄薄的嘴唇上，近距离地感受他的吐息。

霍焰很帅，这一点毋庸置疑。

他的轮廓线条是很有男人味的冷硬，不说话的时候整个人便有些淡漠疏离。

林溪常常想，如果霍焰再桀骜不驯一点就好了，或者再冷酷一点，再霸道一点，那样应该会更有魅力。但他不是，他经常对她笑，有些暖，又有些痞痞的，有时候还有点搞笑，像一个还未成熟的大男孩。

不过他又好像只对她是这样的。

指腹游移，又落在那绷紧的下巴线条上，那儿汗津津的，不时有汗水滴落，林溪赶紧把手指移开，然后蜷着手指笑起来。

她笑得很好看，又娇又媚，霍焰也勾起唇，问：“你笑什么呢？”

林溪的眼里嘴角都是笑意：“你出了好多汗。”

“你不也是，就跟个水人似的，里里外外全都是水。”霍焰也扯起了嘴角。

林溪笑着道：“女人本来就是水做的啊。”

“我知道。”他在她耳边低沉地说道。

林溪笑着捶了他一下，手却被抓住亲了又亲。

他把她抱了起来，然后两人面对着面接吻。

林溪脑子里昏昏沉沉地想，他们之间有爱吗？

不知道。双方父母、结婚证，是这些身外之物把他们两个人捆在了一起。

他们之间一开始是没有爱。

但他们现在在慢慢地创造出爱。

看着对方眼里的自己，林溪想，没关系的，爱这种东西，随着时间的流逝就有了，缠得久了也就有了。

至少现在，已经有喜欢存在了啊。

林溪勾起唇，伸手搂紧霍焰，轻声道："霍焰，你抱紧我。"

霍焰伸出手，轻轻抚摸林溪的头发，温柔得像月亮。

林溪咬了口梨肉，含在嘴里缓缓地咀嚼。

洗完澡后尤为白皙的手指落在键盘上，却好久都没有敲下一个字，打开的文档也依旧只有三行字，其他地方一片空白。

她卡文了。

看着编辑发来的几个大大的感叹号，林溪心头复杂。

她上一篇文前几天就已经完结，因为题材的关系无法出版上市，所以目前为止只出了个广播剧的版权，没有修文的困扰，她也就开始构思起了下一篇文。

大概是过了青春萌动的年纪，曾经篇篇柏拉图式牵牵小手、红红小脸的文现在已经完全写不下去，林溪只想写成年人与成年人一起碰撞的文。

于是她便构思了一篇小说，里面包含了许多她喜欢的重口味梗，比如强取豪夺、虐恋情深、四角恋之类的设定。

不出意外，刚把大致思路给编辑发过去，编辑就立刻把违禁题材的图片发了过来，顺带附送林溪N个叹号。

总而言之就是不可以。

林溪还是不死心，又找了编辑。

一条小溪流呀流：如果我写得隐晦一点呢？

编辑千灯：你别忘了你的目标是出影视版权，你写这个连纸质书的审核都不可能过，更别提影视，之前出的那么多书就为了提升名气，你可别一时冲动毁了自己积攒的人气！

一条小溪流呀流：几笔带过也不行？

编辑千灯：几笔带过行啊，但是你看看你给我列的梗，这些东西写进都市小言？你怕是要完。

一条小溪流呀流：纯纯的恋爱写得多没意思……

编辑千灯：你刚完结的那本就因为你的任性连出版都不行了，你下本还继续？现在已经有影视公司来探你下篇文了，你可得想好了。

一条小溪流呀流：知道了，那我再想想吧。

关掉聊天界面，林溪把文档里的一行行字全部删掉，对着电脑想了半天都没什么新思路，于是她看向霍焰。

“霍焰。”

“嗯？”

“你喜欢牵牵小手、红红脸蛋那种特别小清新小萌动的男女关系吗？”

霍焰耿直道：“那有什么意思？”

林溪点点头：“我也觉得没意思。”

“你突然问这个干吗？”

“在找下一篇文的思路。”

“好吧。”

林溪没再说话，霍焰也没再吭声。

她把梨子扔进床边的垃圾桶，单手托着下巴，打量着坐在桌前办公的霍焰。

刚才霍焰的父亲给霍焰发了一个文件，让他看完给回复，于是接下来设想的两个人的活动全都取消，只好一个看文件，一个开始构思小说，房间里顿时安安静静的。

霍焰没穿上衣，脑袋上的头发随意地乱翘，他的肩膀很宽，看着就很有安全感，背肌线条也非常完美，尤其是这副认真工作的样子，迷人得不要不要的。

嗯……拿来当素材好像不错。

林溪的目光不停地在霍焰的背上游移，她手指不由自主地轻敲着电脑桌。

夏天的夜暗得尤其晚，即使现在已经晚上八点半多，天也只是灰蒙蒙的，并未全黑，屋外虫鸣声阵阵，田里的青蛙也不停叫着，微风从窗口拂进，带来丝丝凉意。

果然是不需要空调也不需要电扇，光是自然风就吹得人惬意得很。

思考了好一会的林溪终于再次敲起键盘。

女主角是一个自由画家，因为采风而来到一个淳朴的乡镇，在漫漫无垠的田野间遇到了男主角，男主角身材高大，面庞刚毅，皮肤颜色略深，一身腱子肉，还有着一双狼似的眼睛。他们相遇的时候男主角正在田里劳作，汗水打湿了他精壮的上半身。女主角对他的身材很感兴趣，然后……

敲击键盘的手指顿了顿，林溪想，他们要怎么搭讪呢？怎么样的搭讪才能快一点推进关系呢？

啊，有了。

画画需要模特，于是，女主邀请男主角成为她的模特，但光是做模特一点都不劲爆，所以……如果是做裸模的话应该会好很多。

林溪脑补了一下场景，觉得还挺有意思的，如果期间再产生点别的反应就更不错了。

林溪想了一会儿，她再一次抬起头看霍焰："霍焰。"

"嗯？"

"你什么时候有空了我给你画一幅画吧。"

霍焰从电脑前抬起了头，他转身看着林溪："要画我？怎么画？"

林溪心里一乐，心说霍焰这反应真上道："画全身。"

"不穿衣服是吧？"霍焰嘴角也噙着一抹笑。

林溪含笑点头："嗯哼。"

霍焰看着林溪啧了一声，道："你可真是……"

"真是什么？"

"真是厉害。"

林溪抱着电脑没忍住地笑了出来："那你什么时候让我画？"

"等我把文件看完。"

"好啊。"

话是这么说，但没等到霍焰看完文件林溪就已经困了，毕竟他们俩上午赶路，下午又出去了一趟，消耗了许多精力。于是晚上十点半的时候她收了电脑躺在床上，见状霍焰也收拾收拾资料准备明天再看，然后上了床躺到她旁边。

霍焰侧过身，伸手揉着林溪的腰，林溪闭着眼，舒服地喟叹了两声。

“今天累了吧？”霍焰的眼里倒映着林溪娇小的脸庞，他放低了音量，声音显得低沉又磁性。

“嗯，你不累吗？”

“我还好。”

林溪从嗓子里“嗯”了声：“你体力真好。”说完困意上涌，她蹭了蹭枕头道，“睡吧，明天再带我出去玩。”

“好。”

灯终于被关掉，房间里瞬间暗了下来。

皎洁的月光透过木质窗框洒进房间里面，映出薄被下交织的人影。

第二天起床的时候林溪是被奇怪的声音吵醒的，像是有石子在敲墙壁似的，有些恼人。

她睡眠浅，很快就睁开了眼。

外面的天已经亮了，林溪揉了揉眼睛后看向旁边的霍焰，他半张脸埋在被子里，还沉沉地睡着。

她一睁眼声音就消失了，等她闭上眼想继续睡的时候却又开始了。

林溪蹙着眉下床，循着声走到最东边的窗户，推开窗往下看。

外面站着几个年轻人，两男一女，长得都挺不错的，其中一个男生的手里还攥着石子，另一只举着像是要投。

还没怎么睡醒的林溪皱起眉：“你们在干什么？”

楼底下的几个年轻人仿佛吓了一跳，全都惊讶得瞪大眼睛看着林溪，但没一个说话的。

被打搅了好眠的林溪有些不高兴：“大早上的不要用恶作剧来打扰别人睡觉可以吗？”

说完她便关上窗户，脱掉鞋子又回到了床上。

霍焰动了动，他有一点醒了："你干吗去了？"

"外面有人在吵，我被吵醒了，就去提醒了一下。"林溪闭上眼，打算继续睡觉。

"哦。"

霍焰揽住林溪，调整了一下睡姿，期间眼睛都没有睁开一下。

楼上的两人继续睡觉，楼下的几个小伙伴却面面相觑。

"火哥的房间里有女人？我没看错？"

"没吧。还挺漂亮的。"

"难道是火哥的女朋友？"

"我觉得重点应该是……他们是睡在一间屋子的吗？"

"要不给火哥打个电话问问？"

霍焰的手机响起，正要再次入睡的林溪拧起眉，有些不开心地推了推霍焰的胸口："你的电话，快点接。"

霍焰翻了个身，摸到手机后放在耳旁："喂？"

"火哥！我们在你房间看到一个女的！她是你什么人啊？"

这话一听，霍焰条件反射地坐起来看向门口。

门没开，也没人看他们。他瞬间松了口气，抓了抓头发回道："你在哪儿看到的？"

"我们在你窗外，她刚过来关窗户，你们在一起了吗？"

霍焰去看林溪，然后伸手抚了抚林溪皱着的眉，压低声音道："嗯。"

"我的天啊！"

见林溪瞬间向下撇的嘴角，霍焰赶紧道："小声点。找我什么事？"

"还挺怜香惜玉啊。你难得回来，我们就来找你见个面呗。"

"去我家楼下等着，再过会我就出来。"

"成，那你的女……"

霍焰已经挂了电话。

他把手机放到一旁，掀开被子下了床。

“你要去哪儿？”林溪闭着眼睛问。

“朋友来了，我下去招待。没事，你继续睡。”

“刚刚用石子敲窗户的是你朋友？”

霍焰一边往身上套衣服一边道：“对，我住的地方比较后，他们懒得进我家就经常扔石子提醒我下去。”说着他凑过去亲了亲林溪的脸颊，“你继续睡吧，我先下去。”

林溪想要不要也一起下去，但想想他们的关系还没公开，也用不着太上赶着，于是翻了个身：“嗯，那我睡了啊。”说完便打了个哈欠。

霍焰抚了抚林溪的头发，离开了房间。

霍焰简单地洗漱完就下了楼，顺路还去厨房拿了包子跟豆浆，他一出现在前院大厅就立刻引起一阵怪声。

霍焰没忍住乐了：“说说说，这么早来找我干吗？你们都吃过早饭了？”

许巧憋不住了，她看着霍焰问：“火哥，你有女朋友了？”

霍焰点点头：“你们不都看到了吗？”

许巧瘪了嘴，丧气得不行，她坐在凳子上伤感地“哦”了一声。

高阳在一旁拍了拍许巧的肩膀：“节哀。”

许巧一听，立刻干号了两声。

他们这一唱一和的惹得霍焰差点笑喷：“一大早的你们干吗呢？巧妹，哥有主了你不还有阳阳跟松子吗？”

傅松博摆摆手：“别别别啊，我可 hold 不住巧奶奶这个火坑。”

许巧不干号了，她瞪着傅松博：“孙子你说啥？”

傅松博站到霍焰身后：“没啥，奶奶您听错了。对了火哥，你女朋友不下来给我们认认？”

霍焰咽下最后一口包子，拍了拍手上的碎屑：“她害羞，过段时间再让你们见见。”

高阳喝了口茶：“其实我们刚也看到了，挺漂亮的，没睡醒的样子还有点儿凶，不过火哥眼光不错，是个大美人。”

“我们刚砸石子好像吵到她了。火哥到时候代我们给嫂子道个歉啊。”

这“嫂子”的称呼听得霍焰身心舒畅：“没问题，不过你们这么早来找我什么事？”

“我们能有什么事，看到你回来了就来找你见见面呗，我们不都几个月没见了嘛。”

“对，来找火哥唠个嗑哈哈。”

许巧单手撑着下巴，表情有些朦胧：“我来失个恋。”

霍焰大笑。

高阳问：“哥，你哪儿找的这么漂亮的嫂子？她还有姐姐或者妹妹不？”

“这我没问过，回去了我问问她。”

“一定要问啊！”

“成成成。”

老朋友难得碰头，霍焰心情很不错，几乎是有问必答，于是几个人便凑一起热热闹闹地聊了起来。

清晨的农村空气清新，花花草草上都沾着朝露，看上去娇艳欲滴。

农家乐从六点多就开始忙碌，一直到九点多都没停，各式各样的早餐仍被不停地端上桌子，食客们有早有晚一批批地来到餐厅，享受着香气四溢的美食。

林溪也缓缓睁开眼，从睡梦中再次醒来。

她看了一眼手机，不过才九点半，这个点的太阳已经有些热了起来，但又还好，暖洋洋的不会让人觉得很热。

她又赖了一会儿床才起来，先打开窗户，接着又把长桌搬到窗户旁边，擦干净后把被子铺上去晒。

做好这些后她才进浴室洗漱了一下，然后又回到卧室仔细地做起护肤，结果刚把隔离涂好外头就有人敲门，听起来很着急。

“嫂子，你在里面不？”

林溪愣了愣，嫂子？霍焰跟他们说了他们俩结婚的事了？

“嫂子，你起了吗？嫂子？嫂子……”

林溪把手里的瓶子放到一边，找了件外套披在身上，然后过去开门，门一开便见到三张焦急的面孔。林溪吓了一跳，有些疑惑地道：“你们找我？”

“对对！”其中一个男生道，“嫂子我是高阳，是霍焰哥的朋友。刚火哥接了一个电话怒气冲冲地就开车走了，也没跟我们说是什么事。”

“电话里好像是谁谁谁被打了，我们担心火哥会去找人打架，但是我们又不知道火哥在那边的事情，所以只好来打扰你了。”

林溪有些诧异：“他要去打架？”

“就是不知道所以才着急啊，火哥接完电话后表情可吓人了！”

林溪也被他们焦急的情绪感染了，拿出手机道：“你们等一下。我给他打个电话看看。”

结果打了好几个电话都没打通，林溪的心里也有些纳闷了，她冲那三个人道：“我知道了，我换件衣服马上就回去。你们放心吧，他在那兄弟挺多的，不会有什么事的。”

“真的吗？”

林溪安抚道：“嗯嗯，放心吧。”

林溪又安抚了几句后就关门换了衣服，一边换衣服还一边叫车，结果这地方的出租车很难打，好久都没人接单。于是林溪又用导航搜了下回去的乘车路线，发现光是转车就得好几班，最后她还是买了高铁票，最近的一班是赶不上了，下一班倒是可以。

林溪换好衣服出了门问：“你们谁有车？”

高阳举手：“我有！”

“麻烦你送我去一下本市的高铁站，他应该会开车回去，怎么也得三个小时，我坐高铁的话大概一个半小时就能到。”

“嫂子聪明！”

林溪抿了下唇：嗯……嫂子这称呼，总觉得有点怪怪的啊。

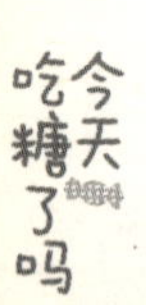

这边的霍焰没开车过来，因为开车时间慢，所以他坐了高铁回来。霍焰大步从C市高铁站出来，他伸手拦了辆出租车：“师傅，第一医院，麻烦快一点。”

“得嘞！”

不过十分钟，霍焰就到达了C市第一人民医院。

在服务区问过护士后霍焰很快找到了病房，他站在门口扫了眼，念道：“陆亿人？”

“欸，火哥，我在这儿呢，在帘子里面，医生在给我换药呢。”

声音听着还算活泼，霍焰松了口气，他走到最里面的病床，正好看到陆亿人上半身赤着，医生在给他的胳膊换药。

等医生出去了霍焰问道：“谁打的？”

“哥，谁跟你说的啊？”

“怎么？都被人打成这样了你还不打算告诉我？”

“我这不是嫌丢人吗？哥你都跟我说了好几回别去找他，都怪我没听你的话，我……”

霍焰打断他的话：“傅明楷？”

陆亿人缩了缩脖子：“嗯。”

霍焰冷下脸：“他现在人呢？”

# 第六章
# 原谅你了

陆亿人，名字谐音六亿人，朋友之间都喊他小六。

小六有着一张偏中性的脸，长得白白净净，身材也瘦瘦高高，有些像书里描写的那种纤细美少年，可他偏有一腔热血，性格也爷们得很，天大地大父母兄弟最大，朋友的事情他总是最放心上的那个。

霍焰跟他是大学同学兼舍友，男生跟男生之间喝两顿酒、又能讲得来的话基本就算个朋友了，要是再一起打过架、揍过人那简直就是过了命的交情。虽然霍焰大三下学期忽然回家住，忙得傅明楷那事情都顾不上了，但他小六还一直惦记在心。

于是才有了今天这事。

这事是他陆小六惹出来的，结果把霍焰这个大忙人给召回来了，小六心下有些过意不去，他用另一条好的胳膊抓了抓乱糟糟的头发，皱着眉道："哥，这事——"

"停。"霍焰忽然伸出一只手做了个暂停的姿势。

陆小六一愣："啊？怎么了？"

霍焰没说话，他表情颇为严肃地伸手往裤子口袋里摸了摸，接着又伸到后面的口袋摸了摸，最后低下头直接把口袋里的东西全掏出来拿在手上——一个放着身份证银行卡和驾照的皮夹，几张折起的一百块，还有几把钥匙和零钱。

就是没手机。

霍焰在心里暗骂了一句，看向陆小六：“小六，你手机借我打个电话。”

小六眨了眨眼：“哥我手机摔地上摔烂了。”

“……”

小六问：“哥你着急要打电话呢？”

霍焰点头：“嗯，很急。”

小六“嘿”了一声：“那简单啊，问人借一下不就好了。”说着他就把帘子拉开，朝旁边病床躺着的一个姑娘道，“朋友，你好啊，手机借我哥用一下呗？”

霍焰：“……”

旁边病床的小姑娘淡定地翻了个身，背对着两人道：“我欧巴开直播了，等我看完直播就借你们。”

小六笑呵呵的：“那还要多久啊？”

“我欧巴很宠粉的，拖一拖怎么也要两三个小时吧。”

小六瞬间收了笑，视线穿过看直播的少女，落在门口那张床上躺着的老大爷身上：“大爷，您好啊，您有手机不？借我用用呗。”

“啊？手机？”

小六笑得可乖可甜：“是嘞！手机。”

“没有啊。”

霍焰一把抓住小六疯狂按护士铃的手：“你干吗呢？”

“护士总有手机的吧？”

“人家是护士又不是服务员。我去外面找个公共电话就行，你先躺着休息，我打完电话就回来。”

“我没把人当服务员，我就借个手机。”小六收了手，朝门口抬了抬下巴，“她已经来了。”说完就甜甜地喊起了小姐姐。

霍焰无语。

过了一会儿，霍焰拿着小六卖乖换来的手机，立马拨通了林溪的电话：“林溪。”

“你终于想起来要跟我说一声了？”电话那头的人明显有些不满。

“我走的时候你在睡觉，我怕吵你，当时就没跟你说。”

“那之后就没想到说一声？”

“我想到了，但是手机不知道掉哪儿了。”霍焰垂眼看着窗外的景色，低声道，“是我的错，那你现在还在渠西吗？”

“我在高铁上。”

霍焰有些惊讶：“你过来找我了？”

林溪急忙问：“你没跟人打架吧？”

“没。”

“也没出什么事吧？”

“没。”

“那就好。地址发我手机，在那等着我，我再过会儿就下高铁了。”

“好。”

等对面挂了霍焰才拿着手机开始编辑短信，旁边的小六早就看傻了眼：“你还是我认识的那个火哥吗？也太听话了吧！”

霍焰笑笑没说话，他把短信发了出去，然后把手机还给一旁等的护士：“谢谢。”

“不客气。”护士小姐姐转身走了。

小六又问：“是女朋友？”

霍焰挑眉，嘴角勾起：“是你嫂子。”

“啧啧啧，难怪。”

“难怪什么？”

“哥你没觉得你刚打电话的时候特别低声下气吗？听着好像是在被查岗似的。怎么样？嫂子长得好看不？她是不是要过来？”小六一脸兴奋。

“行了行了，大男人别太八卦，我们继续说刚才的事情。他打了你，你进了医院，那他人呢？你就一个人去找他的？”

挂了电话后林溪松了口气，接着又赶紧给赵乔去了个电话，让她不用再去问别人了。

林溪本就是一头雾水出的门，上了高铁后仍旧不知道霍焰的去向，最后想来想去只好打电话找赵乔求助，因为她还记得之前学校里相遇的时候赵乔说过认识霍焰。

给赵乔报了信后林溪收起了手机，可放松下来后，空腹赶高铁的不适感就渐渐涌了上来。

她在乘务员那买了袋紫米面包，可没吃两口就到站了，于是她又只好收起来，随着拥挤的人群出了高铁站。

出了高铁站，坐在出租车上，林溪默默地看着窗外炙热的太阳和来往的车流，心情不太美好，再加上胃里些微不适，更是不免有些火气在心中升腾。

原本打算得好好的，两个人一起去乡下享受一下乡间美景，结果现在还没体验到多少东西，就又回到了城里。而且刚才霍焰虽然说明了不辞而别的理由，但林溪还是觉得有种自己不受重视的憋屈感。

情绪有些低落，林溪叹了口气，想了想她闭上眼开始深呼吸。

莫生气，莫生气。

林溪找到霍焰的时候他正蹲在医院外面的马路上抽烟，周围人来人往车水马龙的，就他一个人蹲着不动，看着还挺萧瑟的。

林溪走过去道："你蹲在这想什么呢？怎么又抽上烟了？不是说要戒了吗？"

霍焰站了起来，他对林溪的三连问一个都没回，把烟摁灭后直接拉着林溪的手往旁边迈开了步子。

林溪不知道他要拉着她去哪里，她也没问，就跟着他走。最后两人在医院停车场旁的小道里站住，霍焰开口了："我有点心烦，就抽了根。"

"心烦什么？"

霍焰叹了口气，想想还是跟林溪全说了："我借了一个人三万块钱，一年多了没还一分，虽然不太爽但想想好歹兄弟一场，收不回来就收不回来吧，就当看清个人了，也就没太放心上。但我朋友……”说着霍焰朝医院大楼抬了抬下巴，“就现在住院观察的这个，见那人又是找女朋友，又是请对方吃饭送礼物，但偏偏就是不还我钱，一直挺气愤的。这不，这回那人和女朋友在外面玩正好被我朋友碰上，他气不过就过去找那人理论。喏，我朋友现在就躺里面了，胳膊被碎酒瓶划得血肉模糊。”

林溪听着有些瘆得慌，但又觉得有些怪异：“虽然这么问不太好，但我还是想问……你朋友是男的女的啊？”

“男的。”

林溪疑惑了：“你个正主都不在意了，他为什么还这么上心？”

霍焰也有些无奈：“小六特别讲义气，性子又直，撞上了没忍住就冲上去了。”

“他是你迷弟吗？”

“迷弟？”

“就是非常崇拜你的粉丝。”

霍焰摇头：“不是，他是我兄弟。”

“好吧，那你现在是在心烦接下来要怎么做？”

“嗯。”

林溪点了点头，低头思考了一会儿。

现在的情况就是“我不杀伯仁，伯仁却因我而死”，不管怎么样霍焰肯定不可能放着不管，而这件事目前涉及的人就两个，一个是受伤的小六，一个是欠钱不还还伤人的家伙，关系不算复杂。

“小六的医药费你出了？”

“没，傅明楷出的，也就是打人的那个。”说着霍焰嗤了声，表情很不愉快。

“什么情况？”林溪也有点蒙了，“是已经调解完了吗？”

“什么调解？”霍焰说到这里就有些郁闷，“心烦的就在这！”

“什么啊……”林溪看着霍焰，这话听得她有些摸不着头脑。

霍焰一只手插在裤子口袋里，脸上是明显的烦躁：“简单来说就是傅明楷打了小六，然后人就跑没影了，刚才正好其他朋友过来看小六，我就借着手机给傅明楷打了个电话，我问他小六的事情他到底什么意思。”

“那他怎么说？”

霍焰朝天叹了口气：“他直接道了歉，然后转了两千块钱过来。”

林溪看着霍焰眨了眨眼，眼里是一片迷茫：“这什么神操作？”

霍焰耸了耸肩，没说话。

林溪有些无语，又问：“那你的三万块钱的事情呢？”

霍焰往旁边挪了挪，替林溪挡住太阳光：“只字未提，还跟我说希望我能理解他。”

“欠钱不还又打人，这样的人还想你理解他？”

“嗯。”

林溪诧异：“他难道不会觉得不好意思吗？”

“不知道。”霍焰低头看着自己的鞋子，然后脚上用力，鞋底来回地在地上摩擦了几下，“如果没小六这件事，要我理解他也行，反正三万块也不多，而且我借出去就没指望能收回来。但现在出事了，肯定不能就这么了了，可他直接道歉赔钱，我就……”

霍焰舔了舔嘴唇，有些形容不上来那种不上不下的感觉。

林溪扶额：“有点哑火了是吧？”

“哑火？这形容……算是吧，差不多。”霍焰伸舌抵了抵牙齿，鞋底像在碾什么似的一直在地上磨着，“我之前对傅明楷印象还行，他很努力，就是出身不好，家里很穷，想要在大城市出头确实不容易，花三万块帮他一把也无所谓，只是现在我总觉得他变了很多……”

霍焰蹙着眉，像在回忆，顿了一会儿后又摇了摇头：“就不该把小六扯进来。”

林溪看着霍焰，他的眉头微微皱起，垂着眼像是在想些什么，嘴唇也是抿紧的，表情显得郁闷又纠结。

林溪觉得自己大致能够理解霍焰的想法，毕竟大多男人心中都存在所谓的兄弟义气，还有就是英雄主义，对于这两样东西来说，一些金钱和物质类的东西就次要许多。

霍焰虽然说得不多，但只字片语就足够让林溪差不多地构建出一个傅明楷大致的人物设定——很典型的寒门学子，靠努力进入高等学府，一开始学习上还很努力，能让霍焰借给他钱想来品性应该也还不错。但现在欠钱不还又伤人的……大概是乱花渐欲迷人眼，走上了别的路。

这算是小说里很常见的人设，林溪自己的小说里就写过，这种人在现实生活中也挺真实多见，他们总会让周围的人觉得气愤又无奈。

林溪倒也不纠结霍焰的钱能不能拿得回来，那是霍焰自己的钱，也是他自己做的决定，她不会去干涉什么。

不过话说回来，不得不说，傅明楷估计他也挺了解霍焰的性格，直截了当地服了软，让霍焰一下有火没处发。

这么一想，林溪怎么看都觉得霍焰的表情里透着委屈，让她特想揉揉他的脑袋，顺顺他的毛。

但她到底没这么做，只是伸手拍了拍霍焰的背，又抚了两下："好啦，现在就不要纠结这个问题啦。你到时候把钱的事情跟小六说清楚，让他别再管了，而且现在傅明楷已经道了歉又赔了钱，接不接受是小六的事情，他要是觉得不够那就让他去跟傅明楷协调，你的话……以后多请小六吃饭，多帮帮他的忙也差不多了。嗯……不要多想了，这里好热啊，我们找个吃饭的地方坐着说吧，我早饭就吃了两口面包，现在也有点饿了。"

霍焰问："你没吃早饭就出来了？"

"对啊，我才起床你那几个朋友就很急地找我说你可能是回来打架的，让我赶紧过来劝劝你。我又打不通你电话，以为真出了什么事，就急忙买票过来了。"说起这个林溪也有点不高兴，"你以后不管要做什么事情都提前跟我说一声。"

霍焰去牵林溪的手，然后拉起来亲了亲手背，语气温和道："我早上以为你还在睡呢，而且我也跟他们说了没什么事情，就只是回来处理一下朋友的事情而已。"

"可他们给我形容的好像你要回来跟黑社会火拼似的。"林溪皱起了眉。

这回换霍焰给林溪顺毛了，他把林溪揽在怀里亲了亲额头：“知道了，以后一定给你打电话。”

林溪叹了口气，补了句：“怕吵我的话给我发短信也行，微信和QQ都可以，以后一定要记得跟我说。”

“好，我记住了。”

“真的？”

“真的，我保证以后一定去哪儿都跟你报告。”霍焰说得很诚恳，就差竖起手指对天发誓了。

林溪点点头：“这还差不多。”

随后林溪拉着霍焰去了路边的一家面馆，面馆挺大，有上下两层，看着也挺干净。医院附近的饭店的生意总是格外红火，两人在边角的位置里才找到了空位。

坐下后林溪点了碗牛肉面，她看向霍焰：“你呢？想吃点什么？”

霍焰扫了眼菜单，回道：“跟你一样就行。”

“好。”

两碗热气腾腾的大份牛肉面很快就上来了。

大概是饿了，林溪觉得这碗面特别香。吃了好几口胃里有实感了她才又跟霍焰说话：“需要给你受伤的朋友送饭吗？”

霍焰吃了口牛肉，回道：“不用，有人给他带了。”说完他向服务员举了下手，“你好，麻烦再来一盘牛肉。”

服务员应了声，很快切了一整盘牛肉上来，霍焰夹了一筷放进林溪的碗里：“多吃点肉，你太瘦了。”

“很瘦吗？”林溪低头看了眼，“还好啊。”

她经常跟着视频做健身操和瑜伽，有特意练过形体，虽瘦但绝不“干”。

“腰太细了，都没我胳膊粗。”

林溪失笑：“哪有你说得这么夸张？

“对了，你还记得你手机掉哪儿了吗？是真的没了还是说可能掉在车里？”

“我根本没注意到，不是可以定位吗？用你手机找找看。”

“好。”

刚拿起手机，林溪忽然笑了起来。

霍焰抬起头看林溪，表情有些莫名：“想到什么了这么开心？”

林溪捂着嘴，她笑了好一会儿才缓了过来，眼里也带着水光。好不容易收了笑，一开口她又忍不住地勾起了唇：“手机里好像有你的不雅照吧？”

霍焰的表情有些僵。

谁手机里没点自己的小隐私呢？

前几年霍焰就有意识地锻炼起了自己的肌肉、胸肌、腹肌、肱二头肌，虽然在人前从来不显摆什么，但洗完澡一个人照镜子的时候难免会摆几个大力水手的姿势，暗自欣赏一下，有时候还对着镜子自拍两张。

这件事林溪知道，因为被她看见过。

霍焰低咳了声，辩解道：“哪里不雅了？我的肌肉不好看吗？”

“万一手机落入中年大叔手里怎么办？你想被中年大叔看吗？”

“你就不能往好的方面想吗？”

林溪笑着摊摊手：“好吧，希望捡到你手机的是个大美女。”

霍焰看着林溪，顿了会后慢吞吞道：“借你吉言哦。”

林溪嘚瑟道：“不客气。”

“待会想去哪玩？”说着霍焰看了看天，“看起来好像要下雨了。”

林溪查了查手机天气，道：“是要下雨，那就不玩了，直接回家吧，我也有点累了，想回去休息。”

霍焰没什么异议，于是两人吃完饭后直接打车回了家。

两天没开窗透气，屋子里有股闷闷的味道，趁雨还没下大，林溪把窗户全部打开通风，然后扭过身对霍焰道：“乡下旅游看样子要泡汤了。”

霍焰把东西放好，一下躺倒在床上：“又不远，等雨停了再过去也一样。”

林溪在家里走了一圈，有些不知道要做什么，电脑和行李都在乡下，她就带了手机和包回来。

“你在那转来转去干吗呢？”

林溪看向霍焰：“你待会打算干吗？”

霍焰想了想，回道：“出去买个手机，顺便染个头发吧。”

林溪是真的无聊，闻言索性在床边坐下，跟霍焰聊起天来。

“想染什么颜色的？”

“还没想好，目前是打算从闷青、红色，还有水粉或者奶奶灰里面选，很深的那种深蓝色也不错。”

这五颜六色的，林溪听得忍不住伸手去拨弄霍焰的头发：“幸亏你长得帅，染得五颜六色的也照样好看。不过你确定要染青色？”

她心下道，那不是绿帽色吗？

霍焰轻笑了声，抓住那只在自己发间穿梭的手，放到嘴边亲了口：“你别往其他方面想，就单纯地告诉我闷青色这个颜色好不好看。”

林溪点头：“好看的。染这个发色的明星也挺多，但我觉得你要是染了被你爸看到，他肯定按着你的头让你染回黑色。”

霍焰毫不在意道：“别的不用解释，你就说好看就行。”

“好看。”

“OK。”

“所以你是真的要去染闷青色了？”

霍焰从床上一跃而起：“算了，你都这么说了那我还是染别的吧。”

听霍焰这颇有些遗憾的语气，林溪失笑：“喜欢就去染呗。自己高兴就行，嗯……你染闷青色肯定也好看。”

毕竟霍焰高高大大，长相也很帅气，走到哪都是个行走的衣架子，各种造型都能 hold 住。

“刚刚你不还假设我爸会按着我的头让我染回去吗？”霍焰在林溪身旁坐下，伸手一下下抚触着她的背。

林溪动了动，脑袋枕在霍焰腿上：“我就随便说说的。”

“之前你好像说你更喜欢我黑头发？”他的手从她的发间轻轻穿插而过。

她闭上眼，舒服道：“是啊，我是说过，但是我也支持你尝试其他发色。”

霍焰笑了出来，揉了揉林溪的耳朵：“好话都被你说了。

林溪没再说话，空气一下安静下来。

外面的风渐渐大了起来，吹起呼呼的声响，林溪戳了戳霍焰的腰：“去关窗。”

霍焰关了窗回来重新坐在床上，继续让林溪枕着自己的大腿，他问：“早上醒来发现我不在，你是不是很不开心？”

“嗯。”

他手指捏了捏那瓷白的脖颈皮肤，继续道：“我当时想着别吵你，到C市也就不到一个小时，想等到了再给你打个电话。”

林溪道：“你用谁的电话给我打的？”

“医院里的护士。”

“嗯。”

接着半晌无声，霍焰低头见林溪闭上眼的样子，低声道：“想睡了？”

“没啊，你继续说。”

他亲亲林溪的耳朵，在她耳边道：“对不起。”

林溪睁开眼看了看霍焰，而后又笑着闭上，道：“这回原谅你了，没有下次啊。”

“好，我保证。”

霍焰一个人出去，林溪没陪着。

虽然下了雨但很快气温就又升了起来，外头天色暗沉沉的，空气里也饱含水分，又热又潮湿。

独自在家的林溪洗了洗手去冰箱里拿了个甜瓜吃。

霍焰不在，屋子里静谧非常。

一个人待着实在无聊，林溪打算看电视。

她和霍焰都习惯用电脑，所以家里的电视机平时就跟个摆设似的，等到要用了才发上面居然落了一层的灰。

她接了盆水打算清理一遍，手机在一旁开着放音乐，又是下雨天，还挺有情调。

她擦完了看看桌子也觉得有些脏。

林溪又开始擦桌子，结果打扫这件事开了个头后就停不下来了，这擦擦那扫扫，林溪把整个屋子都打扫了一遍。

她还拍了好几张照片想给霍焰炫耀，结果还没发送就有一个电话打了进来，是林妈妈。

林溪随手接了起来："喂，妈。"

"闺女，这个周末回不回来啊？"

林溪拿起茶几上的水杯喝了口水，不紧不慢地道："爸气消了？"

"他不一直都这样的吗，不理他他自己过段时间就好了。"

"好吧我知道了，这几天我跟霍焰在外面玩呢，到时候再说吧，如果有空的话我们就过来。"

"好，那你们要来的话提前跟我说一声，我好准备准备。"

"好，知道了。"

简单的交流过后对面忽然停住了，等了一会儿，就在林溪想发问的时候对面才又开口说话，但声音被压低，像是要说什么秘密似的。

"小溪啊。"

"妈我在呢，怎么了？"

"妈妈想跟你说个事情，就是……就是那个……"

"是什么？"

"就是……我被检查出来怀孕了。"

"你怀孕了？"林溪一下在沙发上坐直，仿佛被震住了似的，她瞪着眼惊讶了好一会儿才找回了声音，问道，"几个月了啊？什么时候知道的？"

电话那头的母亲笑得有些尴尬，声音也有些扭捏："已经快三个月了，今天上午社区体检的时候查出来的。”

林溪是真的有些蒙了。

因为她妈妈年轻的时候怀了孕还下地干活，所以小产亏了身子，之后就一直无法生育，否则也不会领养自己。可她现在都四十七了，二十多年肚子都没有动静，现在却突然说怀孕了？

电话那头的林母见林溪没反应，又紧张地问道：“小溪啊，你觉得怎么样啊？你想不想要个弟弟妹妹啊？”

刚刚还是蒙，现在却开始心乱如麻起来，林溪抓了把头发，垂下眼问：“妈你呢，你是怎么想的？你跟爸说过了吗？”

“说了，他是挺开心的，就是我觉得自己年纪有点太大了，跟着你们一群年轻人一起生孩子有些不好意思。”虽这么说，但林溪还是从话语里听出了抑制不住的兴奋，接着她就又说，“不过我想吧，怀都怀了，咱们家里也不是养不起，去医院查查医生又说孩子挺健康的，我身体也不错，我就想说生下来也不是什么问题，你说是吧？”

林溪在心里叹了口气，她握着水杯，半闭着眼道：“妈你想要的话就生吧，我是肯定支持你的。”

“那你高兴不啊？”这句话里是明显的紧张，也带着小心翼翼地试探。

林溪只是愣了一下，便笑着道：“挺好的啊。生吧，这样一来你和爸就有的忙活了，不过家里热闹点也挺好的。”为了顾及自己的情绪而小心翼翼询问的母亲让她不禁心软，但是乱麻依旧是乱麻，情绪总归还是受到了影响。

“那就好，那就好，想想也是不好意思，都一把年纪了，孩子生下来都要跟孙子孙女一般大了……”

母亲又说了很多才挂掉了电话，但她的每句话里都是藏不住的喜悦。

挂掉电话后林溪闭着眼揉了揉太阳穴，一时没什么动作。她在沙发上直愣愣地坐了好一会儿后才站了起来，赤着脚在面积狭小的单身公寓内来回走动。

天闷闷的，看起来还要下雨，所以气压很低。

房间里没开空调，加上又没什么风，林溪只走了两圈额头就开始冒汗。

霍焰发来的信息她看了也没回复的欲望，QQ 上编辑找她约稿的信息也完全不想理。她就这么从客厅走到卧室，从卧室走到客厅，最后烦闷地站定，仰起头呼了一口气，接着又伸手把长发一把拢到脑后。

因为她现在脑子里一团乱麻。

说不上高兴，也说不上不高兴，觉得有个弟弟妹妹挺好的，但心底又不想要什么弟弟妹妹，好像有了弟弟妹妹自己就是个多余的了。但想一想，有个孩子陪陪爸妈热闹热闹也很不错，他们就没什么工夫管自己了。

好，不好。

想要，不想要。

很纠结，具体什么想法是真的说不出来，脑子里乱七八糟的什么都有。

林溪转了会又回沙发，打算看一会儿小说缓解下心情，可曾经特别喜欢、追得特别勤快的小说今天看来也索然无味，觉得无聊枯燥没什么内容。

林溪关了小说又看起了搞笑综艺，拖动进度条跳过开头的介绍直接进入游戏部分，结果看了没几分钟就觉得里面的人是在拿观众当傻子吗？表情浮夸用力过头，全程“抛烂梗尬笑”，仿佛没有智商。

林溪看了没一会也感觉到了自己的心态不太对，于是也不再看东西了，关了电视机关了手机坐在沙发上发呆。但是没用，最后想想还是给霍焰打了个电话。

“你什么时候染好头发？”电话一通林溪便直接问道，“还要多久？”

“怎么了？这么着急？我问问这边的理发师。”电话被拿开，里面传出小声地沟通的声音，十几秒后声音又大了起来，“还要半个小时。”

“你让他快点。”

“怎么了？出什么事了？”

“没出什么事。”说着林溪仰起头，眨了眨眼，“我无聊，想你带我出去玩。”

“你还能走路呢？”

“能。”

电话那头顿了顿：“林溪，你是不是有什么事？”

“没什么事啊，就是家里太闷太无聊，我觉得烦，待不住，很想出去玩。”

“真的？”

“真的。”

“哦……那行吧，你再等我会儿。”

“嗯。”

挂了电话，林溪躺在沙发上发呆。

曾经她为了提高英语口语能力报过一个成人英语机构，成人英语机构里的模式并非和孩子补习班似的直接选课程付了钱上课那么简单。因为成人英语一年的价格是一万五，里面的课程销售为了让客户多报几年的课，会有一套话术交流环节。

林溪进的一家英语机构很大，进去便是一对一的课程咨询，说是课程咨询其实更像是聊天。林溪心思很敏感，她一下就感觉到了对方在套话，不停地在往她的过去、现在和想要的未来上引，她很防备，回答都比较囫囵，可能对方感觉到她是个很难搞的客户，于是通过口语测试的环节喊了另一个人进来，像是在搬救兵。

那个人林溪一直记得，因为他真的很厉害。

就算知道对方是在用话术套话，当时的林溪也不自觉地跟着他的引导去思考，因为对方表现出的气度、知识面之类的东西让林溪很愿意跟他沟通。

直到后来林溪才知道，之所以把话题拉到过去是话术中的一个环节——挖痛点。

为的是和现在还有未来做对比，然后针对你的经历给你画饼。

不过话说回来，当时的对方也成功地挖出了她的痛点，那就是——她的身世。

其实这个世上领养的孩子很多，一般未记事的时候被领养的孩子都会跟养父母很亲，但林溪不是，她很早就模模糊糊地知道了自己不是爸妈的孩子。

也不知道是不是因为过早知道真相，她从很小开始就没有跟爸妈撒过娇，也没有理直气壮地伸手要零花钱，更不会跟爸妈要这个要那个。

因为她会觉得不好意思。

当时那个咨询师就问她为什么会觉得不好意思？成年了不好意思也正常，但孩子的时候谁不会跟父母撒个娇、发个脾气要这要那的？

林溪回答不上来。

最后，那个咨询师告诉她："他们把你当女儿，所以用着老一套的教育理念。为了你好，把控制你的人生给你指路当成天经地义的事，即使其中存在很多问题，也是因为把你当女儿才会这么对你。可你不是，你的潜意识里更多的是把他们当成了救命恩人，而不是最亲近的'父母'，所以对待父母的时候你更多是感恩、报答，而不是正常孩子对父母天生的亲近。"

当时的林溪没能回答得上来，因为她觉得对方说得很有道理，事实也确实如此。可现在她才觉得不对，不只是感恩感谢，否则她听到母亲怀孕的消息应该很高兴才对。

但现在并不是这样，她很焦躁，很不安，一点也定不下心。

林溪双手捂住脸，深呼吸了好几下也还是一样的烦闷。

她坐起来，又给霍焰打了个电话："你还要多久才好啊？"

"电话不是才挂了五分钟吗？"

"哦，好吧，我知道了。"

"你到底怎么了？"

林溪闭上眼抓了下头发。怎么了？她也不知道她怎么了。

林溪蹙着眉，心下有些烦闷，实在没什么心思在电话里说太多，她现在只想见到霍焰的人，想他出现在她的眼前。

她含糊地说了几句后把电话挂掉，环着膝盖坐在沙发上理思绪，她也不想再这么纠结下去。

直到洗衣机发出洗完的声音，她才回过神，过去把床单被子拿出来晾，再把脏衣服倒进去继续洗，接着重新回到沙发上坐着，等霍焰回来。

等待的时间格外漫长，以为过去很久了，看一眼时间发现才过去五分钟。

林溪换了个坐姿，准备打手游放空一下脑子。

她玩的是一个逃杀类的游戏，四个人一个“鬼”，困在一个同地方，人需要逃出去，而“鬼”要把人“杀”死。

大概是心情不好的时候做什么都不顺，一次次被逮住让林溪心态有些爆炸。连着玩了几把都是输，还由于死得太快拖累了队友，看着游戏结束后队友发来的谴责的话语，林溪果断关了游戏，切到了斗地主。

霍焰刚进门的时候看到的就是这样一幕——斗地主的音乐叮叮当当地充斥在家里，一向端庄温婉、非常注意自己外形的林溪居然毫无形象地盘着腿坐在沙发上。

“你总算回来了。”林溪把模式切成自动，抬头看着霍焰。

霍焰换了鞋，动作自然地走过来，拉起林溪的衣角看了眼：“都这样了还想着要出去？”

“对。”林溪把腿合拢，目光落在霍焰脸上，“很想出去。”

霍焰顺着她的话问：“那你想去哪里？”

“随便哪里都行。酒吧、游戏城或者游乐园、公园之类的地方都可以，我都不挑，就是想出去走走。”

霍焰点点头，没立刻表态，他在林溪旁边坐下，道：“来，说说吧，我不在的时候谁又惹你不高兴了？”

林溪也不回答，她抿着唇把手机放到一边，整个人往霍焰身上靠，还伸手去揽他的脖子。

霍焰配合地伸手托住林溪的背，笑道：“干吗？撒娇呢？”

林溪终于勾起唇，脸上有了点笑意。

她整个人窝到霍焰胸前，双手揽着他的脖颈，头也埋在霍焰的肩窝里，叹道："终于等到你了，抱抱我吧。"说着脑袋还动了动，找了个最舒服的姿势靠着。

霍焰轻笑了一声，有力的大手抚了抚纤细的背，他配合着跟林溪交颈相拥。

林溪闭着眼，鼻尖尽是霍焰的味道："怎么没有染闷青色啊？"

霍焰摸了摸头发："灰色不好看？"

他染的颜色是奶奶灰，头发也顺带剪短了一些，之前脑袋上还能勉强扎个小揪，现在头发只半个小指那么长，看上去干净利落，显得线条更硬朗了些，气势也跟着凌厉了许多，时髦又有男人味。

"好看的，就是我以为你会染闷青呢，之前不是一直在说这个颜色吗？"林溪又把脸靠在霍焰的胸口，声音又低又软。

霍焰觉得她闭着眼的样子跟撒娇的猫咪似的，可爱是可爱，娇也挺娇的，但突然这么黏人不像她一贯的作风。

他想了想，双手伸到林溪腋下，用了点力，一把把人半举着坐到自己腿上，然后又抓着对方的肩膀，防止她又软乎乎地靠过来。

他直视着林溪的眼睛："好了，坐直了，好好回答我刚问的问题。"

"回答什么呀？"林溪蹙着眉，撇了撇嘴角，"我现在心情不好，你就抱抱我嘛。"

霍焰板着的表情瞬间消失，他叹了口气，实在拿她没办法。

他把人又重新揽进怀里，一边顺着她的头发一边问："到底怎么了？我不就出去了两个小时吗？"

林溪撇了下嘴："有点不想说，说了感觉矫情，其实也没多大事，我已经消化得差不多了，你抱抱我就会好了。"

她窝在霍焰的胸前，脸侧着靠在霍焰的右边肩膀，然后伸出左手绕过霍焰身前，在他的背上玩似的画着圈圈。

真的是在玩，一点都不撩。

霍焰无奈地笑了，他的手扶在林溪的腰上："那到底什么事？跟我有什么不能说的。还有，动手动脚地干什么呢？"

林溪也笑了，她坐直了身体，看着霍焰道："我们待会去清吧喝杯小酒吧？然后再去公园里散步好不好？或者去运河边上走走也行。可以的话还能坐一坐游轮，吹一吹夜风。"

真的是想一套是一套。霍焰伸手刮了下林溪的鼻子，纵容道："都随你。"

林溪冲霍焰笑了："好，那我们现在换衣服出门？"

"可以，不过……"霍焰挑眉，"别转移话题，到底是什么事？"

林溪抿了下唇："出去了再跟你说吧，我觉得我得换一个心情。现在心情不好，所以脑子里想的都是负面的东西，出去走走散散心，说不定就什么没事了，也省得把你的情绪带歪。"林溪伸手捧住霍焰的脸，"你说好不好？"

霍焰笑："我能说不好吗？"

林溪笑着摇头："不能。"

"就知道。"他把捂着自己脸的手抓在手里咬了一口，在林溪的惊呼中放开她，催她进去化妆换衣服。

这回林溪没再浓妆艳抹的，反倒简单得很，只在眼尾向上描了两笔，穿的衣服也简约大方，浅咖色及脚踝的长裙，收腰处细细一掐，裙摆略有些蓬松，虽然后面露了些背，但整体看上去还是非常温婉秀气。

"好了吗？"霍焰也换了身衣服，为了配合林溪的风格，他特地换了身略正式的休闲款西装，只是他这发型和这身打扮搭出来不像温润公子也不像精英总裁，倒是像黑社会太子爷。

"好了，我们走吧。"

"嗯。"霍焰上下打量了一下林溪，她看起来几乎没化妆，连口红都没涂，只涂了无色的润唇膏。这样一来反倒突出了眼尾那道勾人的弧，清纯里带着一丝丝的魅惑，这种妆容霍焰还挺喜欢的。

他问："你戴不戴耳环？"

"可以啊，你帮我挑一副吧。"说着林溪把一个盒子递到霍焰面前。

霍焰只看了眼便迅速地挑了副上面坠了两颗小樱桃的流苏耳环给林

溪："就这个吧，增加点颜色，看着亮一点。"

"你帮我戴吧，我有点忙。"林溪没接，她还在努力地遮瑕。

霍焰是头一回给人戴耳环，他站在林溪旁边弯着腰，一只手捏着林溪的耳垂，皱着眉眯起眼，小心翼翼地把耳环穿进耳洞。

林溪见状乐了："我看电视里男主角给女主角戴耳环超苏、超温馨的，怎么到你这跟老奶奶穿针线一样？"

"我这不是怕戳到你吗？啧，真是没良心。好了，戴好了。"戴完霍焰还伸手理了下长长的流苏，"不错，好看，很配你。"

"好看就行，我遮瑕也弄完了，我们可以出发了。"说着她站起来，在霍焰面前转了圈，"好看吗？"

"很好看。"

林溪笑了起来，觉得心情一下"美丽"了很多。

两人牵着手出了门。

外面的天看起来昏沉沉的，又热又闷。

他们坐车来到了一家高档清吧，里面的舞台上有人在弹古筝，筝声绵绵，仿佛含着情。

两人选了个位置坐下，霍焰点了瓶红酒，又点了一大份的烤肉拼盘跟三文鱼沙拉，林溪点的都是甜品，一份水果盒子，一份杧果班戟。

"心情不好吃甜品真的管用，我现在感觉好了很多。"嘴里是甜而不腻的奶油，耳边又是温和缠绵的音乐，林溪颇有些享受地眯起了眼。

"那可以说是什么事了吗？"

林溪点点头，挖了勺杧果班戟喂到霍焰嘴里："我妈怀孕了，已经三个月了。"

"我懂了。"霍焰点点头，甚至可以说这种体验他早两年前就感受过了，"那你想通得还挺快，我那时候纠结了很久，现在想想也是够没意思的。"

林溪闻言笑了出来，抽了张餐巾纸擦了擦霍焰嘴角的奶油："我刚听到的时候心情也挺复杂的，整个人都很烦躁，什么都不想做，根本缓不过来。”

“现在吃个甜品就想通了？”

“也不是啦。”林溪笑笑，一只手托着下巴，“毕竟二十多岁的成年人了，有些事情想不通跟想通真的就是一念之间。想法理顺了，情绪也就好控制了。”

“你比我理性。再喂我一口，这个还挺好吃的。”

林溪又挖了勺杧果班戟送到霍焰嘴里，斟酌着道：“也不是理性不理性吧，年纪在长，思维方式也在慢慢改变。你刚不还说你那时候很没意思吗？但你当时就想不到啊。”

“这么说倒也是。”

“我之前也挺纠结的，但是说真的，跟一个小孩子怄气，何必呢？而且不管怎么说他以后也是我的亲人，想太多只是徒增烦恼罢了。另外一点就是我现在已经嫁人了，也不跟我爸妈一起住了，所以他们再生一个对我真的没什么影响，顶多就是以后回去看望他们的时候多买一份礼物罢了。”说着林溪耸了耸肩，“其实就是这么简单的事情，真的挺好想通的。”

“那问题算是解决了？开心了？”

林溪摇摇头：“没开心，想通归想通，但是我心情还没完全调整好。”

霍焰笑了声：“那你还想怎么调整？玩吗？”

“嗯……”林溪咬了下勺子，顿了下道，“我觉得我们可以不用管别的，就专心把我们两个人的生活过好。”

霍焰叉了块牛肉给林溪：“就该这样想才对。”

“那我们可以开始做之前说好的事情了，就是你说愿意陪我的那些。”

“你想先做什么？”

林溪用余光扫了眼周围，然后压低声音，倾身靠近道：“我想……今晚我们去酒店开次房，浪漫一下吧？”

“你确定？”霍焰有些诧异。

林溪解释道：“想去感受一下。”

霍焰不解：“我们自己有房子，还要出去花钱租房子？林溪……钱多也不是这么用的吧？”

林溪看着霍焰的眼睛说：“刷我的卡好啦。我就是今天突然很想去试试。感觉肯定和家里不一样吧，就好像有的人家里有电脑，但还是喜欢去网吧打游戏，嗯……我的意思就跟这个差不多，你能懂吗？”

霍焰点头：“能懂，那为什么突然今天要去，明天去不行吗？”

林溪眨了眨眼，理直气壮：“没为什么啊，我就是今天突然很想去啊，之后可能就不想去了。”

霍焰没什么异议了，他舔了下唇，喊来服务员又点了份杧果班戟，然后问林溪：“你要不要也再来一份？感觉还蛮好吃的。”

霍焰不怎么吃甜品，但这回的杧果班戟甜而不腻，做得很得他的心。

林溪摇摇头：“不用了，否则今晚一顿饭摄入的热量也太高了。”

霍焰笑：“待会一起做点什么消耗一下就好。”

看到年轻的女服务员不好意思地笑，林溪拿起纸巾擦了擦嘴角，冲霍焰眨了下眼，小声道：“有人在呢，说话注意点。”

霍焰不听，还故意伸过手捏了下林溪的脸。

林溪吓了一跳，往后退的同时伸手想拍掉霍焰的手，但他出手太快，仍是被他捏到了。

霍焰单手抵着下巴，看着林溪笑。

等服务员走了林溪才佯怒地瞪了他一眼，然后从包包里拿了盒粉底出来，边补粉边道：“以后看见我化妆了就别捏我脸，粉会掉的，肤色也会不均匀。”

霍焰搓了搓沾上薄粉的手指，说得一脸正直：“我以为你只在眼睛上化了两笔。”

林溪有些无奈，霍焰有的时候真的就是个大直男，除非妆化得特别明显，否则他根本看不出来：“反正下次不许了。”

“行，知道了。”

补完粉，林溪继续吃东西。

这个清吧的模式有些像是餐厅和酒吧的结合体，里面没有吵闹的音乐，也没有跳舞狂嗨的人群，周边是一圈的吧台，墙边高高的架子上摆放着各式各样的酒，中间是用餐的桌子，暗橘色的灯光照满整个空间，最前方的舞台上是古筝、茶艺之类的表演，环境清净又雅致。

“外面是不是下雨了？”林溪总觉得闻到了水汽的味道。

“估计是。”

“唔。”她拿出手机看了眼。果然，之前还显示会在半夜下的雨已经提前到了现在，“手机上说待会有中到大雨，公园或者运河边大概去不了了。”

霍焰不以为意：“别下大暴雨就行。”

林溪点点头：“希望吧。”

两人吃完后结账出门。

林溪站在清吧门口的屋檐下，仰头看着如瀑布般倾泻而下的雨，她笑着用手肘碰了碰霍焰：“你的嘴是不是开过光啊？”

霍焰也意识到自己之前好像立了个 flag，他笑着问林溪：“你带伞了吗？”

“带了，但是感觉没什么用。”林溪从包里拿出伞撑开，透明的伞面和纤细的伞骨看得一清二楚，这把伞一看就禁不起大雨的摧残。

“这样吧，我们直接打车，也不去什么地方玩了，直接找个旅馆吧。”

“好啊。”林溪看着外面暗沉沉的天，也没了玩闹的心情。

霍焰拿起手机打车，打完车又问林溪：“你有没有想去的旅馆？”

林溪摇头：“没，找个一般的就可以，待会问问司机好了，他知道的应该会多点。”

出租车来得很快，林溪撑起伞挽着霍焰的手，不过几步路的距离，两人身上还是淋到了雨，上了车后司机问去哪儿，林溪边理头发边道：“师傅，去最近的宾馆吧。”

“这附近宾馆很多，你们想去什么样的啊？”

霍焰接口道：“师傅你见多识广，给我们推荐一下呗。”

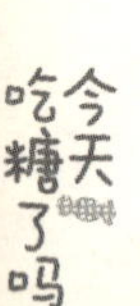

“一般小年轻都去大学城那边的宾馆，那一片的宾馆都不大，每个都三四层高，但都挺干净，就是东西少了点，不过价格也比较适中。”

“去那儿的人很多？”

“可多了，不信你们网上查查。”

“那师傅你往那边开吧，路过宾馆的时候开慢点，我们看一看。”

“好嘞！”

雨倾盆而下，开最高速的雨刮器都来不及把雨水扫去，视线模糊，连驾驶经验老到的出租车司机都开得非常缓慢。

天气恶劣，路上也容易堵，从清吧出来到七八公里外的旅馆居然足足用了一个多小时。

林溪指了指前面一家宾馆道：“就这个吧。”

霍焰点点头：“可以。”

旅馆不大，外形看起来有些老旧，一共四层楼高，就是规规矩矩的楼房，不过和其他不一样的是这家没弄什么花花绿绿的灯牌，所以林溪才选中了这个。

下了车，两人打着伞往门口冲，地上的雨水来不及从下水道流走，形成了两三厘米的积水。

林溪的脚全湿了，她又没穿袜子，脚就容易打滑，在门口的时候不小心一个趔趄，幸好霍焰及时拉住才没倒进水洼里。

但这样一来好歹能挡一点雨的雨伞掉在了地上，到门口时两人就已经浑身湿透了。

“扭到脚没？”

“没，快进去吧。”

两人进门，林溪理了下湿漉的长发，在门口的垫子上踩了好几下。

这家旅馆从外面看虽然有些旧，但出人意料的里面卫生弄得不错，大理石的地面上干干净净，正前方是一个前台，两边是电梯。

进去后霍焰跟前台的中年女人交涉了一下，一个标间，一晚上三百二。

两人拿了房卡乘电梯上楼，楼道有些窄，上面还铺了一层红色的地毯，房间分列在楼道两边，门与门之间的距离挺近，不用看就知道房间不会大。

林溪刷了房卡开门。

房间不大，里面有一张标准的双人床，白床单白被子，看上去很干净，床两边有床头柜，除此之外就没什么了，连空调和电视都没，有些过于简单了。

她换上一次性的拖鞋，进到隔间的浴室看了下，里面和外面一样，只有最基本的洗浴用具。

“这价不太值。”

霍焰显然对这里不太满意，他面无表情，即使穿着湿透的西装看起来也帅气逼人，和这个有些简陋的地方格格不入。

林溪道：“是有点不值，不过还算干净，住一晚也还行。”

霍焰在里面转了圈，四处看了看后又特地看了下门锁：“你先洗澡吧。”

林溪顿了下，忽然道：“可我们没有衣服换。”

霍焰也愣了下。

来住旅馆完全是林溪突发奇想，所以他们自然没有准备换洗的衣服，更何况一场暴雨也在意料之外，如果没这场雨，衣服再穿一天也不是什么大问题。

“伞给我，你先洗，我出去一下。”

林溪问：“去哪儿？”

“去买点东西，很快回来。”

林溪点了点头，把伞给了霍焰。

然而霍焰出去没几分钟，门口就传来了窸窸窣窣的声音，林溪心里咯噔了一下，脊背上顿时毛毛的。

她轻手轻脚地走过去看了眼，只见门缝里多了两张小卡片。见状她松了口气，没过去拿，继续站在房间里边弄手机边等着霍焰。

霍焰回来得很快，他不仅买了衣服，还买了牙刷牙膏、沐浴露等东西。

“你怎么还没洗澡？”

“你不在我不敢。”林溪走过去从霍焰手里接过袋子放在床头柜上，“你看那个。”

“什么？”

“那儿，地上。”林溪又指了指。

霍焰顺着林溪的手看到了两张小卡片，他走过去捡了起来，卡片设计得花花绿绿的，跟中老年的表情包有得一拼：“是小广告。”说着他就把卡片扔进了垃圾桶，又伸手刮了下她的下巴，“快去洗澡，别感冒了。”

林溪拉住霍焰的手。

“嗯？怎么？”

她仰头看他的眼睛：“一起洗吧，你也湿透了，小心感冒。”

狭小的空间内充满了浓浓的雾气。

霍焰把林溪搂在怀里，两人唇舌交缠，冒着热气的水顺着身体滴滴答答地落在地上。

一个淋浴洗了半个多小时。

林溪率先出来，她用毛巾擦干身体后，翻了翻塑料袋里面的衣服，抬高声音问：“你没给我买内裤跟内衣吗？”

“我忘了。”

林溪才不信呢，她用一根手指勾起黑色的衣服晃了晃：“就记得买你自己的了是吧？”

霍焰笑着打哈哈。

“我看你就是故意的。不管，这衣服我穿了啊。”

“那我怎么办？”

林溪坐在床上乐，说着她便把他的衣服穿上，进了浴室。

等霍焰出来的时候林溪正躺在床上玩手机，他没围浴巾，翻了翻剩下的衣服：“把我衣服都穿了是吧？”衬衫长裤全在林溪的身上，袋子里就剩了条粉色的裙子。

林溪把手机放到一边，笑着踹了下他的大腿。

霍焰反应很快，后退的瞬间一把抓住了林溪的脚：“想踢哪呢？嗯？”

他握着林溪的脚不放，眼含笑意地俯视着她。

林溪躺在床上，半干的黑发散在纯白色的床上，衬衫过于宽松，露出细腻白净的脖颈和锁骨。

她还把他的裤子也穿走了，但裤子太大，穿在身上松垮垮的，他只要稍用点力就能把裤子从她身上扯下来。

林溪道："放开我的脚。"

"我不。"他不仅不，还揉捏了两下。

林溪的脚虽瘦，但软绵绵又白嫩嫩的，一只手就可以完全抓住，捏了两下后霍焰勾起唇，用四只手指把脚控住，伸出大拇指在林溪的脚心挠了两下。

"你干什么呢？放开啊！哈哈哈！"林溪怕痒，一挠就忍不住地笑，她撑着床面想坐起来，但霍焰故意使坏，偏不让她起来，只要她一坐起来他就伸手一推，让她又倒回床上。

一来二去林溪就有些喘，头发也乱了，她不挣扎了，红着脸气喘吁吁道："快点放开我。"

可他仍抓得死紧，怎么抽都抽不出来。

霍焰不说话，只是看着林溪笑。

渐渐的，林溪终于有点意识到了什么，她也不管那只被抓着的脚了，就躺在床上喘息着跟霍焰对视。

"说吧，你到底想干吗？"林溪的脸颊绯红，点漆似的黑眸里倒映着两点灯光。

"这儿的一晚上值三百二呢。"说着，霍焰又捏了捏林溪的脚。

林溪咬了咬下唇，仰脸看着霍焰道："那你说吧，要做什么？"

他邪气地勾着唇，声音低哑："你踩我两下，轻点。"

一条小溪流呀流：婚后第九十九天，博主今天身上不太方便，但偏偏突发奇想、兴致勃勃地带着霍先生来到了宾馆开房。霍先生为了不浪费三百多块的房费，拉着博主一起玩了好多新东西。别问详情，要脸。

富士山下：但是我们只想知道详情！

小猪佩奇和乔治：嘿嘿嘿！是我想的那样吗？

我爱齐神：恕我直言……玩游戏什么的喜闻乐见。

萌萌兔：说吧，今天开的是法拉利还是保时捷？顺带问一句——大大什么时候再产粮啊？

小八爱吃瓜：哈哈哈，感觉时光真的过得好快啊，刚开始追小溪的文的时候我还是初中，现在我都要高考了，小溪也从小清新的单身美女子变成了已婚妇女了，真是岁月不饶人啊！哈哈哈！话说小溪打算什么时候要小孩呀？

默默的默默：好好奇这位霍先生哦，高否？帅否？壕否？

林溪看着微博上越来越多的留言，心情很好，笑了出来，她侧过身拉着霍焰的胳膊塞到脑袋底下，边笑边继续刷评论。

"笑什么呢？"

林溪专注地盯着手机，脸上是她自己都没想到的开怀："没什么啊，就刷微博。"

她说完脸又开始发烫，埋头捧着手机咕哝了一句什么。

霍焰没有听清："你说什么？"

"没说什么啊。"

霍焰俯身凑过去，耳朵贴在林溪的唇边："再说一遍，我没听到。"

林溪伸手去推霍焰的脸："你别贴过来，热不热？"

就她那点力道哪能推得动霍焰，他纹丝不动，甚至还开玩笑似的放松下来，把整个头的重量都压在林溪耳朵上："哪儿热了？"

外面刚下过一场大暴雨，原本闷热的空气一下变得清爽微凉起来，温度也降下去了许多，他们开了窗，窗户里有微风进来，带着一股雨后青草的味道。

两人的脸完完全全地贴在一起，看起来亲昵无比。

林溪放下手机，笑着推霍焰。

霍焰不退开，反而去亲林溪的手心。

林溪痒得直缩手，见状霍焰边亲边伸手在她腰上抓了两下，林溪忍不住地大笑，扑过去压在霍焰身上，两人笑闹了好一会儿才停下来。

平复了呼吸，林溪枕在霍焰的胳膊上叹了口气："这三百二花的一点都不值。"

"我觉得很值。"霍焰的嘴角挂着餍足的笑，他伸手帮林溪拉了拉被子。

"你当然觉得值了。"林溪捂着嘴打了个哈欠，"累的是我好不好？"

她的手腕到现在还有点酸，脚也是，总不自觉地蜷缩脚趾，上面仿佛还残留着被摩擦的痒意。

"今天确实是辛苦你了，想要什么奖励？"霍焰伸手撩着林溪的长发。

林溪认真地想了想道："嗯……我想买一只大狗，巨型贵宾，或者阿拉斯加犬，只要是毛茸茸的大型犬就可以。"

"可以。不过得等搬进新房子了才能买，现在住的公寓空间太小。"

"好。"林溪点了点头，又打了个哈欠。

"困了？睡吧。"

"嗯。"

霍焰慢慢地把胳膊抽出来，换了个姿势把林溪揽在怀里，手一下下地轻拍在林溪的背上。

林溪抬头去看霍焰，但从她的角度只能看到他那线条凌厉的下巴，于是她又动了动，才看到了霍焰的整张脸。

他闭起了眼，脸上落着淡淡的橙色灯光，灯光柔和了他有些冷硬的面部线条，也消去了那种凌厉的气势，让他看起来乖顺了许多。

林溪觉得自己大概是魔怔了，她觉得眼前的霍焰帅到令人窒息。

她伸出手指，葱白似的指尖从霍焰的额头、眉毛，顺着挺直的鼻梁，一路画到那微微有些翘起的薄唇，最后落到她最喜欢的那个喉结上。

其实比起其他的男性特征，林溪显然更钟情于喉结。

她先用手指点了点，描了两圈，接着又把整个掌心覆盖了上去，感受着它贴着手掌心滑动的感觉。

“喜欢？”

“嗯，很有男人味。”

霍焰低笑了声，林溪的掌心被震了两下，有些痒痒的。

“好了，早点睡吧。”

“好。”林溪收回手，缩进了被子里。

霍焰下床关窗关灯，拉上窗帘后房间被陷入黑暗。

过了一会儿，林溪忽然道：“我觉得这所谓的‘开房’感觉也没什么意思，就跟在宾馆睡一觉没什么两样。”

霍焰打了个哈欠：“本来就没意思，房间没家里好，反而还要收几百块钱。”

“嗯。”

“怎么不反驳我了？”

林溪撇了撇嘴：“因为你说的都对。”

霍焰音调不变，手指轻触着林溪手臂上的肌肤：“也算一次体验吧，那你接下来还想做什么？”

林溪的声音也平静得很：“想文身。”

“文在哪儿？”

“脚踝上，不过文在脚踝上很容易被我爸妈他们看见。”

“那怎么办？换个地方？”

林溪顿了一会儿，道：“就文脚踝吧，见爸妈的时候穿长裤遮着点就好。”

“那想文什么图案？”

“水母，或者海豚。”

“为什么？”

“水母很漂亮，但有毒，会蜇人，能致命，而海豚……也很漂亮。”说完林溪边低声笑了起来，“你觉得呢？”

“我陪你文。”

霍焰低下头，压上林溪的唇，亲完，他又打了个哈欠道：“好了，早点睡吧。”

“我看你亲我就是想堵住我的嘴。”

“那……晚安？”

“嗯，晚安。”

互相道了晚安后，两人搂在一起闭上了眼睛。

早上的时候林溪先醒，她没再躺着，直接坐了起来。她微阖着惺忪的睡眼，打量着仍在熟睡的霍焰。

看着看着，林溪忍不住伸手轻轻拨弄起霍焰的头发，睡着后的他看起来很乖，她又想起了昨天他给自己戴耳环的画面——眯着眼、皱着眉的样子跟穿针线的老奶奶一样，非常笨拙，但是又……有些可爱。

她还想摸一摸他的眉毛，可手还没动呢霍焰就醒了，他闭着眼伸了个懒腰："醒这么早？"

“嗯，这个点也差不多了，起床吧。”

唔，他皱着脸打哈欠的样子看起来好像有点孩子气呢。

“你先起吧。”

“好。”

林溪洗漱完毕后从浴室出来，霍焰仍抱着被子坐在床上，一副还没睡醒的样子。

见她出来，他抬起头道："还穿我衣服呢？"

“是啊。”一整套都被她给穿了。

霍焰抓了抓头发，没法，只好对林溪道："你把衣服给我穿，我出去给你买内衣裤行了吧？"

“你昨天就该这么做了。”林溪走进卫生间把衬衫裤子脱了，围上浴巾，把衣服裤子递给霍焰。

霍焰笑着接过穿上，简单地刷牙洗脸后便出了门。

他走到门口的时候，林溪忙问："你知道我穿……"

剩下的话她不好意说出口了。

哪知霍焰很快接下她的话："我知道，你在这等着就好。"

房门关上，林溪特意走过去拉了拉门锁，确认锁上后她转过身拍了拍脸。

莫名其妙。

一句"我知道"竟然让她有点脸红。

# 第七章
# 粉色少女心

林溪拿起粉色带蕾丝的内衣扯了两下，心下有些好笑："怎么给我买的东西都这么少女心？"袋子里全是粉色的衣服，粉色的吊带裙，粉色带蕾丝的内衣，还有粉色带草莓图案的内裤，都是又粉又可爱的。

霍焰坐在床边理所当然道："你不就是少女吗？"

林溪笑道："都结婚了好吧？"

霍焰笑了，他不以为意道："谁规定女人结了婚就不能穿粉色的衣服了？你就直接说吧，是不是不喜欢我买的这身衣服？"

"这倒不是。"林溪摇摇头，说实话，霍焰眼光不错，"挺好看的，都还蛮小清新的。"

"那你换上看看，肯定适合你，我的眼光不可能会差。"霍焰背靠着床板，嘴角勾起，话里自信满满。

"好吧。"林溪拿着衣服进了浴室。

夏天的衣服简单，她没一会就换好出来了。

林溪在霍焰面前转了圈，问："看起来怎么样？"

虽然颜色嫩了些，但林溪这充满朝气的年纪完全 hold 住，而且她皮肤很白，换上粉色的吊带裙后露出细白的手臂和小腿，背后披着黑长直的头发，加上她唇红齿白，眼睛又大，换了个风格也照样好看。

霍焰上上下下地打量了好一会没说话，林溪便又问了一遍：“好不好看啊？”

“好看。”霍焰点点头。

林溪笑着说：“我发现你每次夸我都是干巴巴的‘好看’两个字，能不能换一换？”

“行，换换就换换。”霍焰的目光落在那雪白肌肤上，手指摸了下下巴，“嗯……肤如凝脂。”

“然后？”

“白里透粉。”

林溪琢磨了一下，点点头问：“还有呢？”

“沉鱼落雁。”

“还有？”

“闭月羞花。”

“还有吗？”

文科生何必为难理科生？

林溪心情很不错地和霍焰一起把东西收拾好，然后去前台退房。

两人从旅馆出来的时候正是早上十点钟，太阳高照，路边的树上蝉鸣阵阵。

昨晚的一场瓢泼大雨荡涤了大地和空气，天空中万里无云，昨日的沉闷潮湿也消失得无影无踪，但空气是好了，温度却没降下来，反倒还升了好几度。

林溪把手遮在眼前，看了眼热辣的阳光，想了想还是把霍焰拉到一旁的树荫下。

“怎么了？”

“给你涂个防晒霜，太阳实在太大了。”

“不用，男人黑点无所谓。”

林溪还是从包包里拿出了小金瓶：“不是晒不晒黑的问题，今天太阳大，紫外线太强了，很容易晒伤皮肤。而且这瓶也快用完了，给你抹完我正好可以买新的。”

“后面那句才是你的真实目的吧？”

霍焰一语道破天机，林溪笑着去拉他的胳膊：“那你要不要涂？”

“你给我涂。”

摇了摇防晒霜，林溪毫不心疼地往霍焰露在外面的脸颊脖颈和手臂上都挤上好些，然后再一点点用手推开抹匀。

“有点黏。”霍焰伸手摸了摸，然后在指尖搓了一下。

“防晒霜的质地就是这样，抹开就好了。”

“嗯。”霍焰张开手，任林溪帮自己涂。

看起来要抹一会儿呢，霍焰便趁空垂眼看林溪——阳光透过树叶照在她的身上，留下明暗斑驳的影子。她没有化妆，在太阳的光芒下可以隐隐约约地看到脸上细细的绒毛，她垂着眼，抿着唇，表情认真得很。

也就给他分享和推荐护肤品的时候最主动最勤快了。

想到这，霍焰伸手刮了下她冒出两点汗珠的鼻尖，林溪以为他作怪，仰头瞪了他一眼。

他轻笑两声，随意地看向别的地方。

这一看霍焰蹙起了眉：“傅明楷？”

“什么？”林溪抬起头，顺着霍焰的目光往远处看——远处的马路边站着一对小情侣，看起来像是在等车。

霍焰问：“涂好了吗？”

“嗯？差不多吧。”

“嗯，你在这等着，我过去下，马上回来。”说罢霍焰便迈开步子往那个方向走了两步。

林溪拧起眉，她把防晒霜放回包包，小跑两步挽住了霍焰的胳膊。

“不是让你等我吗？太阳这么大。”

“没事，一起过去吧。”

霍焰道：“我只跟他说几句话，不打架。”

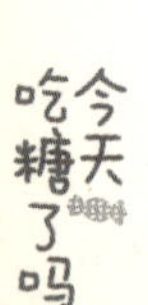

林溪仍挽着霍焰的胳膊："人家女朋友在呢，你一个人上去她说你骚扰怎么办？行了，一起过去吧，他们看样子像在等车。"

霍焰勾了勾嘴角，任林溪挽着一起走。

确实如他所说，霍焰还真不是去找人麻烦的。

两人离傅明楷五六步远的时候，霍焰便扬了扬手，语气正常地喊了声："明楷。"

林溪用余光看了他一眼，表情还算可以，情绪也还行。虽然没了刚才的轻松和缓，变得有些面无表情，但也还好，没什么火药味。

"火哥。"

傅明楷也看到了霍焰，他的目光从霍焰看到林溪，然后又落到身旁的女生身上，最后抿了下唇，恢复了淡淡的表情。

这是林溪第一次看到傅明楷，对方和他的名字一样，给人感觉挺和气的，长得也还不错，单眼皮，面容清秀，人高高瘦瘦的，白衬衫黑裤子穿他身上显得有些书生气。

他的身旁站着个女生，差不多一米六的个头，长相和装扮都很甜美。

他们互相牵着手，俨然是一对小情侣。

霍焰在傅明楷的面前站定，淡淡道："我跟你说点事。"

傅明楷定定地看着霍焰："什么事？"

霍焰朝一个方向歪了歪头："我们去那边说。"

这回傅明楷还没说话，他身旁的女生便插话道："就在这里说吧，我也想听，阿楷的事就是我的事。"

女生虽然看着娇小，但说起话来中气十足，还挺有范儿的，连林溪也不免看了她一眼。

"你是？"霍焰挑眉。

"傅明楷的女朋友，江茜茜。我知道你，霍焰，火哥嘛。"江茜茜又微笑着看向林溪，"这位是S大的女神林溪吧？我知道你。"

林溪抿唇而笑："你好。"

江茜茜上前半步，站在了傅明楷身前的地方看着两人道："我大概知道你们想找他说什么，是关于陆亿人的事情吧？我昨天已经拉着阿楷去道过歉了，还有医药费等的赔偿也都协调好了，这件事已经解决了。”

霍焰看了眼江茜茜，接着视线又重新对上傅明楷，他微勾着唇点点头，道：“协调好了？那是不错。”

江茜茜：“请问还有别的事情吗？”

“那我就直接说吧——”

“火哥！”

傅明楷这一声太突兀，连他身旁的江茜茜都转头看了他一眼。

霍焰也挑了下眉：“什么？”

傅明楷勾起唇露出了和善的笑，他看着霍焰道：“火哥，不给我们介绍一下你旁边的这位吗？是你女朋友吗？”

霍焰点点头：“对，我女朋友，林溪。”

林溪颔首道：“你好。”

傅明楷冲林溪点了点头：“你好。那你们现在是在约会？”

“嗯。”

傅明楷笑了笑，深黑色的眼睛直直地看着霍焰：“小六的事情已经解决完了，这次确实是我太冒失，我跟他也道过歉了。现在我和茜茜也在约会，如果没有别的什么事的话……我们就先走了？”

霍焰轻飘飘地点了点头：“OK 啊，你们去约会吧。”

话是这么说，但霍焰没动作，傅明楷也站在原地没动。

几个人之间的氛围有些凝滞，江茜茜像是察觉到了什么，她看看霍焰，又看看傅明楷，最后开口问：“火哥还有别的事？”

霍焰笑笑：“没了，这么久不见明楷有些陌生，所以就多看了两眼。那就这样吧，明楷，我们以后有空再聚。”

傅明楷别过眼避开霍焰的目光，仿佛一下放松了似的点点头：“好，有什么事我们微信上聊。”

“嗯。”

言罢，霍焰牵着林溪的手率先离开，走了好几步林溪才回过头看了

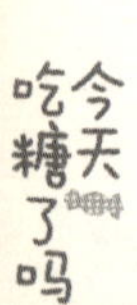

他们一眼。

江茜茜和傅明楷面对着面在说话，看起来像是江茜茜在质问傅明楷。江茜茜虽然比傅明楷娇小很多，但气势明显比傅明楷强，他们俩站在一起的时候，很明显她是在两者关系中处于上方的。

直到等走出一段距离了林溪才问霍焰："为什么不跟他提钱的事情？"

"没必要，他要是想还早还了。"霍焰看着前方道，"我过去就是想跟他说小六的事情，既然他们已经调解完了那就没什么事了。"

"好吧，我还以为你会说让他还钱呢。"

霍焰笑了笑："很明显他女朋友不知道这件事，我当着她女朋友的面说出来他不得尴尬死？毕竟当过兄弟，我也做不来那样的事。而且之前不也说了吗？三万块就算给他了也不是什么大事。"

林溪附和："是啊是啊，我们霍大少最最义气了。"

"心里是不是在嘲讽我呢？"霍焰把装着衣服的袋子挂到手腕上，空出手去捏林溪的脸，"当我听不出来？"

见霍焰不甚在意的样子，林溪心里莫名不怎么舒服。

她能够理解霍焰对朋友的那种仗义，但又觉得霍焰有点傻，仗义也得分人的吧？

霍焰是念旧情了，在傅明楷女朋友的面前也给了他面子了，可结果是什么？傅明楷什么表示都没。

虽然钱的数目不多，但一分没还总是真的。还有陆亿人的钱说赔就赔了，怎么到霍焰这就一分没有，还支支吾吾不让说？

而且更让林溪觉得无语的是——霍焰这人怎么这么好脾气的？哪像传闻中那个鬼见愁的校霸？

明明身形高大，五官也凌厉，还爱染发，顶着这头奶奶灰短发的霍焰怎么看怎么像是个爱惹事的主，可偏偏他脾气和心态都好得不行。

这反差真的是……

林溪忍不住抬头问他："你对谁脾气都这么好的吗？"

霍焰摇头："没有啊。"

“我觉得傅明楷这种人不值得你这么对他，他就是吃准了你这份对兄弟的义气，所以才理直气壮地欠钱不还，变相占你便宜，而且明知道吃了亏被占便宜了你也不去找他，还顾着他的脸面替他隐瞒……”林溪顿了顿，还是把心里话说了出来，“你是不是傻？”

霍焰听了也不生气，还笑着去捏林溪的脸颊：“我算是听懂了，你不是嘲讽我，是心疼我呢？”

看他真的不把这件事放心上的样子，林溪心下叹气，她皱着眉拍开了霍焰的手：“我有什么好心疼的？反正又不是我的钱，随便你怎么处理吧。”

霍焰脸上的笑容愈深，他伸出手指揉了揉林溪蹙着的眉心：“什么你的我的？我的不就是你的吗？你要是想让我把钱要回来我现在就掉头回去找他不就好了？”

林溪再次拍掉他的手，她低着头面无表情地在手机上打车：“我不管你。”

“好啦好啦。”发现林溪不高兴了，霍焰收了笑，揉了揉她的头发，“我也不知道为什么吧，总觉得傅明楷不是那种赖账的人，在学校里的时候他自尊心比谁都强，他家里没钱，在大学里的时候吃穿用度也都很清减，但从来没酸过谁也没占过谁的便宜，跟我借钱也是他逼不得已急需钱给他母亲续药。”说着，霍焰看着远方，像是在回忆着什么。过了一会儿他又道，“所以帮他一把也没问题，而且也没多少钱，只是没想到他现在会变成这样。”

林溪按下确认键，道：“车打好了，司机接单了。”

这是直接无视他说的话了？霍焰诧异道：“真生气了？不理我了？别啊。”

林溪看着手机道：“你的事情你自己处理，我不掺和。万一傅明楷日后飞黄腾达来报恩了，我这时候要是撺掇你去要钱不就是我眼界浅了？所以就按你自己的判断去做吧，我没什么异议。”

霍焰观察着她的神情，问：“真的？”

林溪点点头："嗯。"

话音刚落，林溪感觉到自己的头顶又被热热的大手摸了摸。

他怎么就这么爱摸自己头发的呢？

林溪抬头看了霍焰一下，见他一脸复杂的神情，她抿了抿唇，终是没忍住笑了出来，挥了挥手道："行了行了，别摸我头了，头发都要被你摸油了。"

霍焰松了一口气，笑道："我们小溪的脾气才是好啊。看看，多善解人意。"

林溪瞪他一眼："别贫嘴。"

回去的车上，林溪问霍焰："说起来你感觉到没？傅明楷在那个叫江茜茜的女生面前气势有点弱，他算是……想抱大腿走捷径吗？"

霍焰垂着眼，面无表情地发着信息："别管他了，后面怎么样就看他自己造化，跟我们没关系。"

林溪点点头："也是。不过说真的啊，你对他为什么这么宽容？已经宽容到一定境界了。"

霍焰仍低着头发短信："他帮我带了差不多两年多的饭跟水，一直挺有舍友爱的，我就觉得他人不错，也犯不着用一件事把他整个人都否定了。"

"……"

霍焰收了手机，问："不说他了，待会回去了打算干吗？"

"回去了先到楼下吃个早饭，然后我打算回家一趟看看我妈，给她买点东西过去，毕竟她怀孕了。"

霍焰点头："我陪你一起过去。"

"好啊。"

两人在楼下的早餐店吃过早饭后才回了家，但没一会霍爸爸就打了通电话过来要霍焰回家，说是有事情要跟他商量。

霍焰换了身衣服，林溪把领带递给他："你爸最近好像经常找你。"

"是啊。"

林溪指了指霍焰的头："那你的头发？"

被她提醒了霍焰才想起这茬，他摸了摸自己昨天刚染的一头发，耸耸肩道："听天由命吧，不过我会尽我所能护着它们的。"

林溪窝在沙发上笑："那祝你好运。"

"行，我走了啊。"

"好，拜拜。"

目送霍焰离开，林溪决定一个人回去看望母亲。

她换了身衣服后先去了趟市中心的母婴专卖店，买了几身孕妇装，还买了些孕妇可以用的护肤品和防妊娠纹的妊娠霜。

到父母家里的时候已经快十一点，林溪进门换了鞋，把买的东西放到茶几上。

"妈，爸呢？他不在家？"

"他不在，跟那些茶友约着去太湖那儿钓鱼吃鱼头了。"林妈妈正坐在沙发上看电视。

"你怎么没去？"

"你说怪不怪，之前我没什么感觉的，但自从知道怀孕之后我整个人突然就懒了，一点都不高兴出去，也不想吃鱼，觉着腥。"说着林妈妈站了起来，进厨房翻了翻冰箱，"我一个人在家就没做饭，本来午饭是打算把早上的粥喝掉的，你也没给我打电话，现在还早，出去买菜还来得及。"

"没事，喝粥就行，我早饭也吃得晚，不饿。"林溪进厨房拉着妈妈的手回客厅，让她坐在沙发上，"给我看看你的肚子。"

"还没什么变化呢。"林妈妈笑着把衣服拉起了些。

林溪伸出手轻轻摸了摸，才怀了三个月，肚子确实不明显。她抿了下唇，垂着眼掩饰内心微妙的情绪，问道："怀孕的感觉怎么样？有没有孕吐什么的？"

"没。"林妈妈含笑看着肚子，柔声道，"没什么感觉，就是偶尔觉得有点疲。"

“那就好。”林溪垂着眼，反反复复地摸着那块肌肤，手上的动作一轻再轻，“去医院做B超了吗？”

“当然做了。”说完她就站了起来，进房间把东西拿出来给林溪看，她还指着胎儿图上一块阴影告诉林溪，“喏，就在这儿。”

对比母亲的兴奋，林溪反倒没什么多大的情绪波动。

她只看了眼便收回了目光，又伸手摸了摸妈妈的肚子，隔了好一会才道：“妈，我给你请个保姆吧？”

“请什么保姆啊，用不着的，怀个孩子而已用不着那么金贵，跟之前一样过就行。”林妈妈摆了摆手，笑容满面，“你妈我身体好着呢，用不着多花那份钱，你和霍焰好好过日子就行，多一起出去玩玩。对了，家里有车厘子，我给你洗点。”说着林妈妈就又进了厨房。

“钱我来出，这个不用省。”林溪赶紧过去帮忙，“我觉得还是请一个比较好，你这个年纪算是高龄产妇中的高龄产妇了，怀个孕不容易，总得注意……”

林妈妈骤然睁大眼，赶紧摆手：“这种不吉利的话不可以说的啊！”

“好好好，我不说。那家里的家务活总不能还全是你做吧？不请保姆那请个钟点工也可以啊。”林溪又道。

林妈妈不以为意：“又不是什么脏活累活，也就做做饭、擦擦地什么的。都这么多年下来了，这些对我来说不算什么事，而且我在网上也看了，怀了孕也得运动的，不用太大惊小怪，养得太细致生出来的孩子不好的。”

林溪无奈：“你从哪儿看的啊……”

“网上啊。”

林溪实在无奈，但也没再劝说。

其实他们家里的条件并不差，甚至可以说挺不错的。

父亲在十七八年前就来城市贷款买了房，家里条件一开始非常艰难，但之后靠着他在外头打拼也一点点好了起来。虽然住在这个老小区里，但手里拿来投资的商品房和商铺都有好几个，加上前几年老家房子拆迁，父亲又没兄弟姐妹，拆迁补偿款自然全是他一个人继承，所以说实话，几千万的身家还是有的。

可父母已经习惯了能省则省的日子，最大的花销基本都用在了接待客人上，有钱也不拿来享受，基本都拿去买了房。

请保姆这件事想想也知道他们是不会同意。

林溪在心里叹了口气，继续洗车厘子。

对母亲肚子里的孩子，她说不嫉妒那是假的，心平气和也还是做不到，但看到母亲一脸开心幸福的样子，林溪一边不舒服一边又对这个孩子也有了些期待。

“你跟霍焰现在怎么样了啊？”

“什么怎么样？感情吗？还挺不错的。”

林妈妈往林溪身上靠了靠，小声道：“你肚子里有动静了吗？”

林溪脸一红：“妈你说什么呢，我们也就前段时间才决定备孕的，哪有这么快的？”

“我看霍焰那孩子挺黏你的，应该也快了吧？”

林溪避开母亲的目光，伸手往后捋了下头发：“我跟他是挺合得来的，但孩子这事情还是随缘吧。我们俩都还年轻呢，也不急。”

“那你注意点儿，别怀上了都不知道。”

林溪的耳朵都红了，赶紧转移话题：“妈，剩下的我来洗吧，你去看看我给你买的东西，都放桌上了，特地都买的孕妇可以穿的用的。”

“是吗？好，我去看看。”

妈妈终于出去了，林溪整个人都松了口气。

她又在厨房里磨蹭了好一会儿才把洗好的车厘子端出去放在桌子上，坐在妈妈旁边准备开电视看。

“你买的这些东西多少钱啊？贵不贵啊？”

林溪一本正经地和往常一样忽悠自家妈妈：“不贵，这些东西加起来才两千多块，我去朋友家开的店买的，都是进价拿的。”

“那就好。”林妈妈手里拿着件孕妇装。

见母亲终于把注意力移开了，林溪长长地松了口气。她的母亲就是这样，即使她和霍焰结婚了也还是不自觉地想要了解她所有事情，甚至是插手和安排她的未来规划。

她不喜欢这样，所以不管母亲说什么，她还是打算跟着自己的想法走。

“今天吃了晚饭走吧？”

林溪道：“今天就不了，下次我跟霍焰一起过来。”

“唉，好吧。”

晚上，霍焰在父母那吃过晚饭才回来，一到家就看到林溪坐在沙发上看电视。

“看什么呢？”

“韩剧。”

“回去看过你妈了？她怎么样？”

林溪把音量调低：“你应该问问我怎么样。”

霍焰放下东西，走过去捧起林溪的脸看她眼睛：“你怎么了？回去看到未来的弟弟妹妹伤心了？”

“不是。”林溪想到接下来要说出的话，忽地笑了，“我妈跟我说了好多东西，我都没想到原来她这么直白的。”

一听这个霍焰放心了，他进厨房洗了个西红柿吃：“她说什么了？”

看霍焰漫不经心的样子，林溪故意道：“她问了很多，问我们什么时候要孩子，还问你对我好不好。”

“你呢？怎么说的？”霍焰解了两颗衬衫扣子，整个人懒散地靠着厨房的门框。

林溪看着他，眨了眨眼道：“我跟她说你对我一点都不好。”

霍焰瞬间炸了，把西红柿扔进垃圾桶，他扯开衣领就要来抓林溪：“林溪你完了，你这个小白眼狼，我对你还不好？嗯？”

霍焰气吼吼地扑过去把林溪压在沙发上，不停地挠她痒痒。

林溪又叫又笑地挣扎，霍焰见状干脆单手把她的两只手扣在头顶，阻止她反抗，直到她笑到眼泪都出来了才停了手，不过人还是半压在她的身上没动。

还是不够解气。

他压低声音，微眯起眼看着身下的人：“重说一遍。”

林溪笑得满头是汗，此时正呼呼地喘着气，闻言回道：“什么重说一遍？”

“我对你好不好？”

脑中的警报响起，林溪赶紧点头：“好好好！你对我特别好！”

“这还差不多。”霍焰哼了声，算是勉强满意了。

林溪又说：“我就是说着玩的。我道歉！对不起！”

霍焰满意地笑了，他摸摸她的头：“这才乖嘛，我们简直就是天生一对！”

他松开了对林溪双手的束缚，单手撑着沙发像是要坐起来，但上半身刚要抬起来就被林溪拉住了衣襟。

“怎么？”

林溪看着霍焰，没有说话。

霍焰低头对上林溪的视线——她此刻躺在沙发上，黑发披散，光洁的额头上覆着零星几点汗珠，眼里泛着水光，脸颊也透着粉嫩，胸口起起伏伏的，明显气都还没喘匀，看上去惹人怜惜。

她盯着霍焰的眼睛，诱惑似的低声道：“抱抱我。”

霍焰笑了声：“跟我撒娇呢？”

林溪坦然地点点头：“去了我妈那儿一趟，忽然就有点缺爱了，想你给我补一点儿回来。”说着她双手环抱住霍焰的背，往下用力，迫着他重新压在自己身上。

霍焰翻了个身，把林溪抱到了自己身上：“光抱一抱就够了？”

林溪把耳朵贴在霍焰的胸口，她闭着眼，感受着那咚咚有力的心跳：“嗯。”

“光抱一抱哪里能有爱？”霍焰一只手扶住林溪的后背，将她整个人扣在自己怀里，然后低下头和她接吻。

这个吻带着点勾引的性质，吻很浅，是一下下地亲啄，全都轻轻地落在林溪的唇上，很吊人胃口，林溪也显然觉得不够，不由自主地张开嘴唇，主动回应着霍焰的吻。

一吻结束，霍焰眉眼含笑地看着林溪："缺的爱补上了没？"

林溪点点头，勾起唇笑着道："补上了。"

霍焰拿起遥控器把空调又开低了两度，然后又把遥控器丢到一边，看着林溪问："你妈真问那些事儿了？"

林溪理了理头发，然后抽了张纸巾擦汗："之前我不是说了要备孕吗？正好这次她又怀孕了，就想教我点经验。"

"什么经验？"

"就一些备孕前的注意事项啊。"

霍焰点点头，他靠在沙发上："我还有事要跟你说呢。"

"什么事？"

"关于婚礼的事情。"霍焰坐直了，换上略正经的表情看着林溪，"你爸妈把你说要备孕的事情告诉了我爸妈，所以这次回去他们跟我说想让我们提前办婚礼，不要等毕业了。"

林溪疑惑道："为什么？"

"我爸妈的意思是既然我们已经考虑到生孩子了，那关系还是通过婚礼来公开比较好，否则别人既不知道我们的关系，后面你又突然怀孕，对你的名声不好。"

林溪问："你的意思呢？"

"我觉得完全没问题啊。"

"哦。"林溪缓缓地点了点头，没有再说话。

见状林溪的眉头皱了起来，他问："你的想法呢？"

林溪低垂着眼眸，道："让我想一想，给我点时间。"

霍焰很想问她这个有什么好考虑的，结婚证都领了，他们又是合法的夫妻关系，婚礼不是顺理成章吗？可林溪的回答令他说不出口，否则像他在逼她似的。

两人沉默了好一会儿，最后还是霍焰出声打破了沉默：“你是有什么顾虑吗？”

林溪仍是那个回答：“让我想一想。”

霍焰点点头，也不催她，非常干脆地站了起来：“那你在这想一想，我正好也有点事情要做。”

林溪仰头去看霍焰，他脸上是明显的不高兴：“做什么事情？”

“公司里的事情。”

“好吧。”

霍焰直接进卧室打开了电脑办公，林溪坐在沙发上偷偷往里面看了一眼，见他确实在工作后才移开了视线，垂着眼继续思考。

整个房间都安静下来，只有空调不断吹着冷气。

林溪拿了一条毯子盖在腿上，然后仰头靠着沙发，双眼放空地望着上方。

婚礼能接受吗？能的，但她并不想现在办。

林溪觉得这场婚姻本就来得突然，但好在只是领了证，也没有完全公开，在她眼里甚至觉得这个婚姻目前来说就是她和霍焰两个人的事情。

但婚礼不一样，婚礼会有双方所有的亲朋好友到场，他们的关系会被所有认识的人一起见证。

婚礼的仪式感太重，和领一张证的感觉完全不一样。

而且最重要的是，林溪觉得她和霍焰的感情距离举行婚礼还少了很多东西。

林溪不知道别的女生怎么想，但她自己是这样的——开始她也并没有期待什么爱情，但当一个异性强势地出现在自己的生活里，两人又天天在一起，他们会互相拥抱对方，也会互相亲吻对方。最亲密的事情也做过多次，心自然会不由自主地开始在意对方，关系也不由得亲密起来，更何况是确定的未来一定会相依相伴的人，所以对待感情的态度也会随之变化。

但再怎么在意、再怎么亲密他们也不过相处了三个多月而已，对于

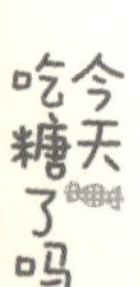

一对情侣来说不过是恋爱才刚开始，所以霍焰说到办婚礼的时候林溪的心里突然就冒出来一句话——这样就办婚礼了吗？这就要告诉所有人他们结婚了？

没有明确的爱情，三个月也根本不够他们发展出多么深厚的感情，在这样的状态下举行婚礼，告知所有认识的人他们的关系，林溪总觉得缺少了点什么。

“霍焰。”林溪喊了声。

“什么？”

林溪抿了抿唇，直接道：“我觉得现在办婚礼不是时候，还是按照原来的计划比较好。”

霍焰停下了手上的事，转过身看着林溪：“理由？”

“理由就是我觉得不是时候。”

“我问的是你为什么会这么觉得？是你不愿意？我们结婚证都领了，婚礼不过是一个形式而已，提早一点为什么就不可以了？”霍焰非常疑惑。

林溪看着霍焰，道：“在我看来，领证同居是我们两个的事，但是举行过婚礼后就不是了，那一刻开始才是双方家庭都参与进来的时候。”

“我不懂你的意思。”霍焰蹙眉，“我们已经结婚且进入了婚姻生活，而婚礼只是婚姻的一部分。婚姻都有了，婚礼为什么要单独拎出来？你不想让别人知道我跟你是夫妻是不是？”

“不是这个意思。”林溪咬了咬下唇，其实霍焰的想法很有道理，他爸妈也完全是好意，但是……

“我给你打个比方好了，我觉得我们现在就是处在谈恋爱的状态，甚至只谈了三个多月，不过是一段感情刚开了头，见家长和领证这个不谈，这不适合我们两个之间的关系，总之现在对我来说——婚礼才像是真正的领证见公婆，是我们更进一步的时候，而我们的关系还没有到这一步，还需要继续培养感情。”

霍焰抿唇想了想，又道：“我知道你的意思，但是我们的情况摆在这里，既然已经结了婚，就应该让亲戚好友都知道，而不是藏着掖着不是吗？又不是什么见不得人的关系，而且大家知道了也并不影响什么，仪式走完日子还是这样过啊，亲戚朋友又不用经常打交道。”

林溪也皱起了眉：“你说的是对的，没有错。结了婚、办婚礼确实是正常步骤，但你也说了，我们的情况不一样，我们的关系我们知道，我们的父母也知道，可是现在的问题是，我觉得这段关系还没有到达那种应该公开被所有人知道的程度。”

霍焰没有说话，他面无表情地看着林溪。

林溪也看着霍焰，轻声问：“你能懂我的意思吗？”

霍焰目光沉沉，说话的声音也一下轻了好几个度：“让别人知道我是你的男朋友可以，但是作为老公就不可以，是这个意思吗？”

“你不要把话说成这样。”林溪的表情有些苦恼，“我没有别的意思，也不是对我们的婚姻有意见，我们心平气和地来说这件事可以吗？”

霍焰明显深呼吸了一口气，他沉默了好一会儿才开口道：“你要我怎么心平气和？”

林溪盯着霍焰的眸子，语气淡淡的：“我记得你之前说过，说我们以后一定会相爱的，对吧？”

霍焰点头：“是。”

林溪：“我们现在也已经在培养感情了，对吧？”

“是这样没错。”霍焰再次颔首，他有些疑惑，不知道林溪说这个做什么。

林溪单手托腮，缓缓说道：“一开始的时候我们就是纯粹的包办婚姻，没有爱没有情，甚至彼此从前都不认识，凑在一起过日子不过是因为有共同的目的罢了。所以我那时候想的是过日子完全可以不谈感情，相敬如宾、按部就班就好，但是……”林溪顿了下，又道，“计划赶不上变化，我们在谈感情了，我就又想，既然我们在谈感情了，那我们为什么不能像那些从恋爱走到婚姻的情侣一样，举行一个有爱的婚礼？不是因为备孕，也不是因为家长，只因为我们两个感情到了，所以顺其自然地举行婚礼，我这样想难道不对吗？”

霍焰微微垂眸，大拇指和食指摩挲了两下。

林溪笑了下：“如果不谈感情的话，结婚的流程一次性走完我也无所谓。但是既然是要谈感情了，那么我也会和其他女生一样，会想要惊喜，想要恋爱的感觉，想要被求婚，想要梦幻般的婚礼……

“这段婚姻的开始不由我们，婚礼为什么还不能由我们做主呢？就那么一生一次的婚礼，我不想只是去走个过场，也不想只是在众人面前点个头。

“你觉得我这样想很自私吗？

“还有就是……我们相处了才三个多月，说句很真的话，你觉得我们现在的感情到有很爱对方的程度吗？虽然很在意也习惯了对方的存在，感情也确实发展了很多，但我觉得终归还是差了些感觉……”

霍焰忽然出声：“有。”

林溪愣了下：“什么？”

“我觉得我爱你。”霍焰看着林溪，那双漆黑的眸子里倒映着灯光，还有林溪那张带着茫然神情的脸。

霍焰的表情和语气都是难以言说的郑重，林溪眨了眨眼，一时不知道说什么。

霍焰问：“三个月为什么不能产生爱？”

林溪讷讷：“我不觉得我有多好，能让人这么快就爱上我……”

林溪觉得自己是真的很有自知之明，自己是什么样子完全用不着别人说，她自己很清楚，但清楚了她还是决定这么活，因为她并不在意别人的喜好。

不被喜欢又怎么样？

她不缺喜欢，她有能力有钱，一个人开开心心地过一辈子简直轻而易举，所以除了面对父母之外，她大多数时候习惯以自我为中心，性格自然而然的也不是太好。

林溪听过太多表面赞美，但背地里说她端架子高冷的评价，但是无所谓啊，她的性格只能讨她自己的喜欢，讨不来别人的。

所以霍焰对她说爱，真的很出乎她的意料。

因为林溪觉得跟她接触越多的人，应该越不喜欢她才对。

“为什么说自己不好？”霍焰干脆把凳子反了个身，他正面朝林溪坐着。

林溪反问：“除了皮相，你说我其他地方还有哪里好？”

霍焰不假思索道：“哪里都好，我挑不出什么不好的地方。不过我唯一不太喜欢的地方就是你总是把事情埋心里不跟我说，除此之外我觉得都很好。”

林溪微微抿唇：“我脾气并不好。”

霍焰：“你对脾气不好的定义是什么？”

“以自我为中心？”

“这倒是。”霍焰笑着勾了勾唇，“但你影响到谁了吗？没有啊。而且你见过真正脾气不好的人吗？跟那些真脾气不好的人比，你那就是小性子罢了，根本不是个事。”

林溪没说话，她咬着唇略微歪头看着霍焰。

霍焰继续毫不吝啬地夸林溪：“你看啊，你学习成绩很好，长得又漂亮，身材也很不错，做事情不违反法律又不违反道德，经济独立有自己的想法，还孝顺，哪儿不好了？”

林溪蹙着眉，觉得霍焰说得有点过：“你是不是在哄我？”

“你自己想想我说得对不对。”霍焰摊了摊手，林溪又蒙又半信半疑的样子让他忽然开怀地笑出了声，表情也一下放松了许多。

林溪想了想也开始跟着笑，她用五指从前往后梳了下头发：“这算是情人眼里出西施吗？”

霍焰眼里倒映着林溪的一举一动，他笑着调侃：“你还知道我有情啊？”

人都喜欢美好的事物，霍焰也不例外。

还没在一起的时候林溪的外表确实让他不由多看了两眼，对她成为自己妻子的接受度也比较高。

之后相处下来就完全是责任心和丈夫这个身份让他迅速对林溪敞开了心扉——他们是夫妻，未来是要一直在一起的，而且夫妻之间没有爱怎么行？

有了好感，再加上全身心的主动接纳，被接纳的人漂亮又优秀，也没什么败好感的点，时间一长，即使没谈过恋爱霍焰也觉得这应该就是爱了。

他会构思有林溪的未来，会在意他们在一起的种种，会在意林溪的心情，会忍不住地想讨好她、哄她开心。

虽然偶尔还是会因为林溪而郁闷，但更多时候看到她心里是放松的、柔软的，两人在一起也不乏冲动和烈火，这不就足以说明一切了？

这不是爱那什么是爱？

霍焰的目光炙热地看着林溪。

林溪单手扶着额头，低头轻笑："当然知道啊。"

霍焰看着林溪笑，笑着笑着他仰起头忽然长舒了一口气。

知道就好。

他站了起来，从卧室走到林溪身旁坐下，然后大手伸过去揉了揉她的脑袋，看着她皱起的眉，他忽然就释然了："等你觉得可以了我们再举行婚礼吧。"

"真的？"

"嗯，你说得在理，我表示理解且赞同。"手下的头发又软又滑，霍焰又揉了揉。

林溪好不容易才拍掉了霍焰的手，她整理着头发道："不勉强？"

"不勉强，不过呢……"

"嗯？"

"你对我的感情和我对你的感情居然差了这么多……"霍焰的手肘抵在膝盖上，单手托着下巴，他看着林溪边摇头边叹道，"啧啧，可真是难过哦。"

林溪靠在沙发上，怀里抱了一个靠枕："我都没想过你的感情会这么深，不过想想又确实，你对我一直都很好。会不会觉得亏？"

霍焰张开手臂搭在沙发背上，毫不在意道："亏什么？你不用有压力，反正最终的结果都是一样的。"

"什么一样？"

"爱上我呗。"

林溪的嘴巴里含着糖，糖块慢慢化开，在舌尖出一层层甜蜜的滋味。

她坐在床上，床上放了一张电脑桌，电脑是霍焰从家里带出来的给她用的。

电脑开着，她却什么都没做，目光已经落在那个专心办公的人身上很久了。

被她看的人今年二十二周岁，虚岁已经二十三，是个完全成熟的男人，有着宽阔的脊背和同样宽阔的心。

暖橘色的灯光照在他的头上，帅酷的奶奶灰也被映成了暖色调。就和他这个人一样，看着冷酷，其实柔软得很。

林溪忍不住出声打破静谧："你看的是什么？"

"往年的房地产数据的对比。"霍焰喝了一口水，"原本我们这个市也就是二线城市，竞争不算太激烈，结果前几年开通了 BRT 和地铁，经济迅速发展起来后，就挤进了新一线，这不就来了不少想分蛋糕的巨头吗？"

"你爸这是要你赶紧接班了吗？"林溪把下巴抵在膝盖上。

霍焰仍盯着电脑："大概是，他今天还问我大概什么时候能进公司，明显想让我早点过去实习。"

"那你答应要陪我做的事怎么办？"

"我没答应他，而且他才四十多，要差不多二十年才能退休呢，根本不用急。我跟他也说了，至少得给我们一两年时间多相处相处。"

林溪："你爸能同意？"

“他难道还能逼着我？”霍焰笑着敲键盘，“我可说话算话着呢。”

林溪：“等论文答辩结束，我们就去外面旅行吧？”

“你想去哪里？”

“好多地方都想去。国内、国外都打算去。”林溪双手交叠着放在电脑桌上，头枕着手，“我以前给自己设定的未来就是不在一个地方停留，只要带着电脑，带点行李，再带一只宠物就够了，然后到各个没去过的城市逗留一阵，逛逛吃吃，玩玩乐乐，悠悠哉哉，想想都美好。当然，现在多了个你。”

霍焰勾起唇：“那论文答辩之前我们可以去国内的地方，其实R国M国T国之类的也不错，路途近来回也方便。”

“到时候我去网上搜一搜攻略，制定好计划我们再出去。”

“好，你论文写多少了？”

“三千多字，再过两天应该就好了。”

毕业论文并不难写，也很好通过。S大一般不会在毕业论文上卡学生，所以只要避过查重，答辩的时候能条理清晰地应对老师的问题就可以。

虽然不难，但林溪还是写了一会儿就不想写了，干脆撑着下巴看霍焰去了。今天霍焰给她的触动还挺多的，让她一直忍不住地去想关于他的事情。

两人又聊了几句后霍焰继续工作，林溪坐在电脑前实在不想写论文，于是下床切了盘水果。

她用牙签叉了一块哈密瓜吃，边吃着还又叉了一个送到霍焰嘴边：“把问题说开了的感觉就是好，明天一起去看电影吧，我们好像还没在一起看过电影。”

“什么电影？”霍焰三两口就吃完了，又张着嘴要。

林溪又叉了一块凤梨塞到霍焰嘴里：“看《正义联盟》吧，据说很好看。”

“看完去吃个晚饭？然后手牵手和小情侣一起压马路？”霍焰嘴里含着东西，讲话有些含糊。

林溪听懂了，她摇摇头：“好啊。”

霍焰看着林溪咀嚼着嘴里酸甜多汁的凤梨，他蓦地抬起一只手，伸着指尖戳了戳她鼓囊得跟仓鼠似的脸颊。

林溪一时没防备，差点把嘴里的果肉都吐出来。

她捂着嘴踢了霍焰一脚：“你无不无聊？”

霍焰往椅背上一靠，笑嘻嘻地道：“是挺无聊的。”

“无聊就睡觉。”

“不想睡。”

“那就继续工作。”

霍焰把桌上的电脑推开，别过脸：“这些看着都烦。”

“那你想干什么？”

霍焰看着林溪，漆黑的眼里仿佛落了光，闪亮亮的：“你说呢。”

夜深人静，月亮透过窗帘洒下微弱的光，房间里一片昏暗。

林溪咬着唇，但仍阻止不了越来越勾起的唇，她嘴角的弧度越来越大，笑意已经从嘴角顺着脸颊晕染进了眼里。

她没有出声，只侧了个身，洁白的手搭在霍焰的胸口。手指一点也不安分，柔软的指腹不停在结实的肌肉上轻轻地抚着。

很开心。

心里觉得温暖又甜蜜，因为霍焰说爱她。

林溪揉了揉耳根，她觉得自己的耳朵要比心软多了。

霍焰对她的一举一动她都看在眼里，她能感受到他对她的好，也一直在试着回应他。两人的感情稳定升温，但她总觉得有点朦朦胧胧的，有种说不出道不明的感觉，远没有他直白的话语来得让她心动。

她想，自己大概是个听觉动物。

她还记得当初也是因为霍焰的那番话触动了她的心，才让她忽然有了把自己交给他的冲动。

听觉动物就听觉动物吧。

开心就好。

林溪也不管霍焰已经睡着了，有些得寸进尺地挤到他怀里，亲了亲那片传出心跳的胸口，接着又仰起头去亲他的唇。

“嗯……”

霍焰哼了声，眼睛没睁开，手却下意识地揽住了林溪的背，安抚似的轻拍了两下。

林溪无声地笑了笑，侧着头把耳朵贴上霍焰的胸口。

“怎么睡这么快……”她轻声嘟哝了一句。

每回都是这样，不管多早多晚，只要他想睡了就能秒睡，这一点把林溪羡慕得不行。半小时前他们还在闹，现在霍焰都快进入深度睡眠了，她却还没什么睡意。

怎么老是她一个人激动。

林溪觉得有点儿不公平，更多的是无人分享的寂寞。

她整个人翻身贴到了霍焰的身上，这回霍焰迷迷糊糊地睁开了眼。

他动了动，换了个姿势侧身搂住了林溪：“怎么了？”声音低沉又有磁性，带着浓浓的鼻音。

“闹闹你。”

他把脸埋在她的肩窝里笑了笑：“快睡。”

“睡不着。”

“闭着眼数羊。”

“对我没用。”

“嗯……”他的呼吸喷在她的脖颈上，热热的，“那怎么办？”

林溪往霍焰怀里挤了挤，贴得更紧，话里带着笑意：“我也不知道。”

“在想什么呢？”说着霍焰打了个哈欠，看起来很困。

林溪抚了一下霍焰线条流畅的脊背：“没想什么，你快睡吧。”

“醒都醒了陪你聊一会儿天好了。”

她的心头发热，在霍焰的脖颈上亲了口：“不聊天了，我也不闹你了。睡吧，我们一起睡。”

霍焰捏了一下林溪的腰，她小声地叫了一声，只听他说：“那你把我弄醒干吗？”

“就想闹闹你。”

霍焰闭着眼笑了两声，然后亲了亲林溪的脖子：“那我睡了。”

“嗯。”林溪也调整好了睡姿。

两人搂在一起，一夜无梦，酣睡到天明。

早上又是林溪先醒，霍焰还闭眼睡着。她把搭在自己腰上的手挪开，下了床，拉开一小半的窗帘让阳光透进来些。

空调开得有点冷，林溪拿了件浴衣随意地披在身上。

就在这时候霍焰醒了过来，他睁开了眼，侧着头看林溪——她披了件粉色的浴衣，但没系带子。霍焰眯起眼，目光毫不掩饰地落在她的身上。

林溪没注意到霍焰醒了，径直进了卫生间刷牙洗脸。

没一会儿床上的霍焰就坐了起来，直接进了浴室。

他靠在门边，看着正在刷牙的林溪。

林溪问：“不睡了？”

“睡饱了。”

“等我洗漱好换你。”林溪看着镜子里的霍焰，他头发乱蓬蓬的，眼睛也耷拉着，还打了一个哈欠，明明是一副没睡醒的样子，却要说自己睡醒了。

“你真睡醒了？”

“嗯，用冷水洗把脸就好。”

霍焰揉了一下鼻子，他看到了她腰上的青色指印：“上午就去看电影？”

林溪把嘴里的泡沫吐掉，道：“下午吧，上午我们先去渠西把车还有东西拿回来吧，我有好多护肤品都在那边，不想开新的了。”

“之后都不去那儿了？”

“不是，以后还会去的，最近先玩吧，我觉得那儿比较适合修身养性、陶冶情操。”

“也行。”

霍焰走进浴室，从后面搂住了林溪。他把下巴抵在林溪的肩上，手环住她的腰。

林溪不受影响地继续漱口，用手洗掉嘴角边的泡沫后道：“你热到我了。”

霍焰一动不动，把头埋进林溪的肩窝里。

林溪失笑：“一大早怎么了？撒娇呢？”

“就抱抱你。”

“可是你好热。”

霍焰哼了一声：“等冬天你就知道我的好了。”

听到这话林溪的脸一下子就红了，她放下刷牙杯，用手肘顶了下霍焰的肚子，他夸张地“啊”了一声，放开林溪往后退，一路退到卧室里，然后一下倒在床上。

林溪觉着好玩，跟到卧室里又轻轻踢了下霍焰的小腿：“你演得太假啦。”

霍焰闭着眼瘫在床上装死，脚却悄悄勾住林溪的小腿，然后猛地一用力，让林溪倒在他的胸口。

“投怀送抱？”

林溪直接咬了一下霍焰的手臂：“没有。”

“你属狗的啊？”

林溪笑：“是啊。”

霍焰的手在林溪的脸上捏了两下：“脸皮好厚。”

“谢谢夸奖。”

小打小闹了一番，两人吃完早饭去了趟渠西，把带过去的行李又带了回来，同时也把车开了回来。

正好是吃午饭的时候，霍焰问：“中午想吃什么？”

“我也不知道，有没有一些有特色的吃的啊？不要那种很大很贵的店，就……比如那种很难找但东西很好吃的店？”

霍焰想了想，道："还真有一个。"

"哪儿？"

"我带你去了你就知道了。"

看霍焰一脸神秘的样子，林溪也不再问，倒是有了些期待。

霍焰没往市中心去，转头带林溪去了一家藏在某个小区角落里的小饭馆。

路上七绕八拐的，还挺难找，而且店面还很小，里头只能坐几桌，所以店家还在外面搭了棚子，里面放了好几张桌子，但即使这样也还是坐不下。

"这里生意这么好的吗？"林溪叹道。

"对，只能等着。"说着霍焰朝店里忙碌的店员喊了声，"老板娘，给我们排个号。"

"好嘞——"

只闻其声不见其人，显然是忙得没工夫招呼了。

"这里有什么特别好吃的食物吗？"林溪好奇极了，但看看别人点的菜好像也没什么特别的菜。

霍焰露出笑，但就是不说话。

"告诉我啦。"

"待会吃了你就知道了。"

林溪只好道："好吧。"

等了好一会儿他们才等到一桌空的。

林溪坐了下来，再次看了看周围人点的菜，桌上全都是很常见的饭菜，着实没有什么特殊的。店里就四个人在忙活，老板直接给了他们一张空白单子和笔，让他们把想吃的都自己写下来，待会喊一声他们就会过来拿。

霍焰拿起笔："你吃辣吗？"

林溪还在想要不要问一下老板菜单在哪，闻言立刻点头："吃的。嗯……没菜单吗？"

“都在墙上。”

这么一说林溪才注意到有两面墙上贴满了菜名和对应的图片：“原来如此。”

“嗯，图跟做出来的实物差不多。”霍焰拿起笔，飞快地在纸上写下，酸辣鱼头汤，酸辣土豆丝，钵钵鸡，写了几个菜名后他把手里的纸笔递给林溪，“我点了几个，剩下的你看着点吧。”

林溪拿起单子看了看，忽然发现霍焰的字非常好看，棱角分明，遒劲有力。他们平时都用惯了手机电脑，几乎没写过几个字，所以之前她都不知道原来霍焰写字这么好看。

“你以前学过书法？”她总觉得这个字很像习字册上的那种字，就是比较连草而已。

“嗯，小学和初中上过书法兴趣班，我那时候太调皮了，我爷爷想着法儿让我修身养性，不仅写字，还带我养花种树呢。”说着霍焰摊摊手，“结果一点用都没，还是照样很调皮。”

“你爷爷应该是个很好的人。”

霍焰点头，表情是明显的柔和：“这倒是，他可有意思了，就是一个老顽童，就是可惜走得有点早。算了不说这个了，你呢，想吃什么？”

林溪又点了三个菜，虾米豆腐，西蓝花炒牛柳，还有一个凉拌番茄。

“这里可以打包吗？”菜有点多了，两个人吃不完。

霍焰：“可以。”

林溪点点头。

菜还没上来，林溪就忍不住地问：“到底是什么特色啊，现在可以说了吗？”

霍焰终于不瞒着了，道：“钵钵鸡，你吃了就知道。”

林溪点点头：“那电影票买了吗？”

“还没，待会直接去影院买吧。”

林溪拿出手机，打开她常用的购票网站：“网上购票可以挑选时间和位置，去晚了就没什么好位置了。”说着，她操作了几下，“去环球港吧。”

“好。”

“最后一排怎么样？”

“都听你的。”

很快菜就上来了。

C市这个地方的人口味都偏甜，一般人都不怎么吃辣，很多辣口的菜也是其他爱吃辣的地方的人无法理解的——甜辣。

林溪之前去过一趟成都，吃了一回那边的火锅，就算是做了攻略，点锅底的时候特地跟服务员说了要微微辣，最后还是被辣得眼泪直流。

林溪记忆里的成都就是——空气里都是火锅的味道，辣辣的很刺激。

今天点的这些菜也是偏鲜甜的，食材新鲜分量足，另一个就是油少，好吃又不腻，很合林溪的口味。

尤其是这个钵钵鸡，肉质鲜嫩，鸡皮爽滑Q弹，虽然碗里飘着一层的红油，但一点都不呛人，反而香气诱人，十分爽口，是非常适合C市人吃的甜辣版钵钵鸡。本来夏天没什么胃口的林溪都不由得吃了很多。

“你是自己找到这里的吗？”

众所周知，好吃的有特色的美食都藏在犄角旮旯里，一般人找不到，都得网上找攻略才能找得到。

“不是，是大学里哥们带我来的。”

“挺好，我跟我大学舍友基本都在市里逛逛街，去星巴克必胜客之类的，现在回想起来也没什么特别记得住的东西。”林溪笑笑，大学就如同一个小社会，宿舍里的室友不仅是同学，也是竞争者。她那个宿舍是学霸汇聚，虽然明面上不说什么，但私底下免不了会你争我夺，争班级荣誉，夺更多的个人奖项。

“那你觉得这个好不好吃？”

“好吃。”

霍焰心情愉快地拿了张餐巾纸，擦了擦林溪脸颊边上沾到的红油。

这一顿林溪胃口大开，但还是很快就吃饱了，桌上的菜剩了很多，林溪笑着说：“剩下的都交给你了啊。”

“小菜一碟。”霍焰吃饭的动作安静而迅速，毕竟是个成年男人，他的饭量着实不小。

林溪没再说话，她打量着霍焰，他垂着眼，鼻尖和额头都冒出汗珠，睫毛很长，鼻梁很高，脸型刚毅而有棱角，是满满的男人味。

这是她的丈夫啊。

吃过饭，两人又坐了一会儿后便去了电影院，到地方后取了电影票，又买了饮料和爆米花。

时间卡得正好，到电影院后过了十分钟就检票了。

林溪戴上3D眼镜，仰头看着电影开始前银幕上的广告。

因为今天不是周末，她选的又是VIP厅，票价要比普通放映厅贵了两倍，所以人有点少，零零散散的，目测有二三十个。

她和霍焰坐在最后一排最边上的两个位置。

他们旁边隔了五个座位才坐了两个女生，前面几排的人多数聚集在中间那块，所以视野开阔得很，观影体验想来肯定不错。

林溪吸了一口饮料，有点冰。

她今天穿得比较随意，一件浅粉色的低领吊带衫，露出一点儿事业线，下半身一条碎花短裙，脚上是双黑色的人字拖，头发松松地扎了个高马尾，看起来很慵懒。

“冷不冷？”

电影院的空调温度开得有点低。

林溪摇摇头：“不冷啊。”

“嗯，看吧，开始了。”

厅里灯光黑了下来，伸手不见五指，唯独荧幕亮着光芒。

电影这东西和小说一样，青菜萝卜各有所爱，林溪对这部剧的剧情故事都不在意，她喜欢的是里面英雄们魁梧又不显笨重的肉体。

明明肌肉鼓起到夸张的程度，但怎么看怎么顺眼，只觉得男人味十足，一点也不会排斥，尤其是打斗的时候，肌肉随着动作涨到泛起青筋的程度，如同绷紧的弦一般，越看越带劲。

主要是她以前看的电影更多的是一些爱情片和文艺片，国外英雄主义类型的片子看得很少。她虽然知道“漫威系列”和“DC 系列”，也知道超级英雄有超人、美国队长、蜘蛛侠等等，但是完全不懂这些人之间到底是什么关系——为什么有正义联盟又有复仇者联盟？毕竟没有把系列的电影都看一遍，所以很多地方她都一知半解。

她看了一会儿，终于忍不住压声音转头靠近霍焰：“正义联盟和复仇者联盟哪里不一样啊？不都是超级英雄吗？”

霍焰道：“都是超级英雄，就是两个不同的阵营罢了。”

林溪点点头，勉强理解了，看了一会儿她又忍不住问：“这里面的超人怎么死了？什么时候死的？是在其他电影里死的吗？”毕竟在她的想象里，超人就跟孙大圣一样，是绝对超神又不可能死的存在。

“咳咳！”

林溪往旁边看了一眼，然后闭上了嘴巴。

霍焰也没回答他，于是她只好按捺住问题，又看了一会儿电影。

影片讲的是曾经被众神还有超级英雄们赶走的超丑但超强的大怪兽又回到地球，想要毁灭地球的故事，于是蝙蝠侠集结了海王、神奇女侠、闪电侠，还有一个……机器人，组成了正义联盟，但是完全打不过大怪兽，所以走投无路下就想要尝试复活超人。

所以超人到底什么时候死的？

超级英雄系列的电影林溪都是跳着看的，有些剧情她没看过，所以自然不知道，导致看这部影片的时候很多地方就衔接不上，看得很是难过。

手机振动了一下。

接着又是贴在耳边低得仿佛只有气息的声音：“看手机。”

林溪怔了怔，随后点开信息：在《超人大战蝙蝠侠：正义黎明》里面死的，里面的大 boss 和超人一样也是来自氪星，力量和超人差不多，甚至胜于超人，所以最后大战的时候超人和蝙蝠侠、神奇女侠一起都没能够打败氪星怪，但是有一个石头可以削弱氪星人的力量，同时也能削弱超人，所以最后相当于是超人和氪星怪同归于尽……

林溪看着长得分了好几段的解说，内心是满满的感动。

原来刚刚那么久的沉默，是打字去了。

林溪关掉手机，眼睛看着电影，可却慢慢把头靠在了霍焰的肩膀上。

霍焰也配合地搂住了林溪的肩膀，两人亲昵地靠在一起看电影。

林溪想：这个男人……真的很好啊。

之后的电影林溪渐渐看入了迷，虽然看不太懂人物关系，但不愧是好莱坞的大制作，打斗的场景简直燃爆了，让林溪一个女人都跟着热血沸腾。

不过剧情有些薄弱，前期的几位英雄在面对怪物 boss 的时候都不堪一击，可是等超人复活后，怪物 boss 变成了不堪一击，被超人几个拳头打得直接晕倒，最后被轻松击败……

“这么简单就打败了？”

“另外几个超级英雄也太弱了吧……”

“只要有个超人就够了。”

“那其他超级英雄都变成陪衬？也太不平衡了。”

走出电影院的时候林溪还听到其他人观影后的评论。

确实，经过电影几位超级英雄与怪物大战后的屡屡失利，加上他们为了打败怪物又特地复活超人，做了这么多铺垫，许多人都理所应当地觉得后面应该有一场特别震撼的超级大战，却没想到怪物分分钟就被超人击败了，因此落差感很大。

不过对于林溪来说，这影片还是非常过瘾的——超人、海王、蝙蝠侠的身材真是绝赞啊！

看完电影是下午四点，林溪问：“接下来做什么？回去吗？”

“不逛逛街吗？”

林溪抬头看霍焰：“女人逛街很恐怖的，你确定要陪我吗？”

霍焰点点头：“别小看我，我大学还参加过马拉松呢，耐力体力绝对没问题。”

林溪勾唇笑：“你说的，那你可一定要坚持到最后。”

话虽这么说，两人也没逛多久，毕竟已经四点多了，再过两个小时就是晚饭时间了。

林溪也没什么特别想买的，只在服装区转了转，连衣服都没试，大概是夏天这个季节就是让人有种想变懒的魔力吧。

从商城出来的时候霍焰还很好奇：“怎么一件都不买？那些衣服不都挺好看的吗？”

“不想试，累。”

“我看你是懒。”

林溪伸手捏了把霍焰的胳膊：“你管我。”

“我不管你，我顺着你。”

情话来得猝不及防，林溪抿住唇，然而还是没用，嘴角上扬，勾起高高的弧度。

“嘴越来越甜了啊。”

霍焰：“你喜欢吗？”

林溪别开头，道：“哪个女生不喜欢甜言蜜语，我当然也一样。”

霍焰贴过去道：“冬有板栗，夏有杧果，四季有什么，你知道吗？”

“什么？”

“有你。”

林溪这回没忍住大笑出来，她边笑边道：“这些土味情话你从哪学的啊？”

“网上。你喜欢吗？我还记得好多呢。”

林溪只顾着笑，没回答，而霍焰脸上也满是笑意，一双眼里盛满了那个开怀大笑的女生。

吃过晚饭，林溪拉着霍焰去压马路。

随着相处时间的增加，她越来越有种和霍焰是在谈恋爱的感觉。

看电影和吃饭都做过了，那压马路肯定也少不了，霍焰自然是欣然陪同。

两个人并排地走着，夜晚的C市很漂亮，尤其是这样市中心的地方，路边的灯光和各个店门的光亮交织，让黑夜是五颜六色的。

其实C市的夜生活结束得挺早的，不像一线城市那样是座不夜城。将近十点，C市已经褪去了喧嚣，只有市中心还比较热闹。

空气有些凉。

压马路其实就是走路散步，但可能是跟身边的人还有心境的关系，林溪和霍焰都走得很慢，像是在享受雨后的晚风。

女生的心思可能就是那么感性，说起来他们其实也没有认识多长时间，虽然什么亲密的事情都做过了，甚至连户口都在一个本子上。可林溪还是因为压马路有了一种难以言说的甜蜜感。

“有没有觉得我们仿佛是在谈恋爱？”

霍焰笑：“很开心？”

林溪点头：“嗯。”

“那这么看来你其实很好满足嘛，只是一起走个马路都能这么开心。”

林溪想了想，回道：“大概是心境变了吧。”

放在之前，她大概也想不到自己会因为和霍焰一起压马路而开心。但现在，随着相处时间的增加，随着对霍焰越来越多的了解，她开始习惯霍焰的存在，甚至对霍焰产生了依赖——她去哪里都想跟他一起。

“前面有个凉亭。”霍焰忽然道。

“要过去吗？”

霍焰：“嗯。”

林溪由霍焰拉着进了凉亭，这座凉亭不大，里面就够坐四个人，不过这里看起来很少有人歇脚，虽然周围也弄了绿化，但毕竟不远处人来人往的，总归没什么意境。

但现在是晚上，天色渐暗，周围来往的行人少了，凉亭上面亮着盏灯，里面……又只站着霍焰和林溪两个人。

两人对视了一会儿。

林溪抿着唇，她觉得霍焰眼里的温柔满得好像要溢出来了，对视的时间越长，她的心里就越是柔软。

气氛正好，霍焰轻声道："接吻吗？"

她勾起唇："嗯。"

说完，林溪主动踮起脚，双手环住霍焰的脖子，吻也印上他的嘴唇。

霍焰抱着林溪的腰，任由林溪贴着自己的嘴唇。

他笑了笑，随后回吻过去。

两人在凉亭里激烈地吻着对方，直到旁边响起一些惊呼声，霍焰才大笑着把林溪搂进怀里，两个人离开，直接回到了车上。

他们继续在车上吻了起来。

林溪变得有些激动起来，霍焰亦然。

"回家吗？"

"去宾馆吧。"

"好。"

这回他们换了家宾馆，一路上还算镇定的表情直到进入房间的那一刻全部破裂。

门被用力地关上，被强压下的浓烈情感，像庞贝火山似的爆发出来。

霍焰把林溪压在门上狠狠地亲吻，而林溪也主动配合着他。

刚进门，连空调都没来得及开。

房间里的窗户是开着的，高温让两人没一会儿就发了一身汗。

林溪推了推霍焰的肩膀，边喘边道："我们没换的衣服。"

她雪白的肌肤上是一层密密的汗珠，霍焰脱下自己的衬衫，擦了擦林溪的脖颈和胸口。

"让前台买就行。"

说着他忽然就着姿势抱起了她，转身朝里面的浴室里走。

林溪葱白似的手指紧紧抠着他的肩膀，她的瞳孔微缩，嘴里发出声音："你疯了！"

更疯的还在后面。

霍焰抱着林溪进了浴室，他把她放在洗手台上："洗个脸吧。"她化了妆，虽然很淡但毕竟是一脸的化妆品，他无从下口。

林溪断断续续道："水洗，嗯……水洗没用，要卸妆水、才行。"

"带了吗？"

"在包里。"

他回去拿了卸妆水。

林溪觉得自己真的要疯了。

她还是头一回在这种时候卸妆，他站在她身后紧紧抱着她，而她整个人靠在洗脸台上。

她的脸近距离地对着镜子，脸上的汗水和晕染开的妆看得一清二楚。

同样看得一清二楚地还有脸上的红晕，和眼里藏不住的媚。

"帮我抓着头发。"林溪把自己的头发拢成一把，交到霍焰手里，她不想头发沾到卸妆油。

霍焰接过后笑了两声。

"笑什么？"

"我高兴。"

话音刚落，霍焰推了推她的头，忽然的动作让林溪一下放开了手里的瓶子和洗脸巾，她两只手抓住竖起来的水龙头保持平衡，也是怕自己撞到玻璃。

他就是故意的！

她扭头瞪他，可红红的眼眶和媚媚的眼神让霍焰的心又热又软，爱得不行，他俯身凑上去亲了又亲。

结束后，躺在床上的林溪浑身都跟没了骨头似的。

他们紧贴在一起，身上搭了一条白色的空调被。

林溪泼墨似的黑发团在枕头上，霍焰避开林溪的发，单手撑着太阳穴，另一只手在被子里，不知道放在哪儿。

他在她耳畔笑着说："今天电影里讲的什么我都忘记了。"

"我给你讲讲？"

霍焰才不是真的想聊电影呢，他道：“今天怎么这么开心？”

林溪也笑：“就是开心。”顿了顿，“和你在一起很开心，看电影开心，压马路都开心。反正就是开心！”

霍焰看着林溪亮亮的眼睛，再加上刚才她说的话，他心里的满足感多得像是要溢出来似的，他伸手捏了捏林溪的脖颈，又轻轻地吻了一下她的脸，说：“我也很开心。”

刚才那番表白的话说完后，林溪的脸也有些热，她换了个姿势，背对着霍焰道：“你开心就好，我现在要睡觉了。”

“好，你睡吧。”

霍焰不再说话，他笑着轻轻地啄吻着林溪的脸颊。

林溪闭着眼，跟睡着了似的，只有蜷着的手指和不时地低哼才知道她并没有睡着。

突然，她的手机响了起来。

她伸手拿起手机，看了一眼来电显示，是徐梦洁，她大学的舍友之一。

“别说话哦！”

“我不出声。”

“真的？”

“我保证。”

林溪清清嗓子接了电话：“喂。”

“溪姐，我梦洁啊，你现在方便讲电话吗？”

“方便的。”

“那我跟你说件事情，想请你帮个忙。”

“什么事啊？”

“我之前不是发给你请帖了吗？这回是想请你做我的伴娘吧！我打算请七个伴娘，你可以来吗？”

“伴娘？”

“是啊，伴娘！”

霍焰忽然伸手戳了戳林溪的肩膀。

林溪对着电话道："等一下哦，我现在有一点事情，很快就好。"说完她捂住收音口看向霍焰。

霍焰问："她邀请你做伴娘？"

"对。"

"你都结婚了怎么给人做伴娘？"

林溪抿唇想了想："那我推掉把，就跟她说我要订婚了。"

他们这儿的风俗是已婚的人不能做伴娘，否则寓意不好，说是暗示了二婚什么的。

林溪拿开手，对电话那头道："梦洁，你还在听吗？那个不好意思啊，我做不了你的伴娘了。"

"姐，我好像听到了男人的声音，你是不是有对象了？"

林溪一惊，她都捂住了怎么还听得到？而且这时候霍焰还突然假装哼了声！

"真的有男人的声音！溪姐你现在在做什么啊？"

林溪瞪了霍焰一眼，霍焰一脸无辜地看着林溪。

她无奈，干脆道："梦洁，我要订婚了，所以做不了你的伴娘啦。"

"姐夫现在在你旁边？"

"是啊。"

对面很兴奋："他会跟你一起来参加我的婚礼吗？"

林溪无奈，这丫头也太自来熟了，但她还是笑着道："去去去，他会跟我一起去的。"

"太棒了！不过……唉，那我的伴娘团感觉有点难凑齐了呢。"

"思雨还有小乔呢？"

"思雨换了国籍，已经跟她那个外国男朋友在国外订婚啦。我结婚那天小乔的男朋友秋游，她已经买了机票到时候要陪她男朋友。她把我气得肝都疼了，见色忘友还能这么理直气壮！哼。"

林溪哈哈笑了起来。

挂掉电话，霍焰问："什么事这么高兴？"

林溪揽着霍焰的脖子笑：“赵乔啊，笑死我了。”

“怎么了？”

“大写的见色忘友，为了陪小邱秋游连朋友的婚礼都不去了，她直接给梦洁支付宝转了两千块的份子钱，把梦洁气得够呛。”

霍焰“啧”了声，捏了捏林溪的脸颊：“你要有她一半的见色忘友多好。”

林溪挑眉，危险道：“你喜欢她那样的？”

霍焰笑起来：“哪能啊？我喜欢你这样的你不知道？”

林溪笑着翻了个身，扯着被子道：“睡觉睡觉！”

# 第八章
# 和你在一起的日子

✦✦✦

最近小两口的日子过得挺愉快，两人白天出去逛街约会，晚上回来了各自干各自的事情，或者一起窝在沙发上吃着麻辣小龙虾看电影，吹吹空调好不自在。

林溪还拉着霍焰一起进了护肤的坑，她每天在小红书里被种草，种完草后跟霍焰一起拔草，尤其最近她中了臀膜的毒，于是两个人天天洗完澡后一起护肤。

“有没有觉得我最近白了很多？”霍焰摸了摸脸，问林溪。

“肯定的啊，不然那些面膜都是给你白用的吗？”

霍焰问：“会不会很娘？”

林溪摇头：“不会啊，你长得很 Man，就算白了也是个酷帅的大哥，小白脸跟你搭不上边。”

霍焰放心了：“那就好。”

说着他撕开一片面膜，对着镜子又贴在脸上。

林溪在一旁看得直乐。

“笑什么？”

“我还记得之前你特别不喜欢用这些东西，结果现在用得这么起劲。”

霍焰解释："我之前没用过不懂，也不知道这些东西的好处。现在知道了，我要不用不就是傻了吗？而且你看看家里的柜子还有冰箱，全是你的东西，你一个人肯定用不完。"

"你怎么知道我用不完？"

"家里起码有几百上千张面膜了吧？你就一张脸，敷得过来？"

"我可是一天敷二十张啊。"林溪开玩笑。

霍焰摇摇头，很认真地说："过犹不及，这东西还是化工产品，适量用用就好，过度了肯定对皮肤不好。"

"我知道啦。"林溪无奈。

"明天就是你朋友婚礼吧？我们什么时候去？"

"十一点的时候到饭店就行。"

"份子钱呢？"

"两千。"

霍焰点点头。

霍焰敷完面膜后，就去做饭了。

过了一会儿，霍焰对林溪说："待会出来吃饭。"

"你做了什么？"

"照着百度做了个肉蟹煲，再炒了个青菜。"

两人最近在家的时间都挺多，而且林溪觉得夏天的外卖很油腻，所以就干脆顿顿都自己做了。

林溪做饭的话肉食就不多，没什么大荤，多是蔬菜炒肉丝之类的，于是肉食动物霍焰被迫披围裙上阵，开始和林溪轮着做饭。

第二天，两人十点出门去参加婚礼。

因为是十月十日，寓意着十全十美，所以这一天结婚的人格外多，一大早开始马路上就不时有绑满了鲜花的婚车经过。

恰巧又是周末，路上也堵得很。

林溪坐在霍焰的车上，指了指前面一排一模一样的婚车问："这些车都是什么牌子？"

"特斯拉。"

"贵吗？"

"还好吧。等我们结婚我给你弄一排兰博基尼的车队，那才叫帅呢。"

林溪失笑："好啊。"

由于堵车，十几分钟的路生生开了四十分钟，他们到的时候已经十点四十多了。

林溪挽着霍焰的手进去，大厅里已经落座了大半人。

在服务员的指引下他们找到位置坐了下来，因为这一片坐的都是同学，刚坐下就有人跟林溪打招呼了。

"林溪，这是你男朋友吗？挺帅啊。"

"这是霍焰吧？"

"你们什么时候在一起的啊？"

大家都是随口一问，林溪也就都简单地回了一遍，霍焰坐在旁边只点点头，几乎不说话。

忽然，有人拍了拍林溪的肩膀："溪溪小宝贝儿，你这边有人坐吗？"

林溪侧过头，有些诧异："小乔？"

"对，是我哦。"

"这没人，你坐吧。不过你怎么又来了？不是说不来了吗？"

赵乔坐下后把包包放到另一个位置上，像是在给谁占座，闻言她冲林溪眨眨眼："你猜啊。"

"小邱也来了？"

"嗯哼。"赵乔点点头，打开手机一边打字一边说，"梦洁那小蹄子真是厉害。唉，也怪我太爱小邱了。"

"怎么了？还是那一招？"

赵乔嘟了嘟嘴："是啊。"

不用说林溪都能猜到，肯定是梦洁给小邱打了电话，邀请他参加婚礼，他那头说通，赵乔这家伙自然就跟过来了。

这一招对赵乔简直屡试不爽。

“你就没想到要小邱一起过来？”

“想到了啊，但小邱那是社团组织的旅游，去的都是他志同道合的朋友，而且钱都已经交了，我权衡了下就决定陪他了。”

林溪问：“那他人呢？”

“在外面接个电话，待会就过来。”说着赵乔冲霍焰挥了挥手，“嗨。”

霍焰扬了扬手：“嗨。”

两人又说了几句小邱才从外头进来，他看起来很清秀，穿着一身白色的休闲装，头上还戴了个棒球帽，年轻又朝气。

入座后他拿掉帽子，露出眉目俊秀的脸，腼腆地笑着冲众人打招呼，样子特别乖巧，林溪注意到他还有小虎牙，笑起来也是很可爱了。

突然，胳膊被撞了下，林溪扭头对上霍焰不太高兴的脸：“盯着别人看干吗？”

“我有盯着？”

“你有。”

“好吧，我错了。”

“看我。”

林溪轻轻地笑道：“好，看你。”

桌下，霍焰把林溪的手握进手心。

大厅里的音乐骤停，身穿燕尾服的司仪站上了舞台中央，随着他一系列美好的祝词，这场婚礼正式开始了。

原本还有些熙熙攘攘的大厅安静下来，林溪忽然回握住了霍焰的手。

因为她的心随着司仪缓慢的话语和悠扬的音乐起伏着，她看着荧幕上一张张的照片划过。

梦洁和她丈夫是青梅竹马，从小就在一起玩，情窦初开是对方，初次牵手是对方，初吻初恋也都是对方。

真正的两小无猜，从校服到婚纱。

林溪一只手托着下巴，心想，多好啊。

接着，她又看向自己和霍焰交握在一起的手。

她的手指白皙修长，而他的手颜色要深一些，也更大，充满了力量感，两手对比，反差明显。

但相同的是，他们的手上都没有戒指。

因为是相亲结婚，所以他们直接就领了证，结婚后第一天霍焰就买了钻戒，但开始时他们没感情，所以钻戒也从来没戴过，一直放在抽屉里。

林溪垂下眼，食指指尖轻轻蹭了蹭霍焰的指背，然后又迅速收回不动了。

霍焰没感觉到她的小动作，目光直视着舞台，看起来很专注。

林溪低低地叹了一口气，更加握紧了霍焰的手。

他们俩的手都有些热，所以多握了一会儿手心就冒出了细汗，感觉有些黏腻，但林溪一声不吭，仍保持着跟霍焰双手交握的样子。

真挚的感情总是充满着感染力，让人不由为之心绪起伏。

当新郎从岳父的手里牵过新娘的时候，林溪看着在后面偷偷抹了下眼泪的中年男人，她忽然有种想要落泪的触动。

但这种情绪过去的很快，没一会儿她就调整好了。

接着，新娘和新郎站在舞台中央，面对着彼此宣誓相伴到老。

我愿意，不过三个字，却带着难以言说的力量，让场上所有人都为这对新人拍手叫好。

“祝福他们。”

林溪转过头，看见了赵乔眼里非常直白的向往。

赵乔发现了林溪在看她，俏皮地冲她眨了下眼。

林溪也笑了，她看着台上的那对新人道：“对，祝福他们。”

赵乔伸手握着林溪的手晃了晃：“你呢？什么时候可以祝福你？”

林溪莞尔一笑：“不远了，你呢？”

赵乔朝小邱的方向撇了撇嘴。

小邱不好意思道：“我还有两年才满二十二周岁呢。”

林溪忍俊不禁。

仪式结束后新娘去后台换衣服，之后就是一桌一桌的敬酒了。

敬完酒，婚礼还不算结束，接下来会有许多表演节目。酒过三巡，一桌人又都是一个年龄段的，话匣子渐渐就打开了。

“梦洁真幸福啊。”

“你不也有对象吗？怎么了？有情况？”

“他去Z市发展了，我去不了，现在异地恋啦，他做IT的，每天都忙忙忙，感觉我们每天聊天的时间越来越短了，有点烦。”

“林溪，赵乔，你们打算考研吗？”

赵乔摇头：“不考。”

林溪也道：“不考啊。”

“那你们现在都在做什么？”

赵乔和林溪：“在家享受假期啊。”

“羡慕，我根本不敢待在家，头两天我爸妈还对我嘘寒问暖的，之后就是各种嫌弃，找了个工作后他们才没再继续叨叨我，不过那工作我已经想辞职了，工资太低事情太多，简直是压榨劳动力。”

“应届毕业生好用又廉价，人才市场都抢着要呢。”

“我才惨呢，都被安排相亲了好吗？也是很醉了……”

好好的同学之间唠嗑变成了吐槽大会。

毕业等于失业，这句话成了饭桌上调侃最多次的话，其实他们这桌人都不差，都是名校毕业的高才生，学历拿出去很硬实，但除了林溪他们几个外好像都不怎么顺。

回去的车上，林溪不禁问霍焰：“你知道我们市的毕业生工资是多少吗？”

“一般的本科三千吧，像你们学校的毕业生差不多四千，也看专业，有的专业出来就能六七千，转正能上万。”

“三四千？真的太少了。”

霍焰问："你一个月赚多少？"

"稳定十多万，多的时候二三十万，偶尔也会有更多。"

霍焰有些惊讶："这么多？"

他一直知道林溪有钱，却没想到这么多。

"我小说都写了十年了啊，没这么多才不正常呢，而且我还画画，接一些商稿啊。"

林溪十二岁开始写小说，到现在长篇、短篇加起来也有五十多部，其中三十多部卖了简体、海外繁体等版权。

她并不是天赋型选手，有今天的一切不过是靠坚持罢了。

一开始她写的东西也很幼稚，篇篇都是玛丽苏、小白、天雷滚滚，但那时候人的阅读量不多，见识的也不多。所以放在现在可以被从头喷到尾的小说放在过去居然也成了一代人的回忆。

而她也成了网站的大神之一，专栏里所有的文几乎都被"小萌新"点过，因为——非常励志。

"原来我女神以前也写过这么羞耻的东西……"

"溪神让我知道了坚持真的有用！！"

"三百万字入门，五百万字成神，这句话果然是真的。"

不过林溪心头唯一的遗憾大概就是没签过影视，因为她的文并不适合影视，尤其近几年特别喜欢一些冷门的题材，比如灵异、快穿之类的。

所以她的文在网络上的数据都非常好看，但这些题材跟影视基本就是绝缘。

"没想到啊，原来我家小溪这么厉害。"霍焰问，"你写的都是什么？给我看看？"

林溪摇摇头："不行。"

"为什么？"

"太尴尬了。"林溪写小说这件事爸妈和亲戚都知道，但没一个人知道她写的是什么，谁问她都没有说过。

"你是不是写了什么不可言说的东西所以不方便给我看？"

林溪瞪他："瞎说什么呢。"

其实霍焰说中了，林溪在网上最出名就是她的文风，是那种缠绵热烈的文字，但是她不越界，卡的度都正好。

"那害羞什么，给我看看啊，我给你点评点评，还能给你打赏呢。"

"不用这么麻烦，你直接给我发红包就好。"

"我给你发红包，你给我看你的小说吗？"

"不给啊。"

"……"

林溪靠在座椅上轻轻地笑着。

她忽然很庆幸自己会写小说，赚钱的能力和钱确实能给人很多底气，就是因为她知道自己不用靠任何人都能活得很自在，所以才不想考研就不考研，不想上班就不上班，想玩就出去玩，想买什么就直接买。脾气也是，一开始在霍焰面前她确实没怎么收敛，因为她不怕任何的变故出现。

但是……也不能太任性了。

毕竟，霍焰对她是真的好，而且和他相处也真的很愉快。

他们好像越来越契合了，当然，还是他迁就她多一点。

"接下来打算去哪里玩？"

"过两天要去学校把论文一稿交了，等交完一稿了陪我去文身吧？"

"行啊，打算文什么？"

"小水母啊。"

"我总不能也陪你文水母吧？那也太娘了。"

林溪眨眨眼："你要跟我文情侣文身？"

"你难道不是这么想的？"

"我本来想的是我去文，你陪我就行了。不过你跟我一起文也可以啊，那待会回去了一起选花样好了。"

"好。"

到了地下车库，霍焰停完车牵着林溪的手进了电梯。

见林溪一直低着头弄手机，霍焰忍不住问："在干吗？"

"发工资。"

"给谁发？"

"你啊。"

话音刚落，霍焰的手机响了一声。

他拿出手机，通知栏上显示微信收到几个红包，点进去一看——补、昨、天、的、小、费。

霍焰无奈，但还是领取了，很快，屏幕上显示：你领取了溪宝的红包。

七个红包，一共一千三百四十元。

虽然十月了，但C市的天还是热得很。

林溪跟霍焰两个人本来都选好文身的花样了，结果这天迟迟不降温，多动几下就能出一身的汗，于是他们决定还是等十一月的时候再去文。

而且这天不但热，还常常下雨。

几乎两人一准备出去玩外头就会下大雨，几次下来他们干脆不折腾了，就待在家里等这段变幻无常的天气过去。

"午饭想吃什么？"霍焰穿了条睡裤，腿微曲地靠在卧室门框上，露出上半身结实的肌肉，天热，他把头发又剪短了些，显得眉目更加硬朗，像杂志上的型男。

"糖醋排骨，炒茼蒿。"林溪麻利地报了两个菜名。

她盘腿坐在床上，长发随意地盘在脑后，上身一件小吊带，下身一条丝质喇叭裤，身前放着张电脑桌，桌上的电脑打开着，手里还捧着半个西瓜，吃两口敲几个字，小日子别提多美。

"又是这两个菜？"霍焰蹙眉。

林溪不以为然道："糖醋排骨开胃，茼蒿清热去火，吃这个多好。"

霍焰道："那也禁不住天天吃这些吧，你不腻我都腻了。换点别的吧。"

"好吧，我想想，那要不就糖醋藕和酸菜鱼好了。"

"你最近怎么就跟酸的东西杠上了。"霍焰轻笑着摊了摊手，"行吧，今天就吃这个了，我出去买菜。"

林溪笑着给他比了个爱心："亲爱的你真贤惠。"

"要不要跟我一起出去？"

林溪立刻坐直了看着电脑："我好忙的啊，你回来的时候记得给我带养乐多。"

霍焰轻笑："知道了。"

过了一会儿传来关门的声音，林溪轻轻地笑了开来。

她舒服地伸了一个懒腰，随后把西瓜放到桌上，轻巧地下地跑到窗边往外面看。

等了一会儿就见到霍焰那辆蓝色的跑车从地下车库里出来，打开窗户还能听到那轰轰的引擎声。

自从那天她给他转了一千三百四十块钱后，霍焰整个人瞬间变成了二十四孝好老公，她说的话他没一个不字，甚至还大包大揽地把做饭洗碗的活都包了。霍焰做菜都是照着网上的菜单做，他厨艺上虽没什么天赋，但中规中矩地照着菜单做，最后出来的成品还都挺好吃的。

至于那突然给霍焰转了个一千三百四十元，林溪把它归结为受到刺激和感动后的一时冲动。

她确实挺情绪化的，但好在接受她情绪化的人是霍焰——他总是能包容她一切突如其来的想法，然后迅速地做出反应，并给予她好的反馈，从没让她吃过亏。

蓝色的跑车在视线中消失，林溪在窗户上哈了一口气，抬手写了个焰字。

这样的生活和她理想中的生活差不多，闲适与激情并存。她想，要是就这么跟霍焰过一辈子也不错。

两个人有钱又有时间，在一起可以做任何想做的事情。

但也不知道这样的生活能持续多久，毕竟霍爸爸有想要让霍焰早点继承家业的意思。

按林溪的想法，她不会在C市多待，可现实却不一定能跟心里想的完全对上，所以以后到底怎么样还是得走一步看一步。

多想无益，林溪继续回电脑前敲敲打打。

午饭要做酸菜鱼，霍焰图新鲜没买鱼片直接买了条活的黑鱼回来现杀，他跟黑鱼奋斗的时候林溪就在一旁处理其他的菜。

厨房虽小，两人站在里头却也有条不紊。

霍焰蹙着眉，他小心翼翼地照着视频教程里剁鱼骨：“下午打算做什么？”

林溪道：“还是看电影吧，外面的天阴沉沉的，看着像是要下雨，肯定不好出去玩。”

“看什么电影？”

林溪把拌好的黄瓜往旁边一放：“看恐怖片吧，最近那个《昆池岩》网上挺火的，我看了简介没敢看。还有就是《山村老尸》，好几年前就听说了，但一直都没看。”

霍焰顿了顿，表情有些木：“恐怖片啊。”

林溪正忙着给藕削皮，没察觉到什么不对，她还点了点头：“对啊，恐怖片比较刺激嘛，之前的电影都是看一半就睡着了，没氛围也没意思，天热人容易昏沉沉的，还是恐怖片比较提神，而且有句话不是这么说吗，有人陪着不看恐怖片的话很浪费？”

霍焰嗤笑了声：“一男一女在一块看恐怖片才是浪费吧？”

林溪挑眉：“那你说看什么？”

霍焰想也不想地道：“当然是看……”

林溪打断他的话：“理论知识还没学够呢？”

霍焰冲林溪笑：“活到老学到老啊。”

结果最后两人还是从网上找了《昆池岩》的资源，但这个资源不知道怎么回事，下载得断断续续，把其他应用全关了都没用，等它下到百分之九十了林溪都已经在床上睡了一小时午觉了。

她迷蒙着眼看霍焰：“你不说自己是下资源小能手吗？”

“我资源找着了啊，但这不是网不稳定吗？”霍焰还高兴呢，心想下不下来最好。

林溪没察觉他的小心思，抬头去看时间，都下午两点了，再看看外面的天，还是阴沉沉的，雨也要下不下的闷热得很，这种天不仅不适合出去玩，还特容易让人觉着烦躁。

“你没眯一会儿吗？”

“没。”

“好吧。”林溪下了床去厨房切了两块西瓜，给霍焰一块自己吃一块，然后两个人一边吃西瓜一边看着电脑的进度条。

过了一会儿，林溪道：“我怎么觉得咱俩坐在这跟二傻子似的。”

“我也觉得。”

看着卡在百分之九十九点九的进度条，林溪叹了口气：“唉，再等等吧。”

霍焰：“嗯。”

下东西最怕卡百分之九十九点九，就差那么一丁点儿，不上不下的叫人心里难受。

等了好一会儿还不见它完成，林溪受不了了：“不想等了，太无聊了，我们做点别的吧。”

霍焰靠在椅背上，他眼睛都快闭上了：“那做点什么？”

说是这么说，做什么林溪还真的不知道。

外面已经下起了小雨，看天气预报待会还会转大雨，出去玩是肯定不合适了。

林溪单手托下巴想了会儿也没想出个什么，最后她抬起头看着霍焰。

家里开了空调，但他火气旺，还是习惯性光着膀子，坐在凳子上的时候腰弯着，即使这样肚子上也没一点赘肉，腹肌反倒微微凸起，线条更加明显。

男色在前，林溪伸长手摸上霍焰的腹肌。

霍焰缩了缩肚子，睁开眼看林溪，也不阻止，就任由她摸。

结果摸了半天都不见她有下一步动作，霍焰有点上火，刚想上手做点什么林溪却开口了。

“也不见你健身啊，这些肌肉都哪儿来的？”

霍焰笑了两声，干脆抓着凳子调了个位置，张开手任林溪摸：“小时候上山里到处跑，之后来了C市也没安生过，现在不有你呢嘛。”他的手也按上了林溪的小腹，摸上去软绵绵的，但仔细摸还挺紧实的。

“有我什么？”林溪怕痒，笑着抓住他的手不许他动。

“天天剧烈运动啊。”

霍焰说完笑看着林溪，手也不拿出来，覆在林溪的腰间。

林溪抓着霍焰的手不动了，几不可察地舔了舔干涩的嘴唇。

电影看不了，又不能出门玩，待在家里实在无趣。所以她也不推拒，任由对方带着炙热温度的手贴着自己。房间里越来越安静，能清晰地听到两人呼吸的声音。

林溪半闭着眼，微垂的睫毛不停轻颤着。

霍焰的喉结上下滚了滚，他凑上前想亲林溪的眼，结果刚凑过去林溪的手机就响了。

林溪拿起手机看了眼：“我妈。”

霍焰退开：“你接。”

林溪清了清嗓子：“喂，妈。”

“你和霍焰最近怎么都没过来啊？是不是很忙啊？”

听妈妈这么一说林溪心里算了算，确实快半个月没回去过了，以前她跟霍焰每周都会去，之后去得越来越少了。她想了下道：“也不是，最近天气不好，就不怎么出门。妈，你打电话过来是不是有什么事啊？”

“也不是什么大事，就是有些话想跟你说。”

“什么话啊？电话里跟我说也一样啊。”

“一时半会说不清，还是等你来了我跟你说吧。”

这话说得不上不下，林溪听得直皱眉：“要不我现在就过去？”

“那倒也不用，不急。唉，算了我就跟你说了吧，你表姐她离婚了。”

林溪的表姐就一个，挺早就结了婚的，印象里她已经生了一男一女，日子一直过得不错：“为什么？”

“一时半会也说不清楚，你来了我再跟你说吧。”

“好吧。”

等挂掉电话，林溪还是有些云里雾里的。

“你妈说什么了？”

林溪道：“我表姐离婚了，然后我妈说有点事情要跟我说。”

霍焰靠着椅子：“你表姐离婚跟你有什么关系？”

林溪摇摇头：“没关系啊。”

霍焰微眯起眼。

林溪说没有但他不免多想了一点儿，霍焰觉得应该是林溪她妈从离婚的表姐身上有了什么启发想给林溪说，就不知道要说的东西是好是坏。

霍焰私心不怎么喜欢林溪爸妈多跟她说什么，因为他们总是把一些负面的东西带给林溪，但毕竟是父母，又不可能拦着他们不让他们接触。

霍焰想了想，道：“你妈说的话你挑着点听，也不用全听，省得回来了又不高兴。”

“这个我知道。”林溪也想到了之前，每次她跟爸妈说完话回来几乎都要跟霍焰倾诉一番，想想是挺委屈他的。

“她是不是要你过去？”

“也不是现在就要我过去，不过……我想想要不就今天过去了吧，早说完早了，反正今天也没什么事情，电影也指望不上。”

“一起过去？”

“不用，你送我到大门口就行，等哪天我们再一起过去看他们。”说着林溪忽然展颜一笑，伸手刮了下霍焰的下巴，“今天回来保证不跟你倒苦水。”

刚出大门口，雨就有下大的趋势，等红灯的时候，霍焰提议：“要不明天去吧？”

林溪道：“出都出来了。”

“我陪你一起。”

“不用。”林溪的目光落在窗外的行人和车辆身上，“我们两个一起去那叫登门拜访，我爸重形式。下午过去，不带东西都不好，我一个人回去叫回家，就是跟我妈说些家长里短的东西，无所谓形式不形式的，所以你在家等我就好。”

霍焰点点头：“行吧，回来的时候给我打电话，我过来接你。”

“好。”

林溪一个人回了家，家里没开灯，下雨天屋子里一片昏暗。

客厅里只有电视机亮着，林溪发现自家母亲裹着一张空调被蜷在沙发上，孤零零的。

林妈妈看到林溪惊讶得很：“你怎么回来了？”

“爸呢？他又去哪儿了？”林溪有点不满，下雨天爸爸居然都不在家待着陪妈妈。

“附近开了个茶馆，你爸他就去办了张卡，那卡可贵了，他就天天下午过去喝茶，这么算下来一天就二十五块，比较划算。”

林溪蹙着眉，嘴上没说什么，心下却忍不住有些犯嘀咕。

她脱了鞋坐到母亲身旁：“电话里你不是有话要跟我说吗？”

一说这个林妈妈立刻坐了起来，她忧心忡忡地问：“你和霍焰两个现在吃的用的都是花谁的钱啊？”

林溪道：“有时候他出钱，有时候我出钱。不一定，看具体情况吧，不过还是他出得比较多。”

“你们钱都分开的啊？”

“是啊。”林溪眨了眨眼，没什么觉得不对的。

林妈妈却皱着眉拍了下腿：“这怎么成啊，芳丫头就是这样，家里的钱没抓好，最后离婚落得个净身出户……”

就着表姐离婚的事情妈妈说了一堆，其实林溪能明白她的意思，无非是那一套的男主外女主内的思想，要她好好操持家里，同时也是希望她把持住财政，因为妈妈觉得婚姻里女性不管怎么样总是处于弱势地位，手里不抓点什么不稳当。

“主要妈妈也是担心你，我现在没什么事做，一个人在家就老是琢磨你和霍焰的事儿，怎么想都觉得不稳妥。你现在又没孩子，钱又没抓手里，那房子也是他爸妈买的，也不算婚后财产，到时候万一有个什么，你什么好都捞不到。而且两个人结婚就得有牵绊，牵绊这东西越多越好，可你跟霍焰什么都分得清清楚楚的，这哪儿行啊？”

剪不断、理还乱才算好吗？林溪心下叹了口气，道：“妈，你今天怎么突然跟我说这个？我跟霍焰挺好的。你不用想这么多，你就安心养胎就行。”

林妈妈一点都没刚得知怀孕时的兴奋了，反倒愁眉苦脸的：“最近来看我的妯娌也多，坐在一起交流下来，我就觉得你们这一代的孩子婚姻真的跟我们那时候真不一样，太不稳定了，芳丫头好好的突然就离婚了，把我吓一跳，我不就想到了你吗？芳丫头跟她老公大学谈了四年才结婚的，感情一直好得很，现在不也离婚了，你看你跟霍焰之前都没培养过什么感情，而且光扯了证，连个酒席都没办，现在就是没名没分，妈妈怕你吃亏啊……”

“……”

林溪无奈，她觉得妈妈怀了孕之后就爱胡思乱想。

也是，爸爸又不陪她，自己的事情她又没别的人好倾诉，就算跟那些妯娌见面了聊的也都是一些家长里短鸡飞狗跳的生活琐碎，想法能积极了才怪。

一个人在家没什么事做，可不就光想了吗？

林溪伸手给母亲理头发，看着头发里掺杂的银丝忍不住叹了口气。

说完后，林妈妈问林溪：“你觉得是不是这个理啊？”

林溪安慰道：“妈，你不用替我担心，霍焰跟我好着呢，我也不会吃亏的，要吃亏也是他吃亏，我吃他的住他的，房车也都是他家里出，就算离婚我能亏什么？”林溪心道，况且他们俩也不会离。

“房车他们都能收回去啊，你名声坏了才是影响一辈子。”

之前觉得母亲想太多，现在林溪又觉得她有些被害妄想症，不想点好的偏想点不好的：“妈你就别杞人忧天了，我过的日子是什么样我清楚着呢，不用替我担心，你还是多想想肚子里的孩子吧，平时没什么事的话就做点小衣服、小鞋子，打发打发时间。别想多，我和霍焰好着呢。”

妈妈说的话林溪大部分都不认同，但有一点倒是很对——女人一定要有经济能力。

经济基础决定上层建筑，虽然俗，但有一份稳定且高的收入和赚钱的能力确实让林溪觉得底气很足。

在钱上面林溪甚至没想过要跟霍焰怎么分或者怎么管，因为有底气，她能赚也能花，所以很多跟钱有关的东西她都很看得开，甚至林溪还想过如果霍焰他爸执意要霍焰去公司上班，只要霍焰不愿意，她来养他都行。

虽然她赚得不是很多，但存款加上每个月的进账，供两个人到处旅行、吃吃喝喝是真的没什么问题。

有些事情说复杂也复杂，说简单却也简单。

目前他们的房子小，所以家务两个人分摊也没多大事，如果以后换房子了，林溪肯定会请保姆或者钟点工，这就能很大程度避免一些家庭琐事上的纷争。

他们不跟长辈住在一起，又没有孩子的问题。抛开这些他们就有了足够多的空余时间，再加上宽裕的经济条件，林溪觉得真的没什么东西好纠结的，就算有什么矛盾她和霍焰两人商量一下就完全能解决。

原本婚姻两个字让她觉得很沉重，等真正过上了又觉得人和人不一样，她和霍焰完全可以避免那种爱情坟墓式的生活。

林溪确信自己会跟母亲过得不同，所以对于母亲的一些担忧和经验分享都不是很认同。

相比之下她倒觉得霍焰的父母不愧是见过世面的，对于他们的日子从来不插手，也没抛给她什么婆媳难题，反而自己的家庭像个泥潭一样。

母亲陷在里面不知自救，怀了孕父亲就放她一个在家也不陪一下，都这样母亲还无怨无悔，林溪是真的不知道说什么。

聊了一会儿母亲见她没什么反应干脆不说了，只是不停叹气，林溪耐着性子宽慰了一会儿，最后找了个借口离开。

她没喊霍焰来接，而是直接打车去了甜品店，在店里吃了份草莓慕斯后，觉得心情美丽了，又打包了两份杧果班戟带回去。

林溪进门的时候，霍焰吓了一跳："回来怎么不跟我说？不是说了我去接你的吗？"

林溪也愣了，她被眼前的这一幕镇住了："你……在干吗？"又是被单包头，怀里又是抱着抱枕的，冷吗？

霍焰迅速把怀里的抱枕、被单扔到床上："我空调温度开太低了，冷。"

"是二十六摄氏度啊，不正好吗？"

"……"

霍焰不说话了，他瘪着嘴的样子看得林溪直笑，她凑过去亲了下他的耳朵："在看恐怖片呢？"

"嗯。"

"怕鬼？"

霍焰挑眉："你不怕？"

"我怕啊，就是没想到你也怕。"

霍焰不服："男的就不能怕鬼了？林溪你这是性别歧视。"

"我哪有？"林溪笑了，"我之前以为你不怕，所以现在发现你怕就有点惊讶嘛。"

"行吧。"霍焰撇了撇嘴，"你妈回去又跟你说什么了？"

"我妈其实说了很多，不过我没怎么记住，不过倒是提醒了我一个事情，我问你啊，你以后会进你爸的公司上班吗？"

霍焰道："到时候再看吧，能不去就不去。"

"你不去的话要怎么赚钱？我们开销算起来还挺大的。"

霍焰靠在沙发上笑："担心我养不起你呢？"

"这倒不是，我养你都行。我想的是咱们要是一直吃家里的用家里的，以后你爸让你做什么你不就得做什么了，哪里拒绝得了。"

“也就房车是我爸提供的。”

林溪问：“那其他钱怎么来的？”

霍焰笑笑：“你真当我没收入？就是现在不怎么多而已，养你是肯定够了。”

林溪还真不知道他有什么收入，于是问道：“你做的什么啊？”

霍焰坐直了身体：“我爷爷过世的时候把他留下的东西都给我了。”

林溪没想到有这件事，她愣了下：“那你爸……”

“我爷爷担心我吃亏，怕他们亏待我，同时也是生气，气我爸妈他们把我扔一边不闻不问，也是气他们在他重病的时候都没去看一眼。”说这些的时候霍焰表情淡淡的，语气也淡淡的，听不出什么情绪，“对于我爷爷把身后的东西全给我，我爸也没说什么，他知道自己理亏。”

林溪听完有些讶异：“你爸妈看起来还挺好的。”

霍焰的父亲看着威严但相处的时候很随和，而霍妈妈则是比较能说会道，能跟人很快地热络起来，他们都没什么架子，相处下来林溪对二老的印象还挺不错，尤其还有个加分的小霍炎。

霍焰轻哼了声，情绪不明道：“这就是人啊。”

林溪忽然笑了：“说得也是。”

霍焰站起身，去浴室拿了块毛巾给林溪擦头发：“我跟家里关系一般，一开始我爸估计是为了补偿我，大一就给我买了辆拉风的跑车，之后看我不但不感激还经常惹事，就再没怎么管我了。现在的心思都放我弟身上，那时候催我结婚也是因为管不住我，想给我找个老婆好让我收心。”

“这样的吗？”

“嗯，花他们的钱你也别觉得膈应。只是别开口要，但他们给的话就拿着，想怎么用就怎么用。”

“那你现在就是在花你爷爷留给你的那份钱吗？”

“也算是，其中大部分被我拿去投资了，一开始回馈不多，不过以后肯定会越来越好的。”

“投资？”

“嗯，有的同学在创业，看着不错我就投一份，还有其他的也找人多多少少帮我投了点，就当养鱼了。”霍焰道，“毕竟站在巨人的肩膀上，钱生钱还是比较容易的，所以用不着为钱发愁，以后的日子怎么过还是我自己决定，你也不用在意我爸怎么想。”

至此林溪心里也有了底，她发现霍焰其实家庭观念还挺重的，只是其中不包括他的父母而已，反倒是事业心一般，和她一样，不想跟别人争抢什么，心里有足够的底就行。

这个话题两人说了几句就停了，因为说多了也没意思，大概了解就行。

晚饭是中午的菜热一热，外加两份甜点，吃完后两人一起洗碗，但主要都是霍焰在洗，林溪在后头腻着他。

她从后面抱住霍焰的腰，手在霍焰的胸肌上戳了两下道：“下周我们去E城玩吧，正好还能避暑。”

“去那么冷的地方避暑？热是不热了，倒是能冻死。”

“天一热就想去冰天雪地的地方，还想滑雪。”

“我反正都随你。”

林溪没说话，只是笑着戳了戳霍焰的腹肌。

霍焰动了下：“别乱摸，痒。”

“你还怕痒啊？我以为就我怕呢。”林溪一脸的惊奇。

“林溪你就说你是不是性别歧视吧？”

“不是不是不是。”

霍焰喷笑：“怎么跟个耍赖的小孩子似的。”

赖在霍焰背上的林溪一听这话眼睛都弯了起来，她忍不住笑了出来：“那我不闹你了，我先去洗澡。”

霍焰无奈地笑：“去吧。”

洗完澡后林溪对着电脑做E城的游玩攻略，霍焰半躺在旁边看iPad。

林溪问：“明天收拾东西，后天我们就出发怎么样？你有什么事情要安排吗？”

霍焰："没，都你定吧。"

"好啊。"

林溪笑着打开网站查最近的航班。

小两口之间的旅行就是毫无顾忌地说走就走。做好攻略带好行李，休整了一天后，跟家里人说了声两人就飞到了E城。

去的时候短袖短裤，到地了立刻保暖衣、保暖裤、大棉袄地包了起来，但巨大温差还是让林溪刚到地方就发了两天低烧。

于是头两天他们哪里都没去，只好在宾馆里待着。

"倒是可以在这儿把文身给文了。"屋里有暖气，林溪穿了件薄衬衫隔着窗户看雪景，躺了两天她骨头都快酥了。

在C市的时候林溪想得可美了，来这儿之后要吃什么玩什么，攻略都做了好几张图，结果到了地方后只想找有暖气的地方待着。

"文身也得出门啊。"霍焰坐在沙发上，在手机上敲着字。

林溪伸手贴上窗户，与室内截然不同的冰凉让她立刻缩回了手，指尖都蜷进了衣袖里："外面好冷啊。"

霍焰看着林溪笑，眼里带着点戏谑："这可是你自己选的地方，你得受着。"

林溪看着外头穿着长袄的行人，直接道："我后悔选这儿了。"

霍焰无奈。

"但是呢，"林溪话锋一转，冲霍焰笑，"来都来了，走，换换衣服，我们今天先去坐缆车好了。真希望缆车里也有暖气。"

衣服穿好，东西也都拿好了，一切准备就绪林溪却扒着宾馆大门不肯出来了。

"你倒是出来啊。"霍焰忍不住大笑，一笑嘴边就漫出一团团的雾气。

"外面太冷了。"

"这都是干冷，传说中的物理攻击，你衣服这么厚还贴了暖宝宝，不会多冷的。"

林溪在大厅里干号："太冷了，我真的出不去啊……要不你叫车吧，等车到了我再出去？”

这回霍焰没惯着，出来玩还公主病的话能玩到什么。

他直接三两步进入宾馆，一把抱起林溪，接着快走两步给她放到门前的空地上。

“这不就出来了？”

林溪站定后就想奓毛，结果跺跺脚、呵两口气发现——真的还好，能忍。

林溪直愣愣地站在原地，仰头看着霍焰：“那我们……出发？”

“嗯。”霍焰低下头，林溪穿了一身嫩黄色的长款羽绒服，头上戴着同色系的帽子，手上还戴着手套，衣服又穿得厚，原本苗条的身材变得圆滚滚的，噘嘴呵气的样子看起来跟小鸡仔似的。

目光渐柔，霍焰心下好笑，牵着她的手到路边拦车。

霍焰一边拦车一边看她，看了一会儿道：“要不中午我们吃烤鸡吧？”

林溪笑着说：“好啊。”

# 第九章
# 我做慈母你做严父

厚厚的云层散了些，露出了点太阳，皑皑的白雪反射着阳光，看起来亮晶晶的。雪地靴踩在积雪上咯吱作响。

“就不能好好走路？”

林溪理直气壮道：“不能。”

霍焰摇头直笑：“摔了可别怪我没拉住你。”

“那是肯定要怪的。”

霍焰走在敞亮干净的道路上，而林溪则小心翼翼地踩着旁边被扫起来的积雪，膝盖高的雪堆一踩就是一个坑。

林溪低着头专心得很，显然乐此不疲。

霍焰只好在一旁尽职尽责地牵着她的手，周围路过的人都会往他们这看一眼，还有的小朋友看见了吵吵闹闹也要来踩雪，结果被大人强制拉走。

他们是来坐缆车的，但是缆车在半山腰，雪天车子只开到山脚下，所以他们得自己走上去。

生活在南方几乎没见过几次雪的林溪玩心大发，虽然没表现得跟网上说的那么夸张，但霍焰也觉得差不多了，一下车就开始踩雪，都已经踩了一路了。

“再踩鞋要湿了啊。”霍焰忍不住提醒。

林溪却笑着抬头：“你要踩踩看吗？”

霍焰别过头，不屑道：“你当我跟你一样幼稚啊？”

林溪很认真地看着他：“真的很好玩，踩起来软绵绵的，还嘎吱嘎吱响。”

“你踩，我看着就行。”

“来嘛，一起啊。”林溪笑吟吟的，眼里嘴角都带着笑意。

霍焰扯了下嘴角：“行吧，陪你一次。”

一路过的大妈侧着头跟身旁的大爷道：“看那对小情侣，玩个雪都能玩得这么开心。”

“估计是南方来的小朋友，没见过雪。”

“我觉得也是。”

“见过的啊——”林溪抬起头笑，“南方也下雪的，就是小了点，没这么厚。”

大妈一愣，没想到背后说话被听到了，但很快热情道：“那你们在这好好玩，我们这儿就是雪多。不过要我说想玩雪还是得去滑雪场，那边的雪才叫大。”

林溪脆声应道：“好嘞，我们会去的，谢谢您啊。”

“你会滑雪？”霍焰早就在大妈说话的时候就从雪堆里跳了出来，他拍了拍裤子，发现裤脚有一点湿，他又弯腰去摸林溪的裤脚，“你也别踩了，都湿了。”

“没事，里面没湿就行。”林溪终于不踩雪了，她拍拍霍焰的手臂，“我们今天去坐缆车，然后明天去滑雪场滑雪好不好？”

“缆车一个来回要不了多少时间，下午就可以去滑雪。”

“慢慢玩嘛，我们可以在这里多待一阵，又不急着回去。”

“行吧，听你的。”

爬到半山腰也不是一件容易的事，尤其还是冬天穿得很厚，热得想脱衣服但又不能脱，爬了两百多级台阶的林溪就在一旁找了块石头坐着休息。

工作日，虽然是景点，但来的人也不是很多，而且来爬山的人里多是一些退休的老头老太，全都白发苍苍但身体健朗，爬山爬得比他们还要快，一会儿就不见了身影。

林溪深呼吸了一口气，接着便用手揉了揉鼻子，因为实在太冷了。

她朝霍焰勾了勾手指。

“嗯？”

“过来坐一会啊。”林溪拍拍身旁的位置。

霍焰坐了过来，林溪朝他怀里扔了个东西。

霍焰一时没看清：“什么？”

“花啊。”

霍焰瞅着脏兮兮还沾着点泥的小白花有点哭笑不得，但最后还是抓在手里没扔掉：“送我这个干吗？”

林溪哼了声：“自己悟。”

霍焰摸不着头脑，想了想道：“路边的野花你让我悟什么？让我别拈花惹草？路边的野花不要采？我就你一个好吧？你可别胡思乱想。”

“唉，你真的一点都不浪漫。”说完林溪摇了摇头，跳下石头拍了拍屁股，把东西收起来就继续往上走。

霍焰一脑袋的问号地跟在林溪身后：“就不能直说？”

“自己悟。”林溪还是那句话。

霍焰心里有点莫名其妙，行吧，悟就悟。

虽是半山腰，但靠两条腿走上去还真是不容易，尤其还是林溪这种体力跟耐力都不怎么样的，一路上休息了三四次。最后到达坐缆车的地方她腿都软了，在等待区靠着栏杆缓了好久都没缓过来，脸色苍白，一脸生无可恋。

霍焰倒是轻轻松松，除了出了点汗一点没事儿，还去店铺里光顾了一趟，带了瓶能量水和巧克力回来：“喏，吃点补充能量。”

林溪摆了摆手，说不出话。

霍焰站在林溪身前，边笑边嘚瑟地抖了抖腿：“这样就不行了？”

林溪疲惫地眍着眼，有气无力道：“霍焰。”

“嗯？”

林溪一脸忧伤：“我不想玩了，我想回去休息了。”

霍焰伸手拍了拍林溪的脸颊：“缆车的对头就是一块平地，上面有小客栈，有东西吃也可以住宿，但是要回去的话，”霍焰指了指遥远的入口处，“原路返回大概三四个小时吧，你现在这样估计五六个小时都有可能，不过往好的想，回去路上我们还能看一场落日，也挺美的。”

林溪听得快落泪了：“你能保证我们过去还能有房间住吗？别到了那儿连个落脚的地都没。”

“我保证有，你躺着的这两天我也做过功课。”霍焰信誓旦旦，“那个客栈装修得其实不怎么样，但是特别贵，所以没几个人舍得住，空房挺多。”

“专门等着宰我们这样的吗？”

“宰不宰这话跟我说说就行，别在别人跟前说啊。”

“为什么？”

“在山上造房子跟平地上造房子的难度不一样，贵才正常，不过网上评价说特别贵，还是有点宰客，嗯……那你愿意被宰还是走四五个小时下山？”

林溪泪眼汪汪：“被宰。”

看她那委屈样儿霍焰乐不可支，他笑着伸手去搀林溪：“行了起来吧，别坐太久，汗冷了容易感冒。”说着又伸手摸了摸林溪的额头，还好，不发烧。

林溪跟乌龟似的站直了身体，一步步地挪着走，霍焰没说什么，就在旁边陪着她。

好不容易坐上缆车，林溪大大地松了口气，缓了一会儿她便往窗户外看，一片白茫茫望不到边的森林在下面延伸开来。

好看是好看，壮观也壮观，可看多了眼睛受不了。

她便又扭过头看向坐在自己对面的人，缆车不大，就跟摩天轮差不多，单向一趟一个人一百五。

霍焰看起来气定神闲的，他也在看她。

他跷了个二郎腿，背往后一靠，手插在口袋里，见她看过来他便勾起点嘴角，表情柔和。

两人没说话，林溪干脆单手托着下巴跟他对视。

最后还是林溪先开口："外面那么好看，你不看看吗？"

"哪有你好看。"

林溪心想，这种撩妹小情话手到擒来的人，怎么连自己给他的那朵花的含义都参不透呢？

"可惜了。"

林溪问了句："可惜什么？"

霍焰嘴角的笑意越来越深："可惜这里太危险，不好做点什么。"

"思想真坏。"说完林溪冲他勾了勾手指，"你凑上来点。"

霍焰倾身："干什么？"

话音刚落，柔软的嘴唇上忽然多了点凉意。

霍焰微怔，很快便占回主导。

她的呼吸是热的，嘴唇却是凉的，但无所谓，吻着吻着也就热了。

缆车的另一头并非山顶，大概到这座山的五分之三处，离山顶还有一段距离。

他们着陆的这块地的范围挺大，不仅建了个客栈，还有好多小摊贩都聚集在这，中间划了块区域放凳子跟桌子，专供路过的人歇脚。

没一会儿，霍焰跟林溪一人拿了根煮玉米，边吃边四下眺望。

这一片群山连绵，一眼望不到头，甚至来时的路都看不见，只有一辆辆缆车慢悠悠地从云中出现，把人渡到这儿，接着又没入云中，消失不见。

林溪缓过了气，此时也优哉游哉地欣赏起了风景，过了一会儿评价道：“这地方拍恐怖片不错，一个都跑不掉，除非跳崖。”

霍焰：“你的思维能不能积极一点？而且有路呢，不然那些不坐缆车的人从哪上来的。”

“对哦。”林溪继续一声不吭地啃玉米。

虽然没有到达山顶，但站在山腰处也能俯瞰众多森林山峰，“一览众山小”的豪迈情怀还是不由自主地冒了出来。

之前累死累活的忧伤消失不见，取而代之的是一腔豪情。

想要说点什么，又想要留下点什么。

安静了一会儿，林溪忽然又托着下巴对霍焰道：“我想叫两声，你说别人会不会觉得我是神经病？”

霍焰问：“发泄地叫？跟电视里似的？”

“对，把那些憋在心里的话全都叫出来，感觉应该会很爽，不过……”林溪环顾四周，“是不是不太好？他们会不会觉得我乱吼乱叫没素质？”

霍焰揉了揉林溪的头，道：“我觉得还是别叫比较好。”

“你也觉得这样显得我没素质？”

“要叫也要去山顶上叫，没见过谁在半山腰上叫的。”

林溪忽然泄了气：“那我是没机会了。”

“怎么？”

林溪很惆怅：“我大概这辈子都无法登顶了。”

两人在山上开了一间房，林溪累得躺在床上，一觉睡到了第二天，醒来的时候她整个人都是蒙的。

霍焰还在熟睡，林溪动了下，发现他把自己搂得很紧，她整个人几乎被他困在了怀里。

这姿势实在不舒服，林溪想换个姿势，结果动了下腰酸得不行。

她推了推霍焰，霍焰似醒非醒地翻了个身，总算不再压着林溪了。

林溪不动了，躺在原地闭着眼喃喃：“好累啊……”

“那就继续睡。”

林溪抬头看他："你醒了？"

霍焰闭着眼："嗯，还想再睡会儿。"

林溪打了个哈欠，扭头窝进霍焰怀里，再次睡了过去。

等到霍焰再次醒来的时候发现林溪已经醒了，正坐在床上一动不动，不知道在想什么。

霍焰揉揉眼睛，问："什么时候醒的？"

"霍焰。"林溪转过头看着霍焰，语气有些严肃。

霍焰感受到了林溪语气的变化，但不知道发生了什么，脸上写满了茫然："怎么了？"

"你昨天晚上是不是没有做措施？"

霍焰一时愣在了原地，林溪无奈地叹了口气，看来一下山就得赶紧去买药才行。

"对不起，我……你……你很不高兴？"

林溪掀起被子下床，嘴里"嗯"了一声。

仍坐在床上的霍焰眼里有懊恼也有无措，林溪的一个"嗯"仿佛有千斤重似的，把他压得整个都颓废起来。

进了浴室后林溪边刷牙边搜了搜紧急避孕药的使用方法，发现时间完全来得及后她就很快调整好了情绪。

不管这次是霍焰故意的还是无意的，反正事情已经有了解决的办法，她也就没再多想什么。

洗漱完毕后两人下楼吃早饭。

饭桌上，林溪发现霍焰有点过于沉默，以往他都会说点什么带一带气氛，但这回一声不吭，只顾埋头吃早饭。

林溪觉得他肯定心里有事，但最后还是什么都没问，想着过一会儿就好。

结果下山的路上霍焰也一直都没作声，除非林溪问他才回一两句。整个对话中林溪特别被动，两次下来她也没了开口的兴致。

上山容易下山难，这句话林溪算是真真切切地体验到了。

她本来就体力不足，加上昨晚走了太多的山路，原本漫漫的下山路更加看不到头，偏偏一路上霍焰还不跟她聊天，这下她更加觉得无聊。

百无聊赖的林溪几次用余光瞥向身旁的霍焰，但对方仿佛完全屏蔽了她的信号，一点反应都没。

最终还是林溪耐不住性子，她又一次主动出声道："你到底在想什么呢？都沉默了一上午了。"

霍焰犹豫了一下，道："在想你可能不太喜欢的事情。"

"说出来听听？"

霍焰看了林溪一眼，想了想问："你……很讨厌孩子吗？"

林溪摇摇头："没啊，不讨厌啊。你弟弟我就挺喜欢的。但是喜欢不代表我想自己生一个，而且之前我们也说好了不生的，不是吗？"

霍焰呼了口气："是啊，说好了。"

"那你现在……嗯？"林溪忍不住蹙起眉。

霍焰看着林溪："你也不用紧张，我没后悔。我就是在想，做了避孕措施也不代表能百分百避孕，万一哪天你怀孕了？你会不会想生下来？"

林溪仔细地打量着霍焰的神情，随后她扭头继续看路，睫毛轻颤，声音淡淡道："不会，我不想生。"

霍焰点了点头没再说话，他抿着唇，下巴的线条连带着有些绷紧。

这副神情落在林溪的眼里有些不是滋味，霍焰的表情在她看来是明显的失落。显然，他对孩子还抱有念想。

可不生孩子是他自己主动提起并亲口答应的，她从没逼迫过他，而且之前明明说得好好的，难道没过多久就要反悔了吗？

两个人虽然手牵着手，但面色都不是很好，颇有些貌合神离的样子。

过了一会儿林溪说手冷，接着便把手从那只宽阔的大掌里抽了出来，插回自己的衣服口袋里。

手心忽然一空，霍焰微怔了下后低头去看林溪，试探性地继续去牵她的手，但是林溪不配合，还往前多迈了两步故意避开霍焰伸过来的手。

霍焰心下觉得好笑，怎么忽然跟小孩子似的发脾气了。

他快走两步跟上，也不强行牵手了，只跟她并排着走：“生气了？”

“没，就有点郁闷。”林溪侧头看他，面色不愉，“你就直说吧，是不是后悔当初答应我说不要孩子了？”

霍焰没有立刻回答，他看向前方，脚下是一层层石阶，远处是望不到头的山林与天空，他长舒了口气才回道：“也不是后悔。”

林溪追问：“那是什么？”

“没有的时候什么都想得简单，但是经历得多了，想得也就多了。”霍焰边说边拉了下林溪，让她贴自己近点。

“想多了然后就反悔了？”

霍焰揉了揉林溪的脑袋：“谁说我想反悔了？没反悔，就是有那么一点点遗憾吧。”

林溪心里清楚，霍焰并不是自发的丁克，他是因为她才接受了丁克的思想，所以心里会觉得遗憾也正常。但说好了就是说好了，她并不希望他们的约定有什么改变，而且……也不是她强迫他同意的啊，是他自己主动提出来的。

想了想，林溪别开眼低声道：“那你别在我面前遗憾，我会觉得你想变卦。”

霍焰笑笑：“放心吧，不变卦。”

“你说的啊。”

“好，我说的。”

过了一会儿，林溪忍不住问道：“你很喜欢小孩吗？”

霍焰愣了一下，随后笑起来道：“也不是很喜欢，就是……还行吧，还算喜欢。”

“哦。”

话题到此为止，两人都没再说什么。

渐渐的，上下山的旅客多了起来。

他们正在走的这段路边上没有锁链也没有栏杆等防护措施，因此林溪走得十分谨慎，霍焰在一旁倒是轻松得很。

“姐姐，可以让我一下吗？”

林溪扭头一看，是个七八岁的小男孩，长得还挺可爱。

她道：“好啊，让你先走。”

“谢谢姐姐！”小孩高兴地笑着。

路不宽，林溪便想走到霍焰身前，这样正好可以给小孩让路：“我走你前面。”

霍焰：“好。”

林溪往斜前方走了一步，但台阶不宽，她这一脚下去只在台阶上踩了个脚跟，很明显没有踩稳。

果不其然，下一瞬林溪整个人就向下倒去。

“啊！”林溪尖叫一声，她条件反射地想要挥舞着手臂保持平衡，可偏偏双手因为冷都插在口袋里，因此挣扎都没法挣扎，整个人直接往下摔，走在她身后的霍焰反应再快也没办法在这种台阶上抓住她，而且事发突然，冬天又穿得多，霍焰匆忙下只抓住了林溪厚厚的羽绒服，而且没抓几秒衣服就脱手了！

霍焰心头巨震！

“林溪！”

这条山路没有任何防护，旁边虽然树枝丛生，但到底还是悬崖，摔下去肯定没命！

万幸，林溪并没有滚下去，她是背朝台阶往下滑，路面干燥加上又是山路，在阻力的作用下她只滑了几个台阶便不再往下滑。

下滑的趋势终于止住，霍焰赶紧过去蹲在她身旁问：“怎么样？摔到哪儿了？”

林溪缩着一只手，眉头拧紧，脸色煞白，完全说不出话来。

霍焰看了眼问：“手摔断了？”

林溪苍白着脸：“不知道，但是很疼，特别疼。”

霍焰皱着眉焦急地环顾了下四周，低低地骂了声。

偏偏是摔在山上，车上不来，路况不好他也不可能背着她下去，霍焰心下再怎么急没办法，想来想去还是只能林溪自己走下去。

“我先扶你起来，你还能走吗？腿有没有伤到？脚呢？”

“都没事，就手特别疼。”林溪被他搀扶着站了起来，她穿得厚，浑身上下只有手摔下去着地时伤得最严重。

“这里车上不来，我也不敢背你，只能你自己走下去，我搀着你，你忍一忍可以吗？”

林溪的额头已经沁出一层冷汗，她咬着牙点了点头：“好。”

林溪吸了吸鼻子，她觉得自己无比倒霉，手疼得很，估计不是骨折也得是骨裂。

本来就疼了还得下山，一动更疼，可又没办法不动。

他们走了一个小时才终于走到了山脚，坐到出租车上的时候林溪已经出了好几身汗，里面的衣服几乎都湿透了。

“师傅，去最近的医院，麻烦快一点。”霍焰安抚地亲了亲林溪的脸颊，又给她擦着汗水，“忍一忍，很快就好了。”

林溪有气无力地点了点头。

两人马不停蹄地赶到医院，医生让林溪先去拍片。

大概是痛得太久已经麻木了，好不容易安定下来，林溪反倒不急着动，甚至还想起了避孕药的事情，她问医生：“骨折的话可以吃紧急避孕药吗？会不会有影响？”

医生一听皱起眉：“最好是不要吃。”

“那我该怎么办？”

医生皱了皱眉，他给林溪做了简单的包扎固定，然后让她先去查一下是否怀孕再说。

出了房间霍焰赶紧问道：“你怀孕了？”

林溪蹙着眉：“应该没有。”

“一个多月没来月例不是怀孕是什么？”在等待的期间霍焰也查了下手机，他有给林溪做过记录。

手实在疼，林溪顶着一脑门的汗，有些烦躁道：“我只是月经不规律而已，以前也经常一个半月不来，甚至有时候压力太大还有两个月不来的，很正常。”

霍焰一时无话可说。

林溪看着到处都在排队的景象，有些虚脱地在走廊的椅子上坐下，她对霍焰说：“你去买验孕棒吧，我就坐在这等你，我真的一点不想动了。”

“嗯，你在这别乱动。”

霍焰被发配去买验孕棒。林溪一边深呼吸缓解疼痛，一边拿着手机搜索怀孕和骨折的相关事宜。

关键词搜索：骨折、怀孕——

“骨折了肯定不能生小孩啊，吃药会致畸的。”

“骨折得照X光，全是辐射，就算怀孕了也得流掉，否则生出畸形或者残疾的孩子怎么办？要对孩子负责啊。”

“如果是必须动手术的那种骨折肯定是别要孩子了，一些小骨折的话可以不做手术不吃药，让身体自己愈合，就是过程比较痛苦。”

“伤筋动骨一百天，骨头生长需要营养，怀孕也是需要营养的时候，两个一起的话反而一个都弄不好。”

“我就是骨折的时候怀孕了，坚持要生，结果最后骨不连，都生完孩子一年了骨折的地方还没有长起来，还得再做手术，唉。”

林溪越看手机心情越烦躁，这时正好霍焰买了验孕棒过来。

林溪接过后直接进了女厕，锁上隔间门后按照上面的指示进行一步步的操作。

虽然觉得自己不可能怀孕，但过程中林溪还是不免紧张起来。

然而命运就是这么有意思，不要什么偏偏就来什么。

林溪看着那两条杠有些傻眼了，她拿起使用说明上的图反复看了好几遍，不信邪地又测了一回，结果最后都显示两条杠。

她确确实实怀孕了。

但是她怎么可能会怀孕呢？

如果是昨天的话不可能这么快就验出来，那应该就是之前，但他们次次都是做了措施的，所以……到底为什么会怀孕？

林溪的额头不停地冒着虚汗，她已经疲惫不堪，脑子也很迟钝，她闭上眼努力地回想着，想了好一会儿才想起头几次的时候霍焰用的安全套是小区投币机里买的，两块一个，质量一般。

林溪觉得自己找到了原因，但是就算真的是这个原因现在纠结也没什么意义，因为眼下最大的问题是——她怀孕了，而她并不想要。

她和霍焰早上的时候就在要不要孩子这个问题上产生了一点分歧，虽然最后霍焰还是表示支持她，但林溪清楚，霍焰心里对孩子抱有渴望。

她可以按着自己的想法直接把孩子流掉，但这势必会伤霍焰的心，即使他嘴上不说，但心里肯定会很难过。

他对她真的很好，所以林溪也并不想让他伤心。

“做不到就不要乱许诺啊……”林溪轻叹了口气，有些无奈地看着地面。

生孩子本来是在她的婚姻计划里的，但霍焰说了可以不要后她立刻把这一项踢了出去，她以为他们已经统一了战线，然而并没有。不仅没有，问题还在矛盾没有彻底解决的时候蹦了出来，逼着他们去面对，还有做选择。

很烦，也很累。

手臂在一抽一抽地痛着，一点点地抽干林溪的精力。

她仰起头闭上眼，煞白的脸在厕所间的白炽灯下更显脆弱，乌黑的鬓发贴着脸颊，衬得她万分憔悴。

“咚咚咚——”

林溪微微蹙眉：“有人了。”

“你是叫林溪吗？”

林溪不解地睁开眼：“是啊，怎么了？”

“你男朋友让我进来看看你，他说你进来好一会儿了，不放心你。”

林溪愣了下，道：“好，谢谢你，我没事，待会就出去。”

“好的。”

林溪抿了抿唇，又出了会神后她艰难地弯下腰把用过的验孕棒等东西都扔进垃圾桶。

她推开隔间门后洗了个手，一出去就发现霍焰跟一尊门神似的守在门口，见她出去就立刻迎了上来。

他神情急切：“你没事吧？怎么这么久？”

林溪轻声说：“我怀孕了。”

“什么？！”霍焰的表情有刹那的空白。

林溪皱了下眉，别开眼道：“别在门口挡着别人，我们换个地方说。”

霍焰看起来很着急，但顾着她的身体又只好强行按捺住，搀着她慢慢地走着。

终于穿过走廊进到冷清的楼梯拐角，霍焰再按捺不住，急切地问：“你刚刚说什么？你说你怀孕了？”

林溪点点头，神情淡淡地看着霍焰道：“嗯，怀孕了。”

霍焰的眼里是掩饰不了的激动和喜悦，但没一会儿他就皱起了眉头，眼神也飘了下。

林溪看到了他上下滚动的喉结，感觉到了蕴藏在这些小动作里的紧张和忐忑。

“你……是不是不打算要？”

林溪轻声问他：“你想要吗？”

霍焰没有立刻回答，他仔细地观察着林溪的表情，想从上面找出点什么，但她的表情语气都太淡然，一点都没有得知自己怀孕后的喜悦。

他那颗原本怦怦狂跳的心慢慢落了回去，脑子像是忽然清醒了过来，什么喜悦，什么激动，全都渐渐褪去。

是啊，他怎么忘了呢，她是真的不想要孩子啊。

“先去把伤处理了吧。”霍焰冷静下来，喉咙干涩道，“孩子……要不要都可以，你决定就好。”

林溪缓缓地点点头：“好，我知道了。你扶我去医生那吧，让我靠靠，我好累。”

“嗯。”霍焰避开林溪的右手，从左边把她揽进怀里。

回医生那儿的一路上两人都没再说话，直到走到门口的时候林溪才开口道：“你在这等着，我一个人进去就行。”

霍焰蹙眉：“为什么？”

林溪微仰头看他，她脸色不佳，嘴唇泛白，语气却仍是淡淡的：“怕你难过。”

霍焰顿住脚步，随后默默地点了点头：“好，知道了。”

他的语气很沉，眼里有不难看出的失落。

见林溪看他，霍焰扯了一个笑，揉了揉林溪的头发：“进去吧。”

林溪没有进去，她盯着他看了一会道：“霍焰，你这是在变相地给我压力，你后悔了对吧？”

霍焰愣了一下。

没等霍焰开口，林溪便又道：“霍焰，你要记得是你跟我说可以的，所以不管我做什么选择，你都不能怪我。”

霍焰勾了勾唇，强笑着揉了揉又林溪的头：“我不怪你。”

林溪垂下眼：“那好，我进去了。”

“好。”

林溪进去了，霍焰在门口的椅子上颓然地坐下。

他后悔了。

开始的时候许诺真的容易，因为他以为自己对孩子无所谓，但后来在不知不觉中想法发生了改变。

以前见到可爱的小朋友霍焰顶多逗一下，心里想的都是“哟，这孩子挺有意思的”，后来看到可爱的小朋友脑子里会不由自主地冒出“我要是有闺女肯定长得比她还可爱”“这要是我闺女我肯定什么都给她买”“女宝真好，贴心小棉袄”等等——他开始不由自主地把自己代入父亲的角色。

以前他最不耐烦在朋友圈里疯狂发自己孩子动态的人，现在偶尔还会点进去看看。

很显然，他的心态和想法变了。

对着林溪，“想要孩子”或“他后悔了”这类的话实在说不出口，一是出尔反尔的做法太难看，二是不想让林溪为难，但是“都行，都可以”等中性的话也没有多大意义，说起来他还是在潜意识地在把问题抛给林溪。

甚至不可否认他确实存了小心思，虽然话没有直说，但或多或少地把想法和情绪放在了脸上——他在暗示。

林溪看出来了，不过她不为所动。

她肯定会选择流掉孩子的。

霍焰烦躁地揉了揉脸，长叹了口气。

他有些坐立不安，双手环胸，腿也不停地抖着，不时地站起来在门口徘徊，却终是没有迈进去，因为他没有勇气去听她跟医生说不要孩子的话。

过了很长一段时间后，林溪满脸虚弱地从房间里走了出来，原本穿着的羽绒服变成了披在身上，她的右手用夹板包着吊在胸前，整个人看起来憔悴极了。

霍焰赶紧站起来扶她：“伤都处理好了？”

林溪点点头：“嗯，我们回去吧。”

“不用住院吗？”

林溪靠在霍焰怀里，她实在是站不住了：“不用。”

霍焰微怔，随后又忍不住狂喜，骨科医生不可能去做流产手术，所以……林溪也改变想法了？虽然心下雀跃，但他还是按捺着道：“手是怎么回事？”

“骨折了。”林溪的声音很轻，仿佛下一秒就能睡过去。

“医生有没有开药？”

“没。”

见林溪的眼皮耷拉着，明显没什么兴致，霍焰也不再询问，只道：“你先在这坐一会儿，我去医生那问问情况。”

林溪一只手抓住霍焰的衣服，坚持道：“不用，回去了我跟你说。”

见霍焰还在迟疑，林溪用额头抵住霍焰的胸口，似恳求又似发脾气道：“霍焰，我真的累了，我现在就要回去。”

“好好好，知道了。”

霍焰只好揽着她打车回了酒店。

一回房间林溪就躺床上睡了，连鞋子都没来得及脱。

霍焰轻手轻脚地给她脱了鞋子裤子，打算脱衣服的时候发现她披在外面的外套还好好的，但里面的衣服袖子都被剪掉了。

衣服肯定没用了，霍焰找了把剪刀小心翼翼地把剩下的衣服剪开，帮她脱掉后又盖上被子。

事情都做完后，霍焰坐在床边看着林溪，看着看着，便忍不住地勾起了唇，他搓了搓手又在手上哈了哈气，等手热了后才伸进被子里，一点点地摸上那仍旧平坦柔软的小腹。

“霍焰。”

霍焰一愣：“你还没睡？”

“别摸了。”

“你……”

“医生让我过两天去医院做B超。”

霍焰一惊：“做B超？做B超干什么？”

林溪艰难地翻了个身，看着霍焰道：“术前准备。”

霍焰整个人怔住了，他张了张嘴，却跟失语了似的说不出话。

好一会儿霍焰才道：“林溪。”他的声音沙哑，气息有些不稳。

“嗯？”

“别去做手术……”

“什么？”

霍焰垂下眼，有些愧疚道：“对不起，我后悔了。”

回应他的是林溪的沉默。

霍焰心下忐忑，见林溪一直不回应，等了一会儿后他长出了口气，直直地看着林溪道：“我想了想，就干脆直接说了吧。林溪，我后悔了，我想要这个孩子，那时候跟你承诺是我没有考虑周全，我以为……我以为我无所谓，但是现在发现自己很在乎。这件事是我出尔反尔，也是我的不对，但是林溪……我是真的想要他，我想要个你跟我的孩子。”

林溪不为所动，轻声问道：“那你跟我承诺的别的算数吗？”

霍焰赶紧点头：“算数。”

林溪轻轻地眨了眨眼，道：“以后又觉得考虑不周了怎么办？”

“不会……”话说到一半霍焰忽然顿住，因为他自己都觉得这话说出来没有可信度。

林溪垂眼看着那不停揪着被子的手，忽然觉得有些好笑：“霍焰。”

“什么？”

林溪对上霍焰的眼睛，道：“骨折是医生根据他的经验跟我说的，其实到底怎么样他也没能给我确定的说法。”

霍焰皱眉：“怎么回事？”

“医生需要通过片子来确定我的伤势，但是拍片就得照X光，有辐射。”

霍焰瞬间明白过来，他有些难以置信地看着林溪。

“医生建议我去做B超也只是个常规检查，毕竟我在山上摔了一跤，虽然现在没什么感觉，但总得查一查才能安心。”

霍焰有些发愣：“那你跟我说什么术前准备？”

林溪轻轻笑了起来：“吓吓你，顺便套点话。”

霍焰单手抚额长长地舒了口气，他整个人瞬间都放松了下来：“这一点都不好笑。”

“你出尔反尔也一点都不好笑。”

霍焰语塞。

他抬头去看林溪，发现她虽然在笑，但并没有多开心的样子。

林溪不再看霍焰，她仰面朝上，眼睛不知道在看哪儿：“我今天在医生那犹豫了很久，因为不知道到底要不要生。”

“但是你最后还是决定把他留下来了。”霍焰伸手隔着被子轻轻覆上林溪的小腹。

“嗯，是你让我下定决心要他的。”

霍焰问：“那你呢？你难道就一点不想吗？”

林溪笑了笑：“嗯。”

林溪缓缓道：“以前我私底下跟我妈提过，说以后不想结婚，不想生孩子，就一个人过，胡天海地地到处玩，直到把一生都玩完，黄土一埋了之。我妈那天骂了我，说我没责任感，说我自私只顾自己，要所有人都像我这么想人类不得灭绝。我当时觉得她评价得挺对，但后来想想又觉得不对。

“我能好好地活到现在，必须感谢我的父母，所以我听他们的话，我感恩他们。其他人用不着我来负责，所以除了父母我只要对自己负责就好。我只不过是把我的时间精力还有未来全都划给了自己而已，这在我妈看来就成了自私。我确实只想着自己，但是我不占别人便宜，遵纪守法，自己的东西归自己所有就算自私吗？我觉得不算。”

霍焰不知道林溪这番话的用意，他蹙着眉：“这么说确实不算……”

“而且人类灭不灭绝又不是我一个人决定的。”林溪笑笑，“我觉得我只是心小，里面只容得下我爸我妈还有我自己，根本不想再考虑别人。但造化弄人，现在里面多了个你。”

霍焰像是懂了什么似的，问：“那我们的孩子能进去吗？”

“会的吧。”

霍焰挑眉：“吧？这么不确定？”

林溪用眼神示意霍焰看自己的胳膊，然后道：“他目前对我来说确实是个麻烦，如果不是你，我不可能会考虑留下他。但他毕竟是我的孩子，生下来了我想我肯定会爱他、对他负责的。”

霍焰看着林溪，不由得思索起来。

林溪的这套理论听着挺怪，但也是有逻辑可循。

她对于感情是真的很谨慎，需要先接收到别人的情感然后才会回应，她和她父母、还有他和她之间的关系都是这样，都是由他们先投入，她再给予回馈。

这算是从索取型人格到奉献型人格吗？

霍焰弄不懂，只是没想到她对自己亲生的孩子都是这样。

“我以为所有的母亲都会爱自己的孩子，无条件的那种。”

林溪眼睛都不眨一下地道：“那我大概是个例外吧。其实我有点怕把孩子带成‘妈宝’，他如果以后不听我的我大概会疯。”

霍焰想象了一下，忍不住笑了出来：“他要是不听你的我就揍他。”

林溪也笑了，她叹道：“希望他会给我带来惊喜，就像你一样。”

霍焰俯身亲了亲林溪的唇：“那他要偏偏是个调皮捣蛋的怎么办？”

林溪想了想道：“在家听话就成。”

“跟你一样？那他该多压抑。”

“不啊，就在我面前乖一点就好。其他的我不管，嗯……他做什么都可以，只要不违法乱纪就行。”

“你不管的话他学坏怎么办？”

林溪理直气壮：“这个归你管，我做慈母你做严父啊。”

“好吧。”霍焰失笑。

“霍焰。”

“嗯？”

“幸亏我遇到的是你。”说完林溪笑了笑，接着便闭上眼睡了。

霍焰坐在床边也轻轻地笑了起来。

看来林溪也知道自己脾气怪，但她脾气怪还只允许自己说，不允许别人说，要是说了她还有一大堆理由反驳。

他怎么就偏偏喜欢上这么个小心眼的家伙呢？

心里这样想着，手却轻柔地把林溪遮在脸颊上的头发拢到耳后，霍焰注视了一会儿便慢慢起身，他写了张字条放到床头柜上，然后披了件衣服出了门。

顾不上吃午饭，霍焰直接在门口打了车。

“师傅，去第一附属医院。”

“好嘞！”

林溪是被疼醒的。

她睡着时翻身不小心压到了受伤的手，疼得她猛然惊醒，坐起来后整个人头晕眼花，只好闭眼皱眉等着脑袋里晕乎乎的感觉过去。

好不容易好了点，坐在床边一动不动的人又吓了她一跳。

林溪手按在胸口，皱眉道：“你坐在这干吗？”

霍焰紧抿着唇，眉间明显的川字透露着他的情绪：“我刚刚去了趟医院。”

林溪用那只没受伤的手揉了揉太阳穴：“然后呢？”

“你没必要为了我这么做。”霍焰盯着林溪叹了口气。

等林溪睡着后他去了趟医院，找到给林溪看病的医生问情况，结果得到的回答令他大吃一惊。林溪拒绝了拍片和用药，求着医生用最原始的办法给她把伤处理了。

林溪不以为意，觉得舒服点了便又躺了回去。

她打了一个哈欠，看着霍焰道：“所以你现在是想跟我商量不要孩子吗？”

霍焰面色沉沉，情绪低落得很：“嗯。”

“我不要。”林溪毫不犹豫地拒绝。

“你知不知道你在做什么？”霍焰出了医院后抽了很久的烟，此时一激动声音都嘶哑起来，“孩子没了还可以有，我也问过医生，你现在怀了一个月左右，这时候做手术对以后几乎没什么影响，而你的手就这么随便处理是会影响一辈子的，等你把孩子生下来骨头早就长好了，到时候再发现移位长歪还得重新动手术，再受一次苦。”

林溪的面色仍很苍白，但她笑吟吟的，一只手在霍焰胸口不停地抚着给他顺气：“心疼我呢？”

霍焰抓住林溪的手：“你别犟。”

“我没犟，手术过多久都能做，孩子我只想生这一次。”林溪微垂着眼，伸出手指跟霍焰十指交缠。

霍焰一下没了声。

林溪又说：“意外来一次就够了，你还想来几次？”

霍焰盯着林溪半阖的眼睛，终是说不出话。

林溪拉着霍焰的手放在自己的小腹上：“我听到他说妈妈很臭，想爸爸抱妈妈去洗澡。”

听到“爸爸妈妈”这几个字，霍焰微微动容，好一会儿后他长长地叹了口气，伸手把林溪从被子里小心翼翼地抱了出来。

林溪高举着那只受伤的手，颈间和背后还有未干的汗液，肌肤摸起来滑腻腻的。

房间里暖气很足，一点都不冷。

往浴缸里放水的时候，霍焰就抱着林溪坐在床边，他把头埋进林溪的脖颈间，林溪耸了耸肩，不愿意道：“臭的，都是汗味。”

“不臭。”只是原本的甜香味更浓些罢了。

林溪小声嘟哝：“我头发都有点打结了。”

“待会我帮你梳。”

“好。”

美人在怀，又几乎不着寸缕，但霍焰没有别的心思，他的注意力都在林溪那只包着夹板的手上。

他是真的心疼，也是真的愁。

他觉得林溪太固执，明明有更好的解决办法却非要拿自己的身体冒险，但他也自知理亏，心里十分愧疚。

各种滋味在心头交集，最终化成一声叹息。

“疼不疼？”

林溪精神不佳，倚在霍焰胸前闭着眼道：“疼，不过还好，受得住。”

“我们过两天回去吧，这里太冷，你伤着胳膊做什么都不方便。”

“再说吧，我现在不想回去。”

“过两天要去做B超，到时候你衣服怎么穿？今天我就是把你衣服剪了才能脱下来。”

林溪也有些犯难，但她懒得思考：“再说吧，我真的好累，不想动，还有啊，你别跟爸妈他们说我怀孕的事情。”

霍焰以指为梳，理着林溪那头乌发：“为什么？”

“我不想天天待在家里。”

“好。”

洗澡的时候林溪坐在霍焰身上，他揽着她给她打泡沫，还给她洗头发，从头到脚仔仔细细伺候了一通，一点都没要她动一动手。

林溪被弄得舒舒服服，出浴室的时候头一点一点的像是下一秒就能睡着。

霍焰把她塞回被子里，再给她盖好被子。

沾到枕头林溪反倒不睡了，她迷迷蒙蒙地睁开了眼，拿出手机看了眼时间。

手臂还在痛，虽然痛感在承受范围之内，但一直疼着也让人心下烦躁。

见林溪躺好了霍焰转身打算回浴室，但刚转身大腿后侧就被脚趾勾了下，他转过身看着她，而她不为所动，从被子下伸出来的脚继续一下下踩着他紧实的大腿肌肉。

“别闹。”霍焰抓住她的脚。

“我手疼得心烦。”林溪蜷缩脚趾，扒住霍焰的手。

“别光想你的手，也想想你的肚子。”

“我知道。”林溪道，“你去把窗帘都拉上。”

霍焰站在原地没动。

“快去啊。”林溪踢了踢他的手。

“你到底要干吗？”嘴上这么说，霍焰还是去把窗帘拉了起来。

窗帘拉上，房间里瞬间暗了下来。

霍焰回过身发现林溪掀开被子，把受伤的手露了出来。

“手疼得我心烦。”她瘪着嘴唇，可怜兮兮地看着他。

霍焰叹了一口气，心甘情愿地低下头，小心翼翼地捧着林溪的手，对着伤处哈了一口气。好一会儿后，霍焰抬头看着林溪，轻声问道："这样好点了吗？"

她点点头："嗯。"

两天后，林溪去医院做了B超，已经怀孕一个多月。

霍焰知道后很高兴，几乎每时每刻都围着林溪打转。

两天下来他已经把乱七八糟的思绪都消化好了，有些事情真的没什么好一直挂在心上的，发生都发生了，愁也没用，还不如顺其自然地过。

林溪这一点霍焰就挺佩服，尤其离开家后她更是想一出是一出，不管什么事在她眼里都没有让自己开心来得重要，即使肚子里多了个孩子，她的潇洒日子也要照样过。

检查完知道孩子一切安好后，林溪当天就拉着霍焰去了滑雪场，自己不能滑雪，她就让霍焰滑给她看。

之后更是能怎么来就怎么来，医生不建议文身，她就把想要的图案下载下来，找人做成贴纸印在皮肤上过瘾。

除了烟酒外她几乎不忌口，尤其怀孕后林溪特别爱吃辣，霍焰也纵着她，她还说她馋成都的串串跟火锅了，霍焰直接买机票，隔天两人就到了成都。

一开始霍焰还会劝她悠着点，后来干脆就不劝了，因为他知道林溪自己有分寸，而且看她这么开心，他心里也高兴。

不过日子一长，霍焰就暗暗考虑起婚礼的事情。

既然林溪已经怀了孕，七八个月后就要生产，而现在知道他们的关系的人就那么几个。如果等到孩子出世再宣布他们已经结婚，肯定会有很多人在背后议论，总归对林溪的名声不太好，所以他最近一直在心里思考婚礼的事情。

但他现在还很犹豫，因为不知道林溪的心思如何。

她看起来根本没有要举办婚礼的意思，之前他们也因为婚礼这件事起过争执，争执的结果就是林溪觉得不是时候，当时他也同意了林溪的想法，所以现在林溪不表态，他也举棋不定，更不知道现在两人的关系有没有到林溪觉得能结婚的程度。

而且如果要举行婚礼，那求婚仪式肯定少不了。

可要是他做了一系列的准备，最后林溪还是觉得不是时候怎么办？那不就很尴尬了吗？可如果求婚不能给林溪一个惊喜的话，这求婚又有什么意思呢？

因此霍焰很纠结，这婚，到底是求还是不求？还有婚礼，到底是办还是不办？

“在想什么？”

霍焰从思绪中回过神，迅速找了一个借口道：“在想明天带你去吃什么？”

林溪点点头，吸了口酸梅汁道：“当然还是火锅啊，来重庆不吃火锅吃什么？”以前林溪觉得这种又麻又辣的味道特别难忍受，但怀了孕后忽然喜爱上了辣食，光是看着火锅里飘着的红油都直流口水。

“虽说不忌口，但火锅这种多油重调味料的东西还是不要一直吃比较好，要不接下来我带你去江南水镇那边玩？那儿的清蒸鲈鱼挺有名的。”

“可我最近就爱吃辣。”

霍焰伸手摸摸林溪的肚子：“乖啊。”

林溪的视线随着霍焰的手也落在了自己的肚子上，不过才两个多月，肚子还很平坦，看不出什么变化。

里面的小家伙也乖得很，没折腾过她。

“真好。”

“嗯？”

林溪看着霍焰，笑道：“宝贝超乖，一点都不闹人。”

霍焰也笑着揭短：“前两天不还失眠了吗？”

“那是因为天太热，空调也吹多了。”

“你说了算。”霍焰倾身上前，隔着衣服亲了亲林溪的肚皮，“那还想不想去水镇？”

林溪摇摇头：“现在是夏天，除了东北其他地方都很热，而且水多的地方蚊虫也多，都不适合我，我们还是在北欧地区找个地方旅行吧。”

“想去哪个地方？”

“嗯……”林溪把酸梅汁放到一边，躺在摇椅上晃了两下才道，“我们去丹麦吧，哥本哈根，去看看小美人鱼的雕像怎么样？”

霍焰拿了一张湿巾给林溪擦了擦额头和脖子，怀了孕后她体温升高，比往常容易出汗：“好啊，我现在订票。”

林溪侧过身看霍焰：“你呢？有没有想去的地方？”一直都是她来选地方拿主意，霍焰从来没说过自己的意见。

“我都想去。”霍焰低着头在手机上订机票，“明天上午十点的飞机怎么样？先飞法兰克福，然后再转机到哥本哈根。”

“就没有特别想去的地方吗？”

霍焰从手机里抬起头看着林溪：“怎么了？”

林溪坐直了身，认真道：“一直都是我在选地方，你就没自己的想法吗？一直都我来决定不太好，对你不公平，万一我选了一个你不想去的地方你心里不高兴怎么办？”

霍焰收起手机，伸手捏了捏林溪的脸颊，他眉眼带笑，一副很高兴模样：“世界那么大，我都想看看，地点你选，我都奉陪。”

林溪垂眸：“唔……”

“怎么了？”

她摇摇头，说：“选明天傍晚的飞机吧，我们吃过晚饭再走，然后上飞机直接睡觉，一觉睡醒应该正好到早上，然后再精神满满地转机。”

“你没算时差，那儿要比我们这晚六个钟头。”霍焰耐心解释，“如果是十点出发，到那边差不多是北京时间二十四点。但当地时间是十八点，也就是晚上六点钟的样子，这样的话我们到地方可以直接进酒店睡觉，都不用倒时差。”

"啊……好吧，那听你的。"

"嗯。"霍焰又低头在手机上操作起来。

林溪没事做，就端起杯子看着霍焰。

他越来越宠自己了，几乎事事都不让她做，什么都百依百顺，就跟有求必应的叮当猫似的。

她偶尔会在和赵乔的聊天中提到霍焰，对方对霍焰评价最多的就是"绝世好男人"，要她好好珍惜。

珍惜啊……

是该珍惜，但到底要怎么珍惜呢？

因为他们之间都是霍焰付出得多，她是无论如何都比不上的。

霍焰忽然喊了声："林溪。"

"嗯？"

"你觉得哥本哈根这地方浪漫吗？"他没看她，仍低着头，手指在屏幕上写写画画。

她眨了眨眼："浪漫？"接着摇摇头，"小美人鱼最后都变成泡沫了，凄美倒是挺凄美的，浪漫实在是够不上。"

霍焰顺势问："那你觉得哪些地方比较浪漫？"他的语气非常平淡，就跟随口一问似的。

林溪便随口道："法国、荷兰、意大利，还有罗马和希腊，都挺浪漫的。"

"那这里面你最喜欢哪个国家？"

这一问让林溪这个写了无数本言情小说的人警觉了起来，她问："你问这个干什么？"

"就随口问问呗。"说完霍焰轻飘飘地转移话题，"票订好了，今天晚上就收拾东西，明天早上我八点半喊你起床。"

"哦……"林溪一边喝酸梅汁一边盯着霍焰看，过了一会儿道，"荷兰吧，那儿有很多风车，我很喜欢。"

"嗯。"霍焰暗自记下，但一点不露声色，"你酸梅汁也别喝太多，喝多了晚饭又吃不下了。"

林溪哪是那么好忽悠的，这几天霍焰老是一个人愣神，现在又问她喜欢的城市，难道是要想找地方度蜜月？或者说……求婚？举行婚礼？

霍焰不说，林溪也没主动询问。

之后去哥本哈根的路上她时不时地观察着霍焰的一举一动，最后她得出一个结论，应该就是求婚没跑了。

霍焰实在不会掩盖心思，有天晚上她在刷小红书，正好刷到一则关于钻石收藏的视频，她一句话都没说，在她旁边看球的霍焰就主动凑了过来，状似无意地问她："你喜欢什么样的钻石？"说话的时候甚至看都没有看她一眼，就好像真的是随口一提似的。

林溪也很配合，也"状似无意"地"随口"回了一句："式样好看的都喜欢。"

霍焰"哦"了声，没再说话。

之后的旅行中类似的问答还不少，走在普罗旺斯花田里的时候问她喜欢什么花，参观圣彼得大教堂的时候又提了一句这个地方很神圣，挺适合结婚的……

种种"不经意"的话加起来，林溪再感觉不出来就是傻子了。

但她还挺乐在其中的，面上假装不知道，其实内心一直偷偷期待霍焰做点什么，猜他什么时候能下定决心求婚。

可过了一个月，霍焰都没有任何求婚的举动。

他不动，我不动。

林溪知道了也一直没说破。

## 第十章
## 孩子你带，狗我来养

✦✦✦

一天晚上，林溪接到了母亲打过来的越洋电话，问他们什么时候回去，说是他们的婚房通风通得差不多了，甲醛检测也都达标，可以入住了，总之就是明里暗里地让林溪回C市待产。

林溪不同意，母亲就说起了另一件事，就是婚礼。

婚礼的事情霍焰父母早就跟他们提起过，但是他们没给回音，两个人又一直在各处游玩，两家的长辈就只好互通想法，最后派林溪的母亲来说。

“婚礼啊……”

霍焰的耳朵动了动，原本还在打字的手停了下来。

林溪对着电话道：“等我生完孩子再说吧，我最近没有回去的打算，而且婚礼太费神费力了，我现在怀着孕也实在没精力。”

霍焰收了手，朝林溪的方向侧过身。

“没事的，不会议论的，一句话就能解释清楚的事情，而且我和霍焰都是年轻人，比较新潮爱玩这不很正常吗？什么未婚先孕，妈，这又不是古代，而且我和霍焰又不是什么大人物，哪会有人自己的日子不过天天惦记着我们……”

林溪很淡定，一边说话还拿了颗糖果吃，反倒是一旁的霍焰不太淡定了。林溪还是不想跟他举行婚礼？

林溪一锤定音："不回去，不办婚礼，随他们去，我们不在乎。"

霍焰忽然站了起来，林溪吓了一跳，用惊讶的眼神看着他，就是不说话。

最后，林溪只好跟母亲念叨了几句后挂掉电话，问霍焰："怎么了？"

"你不想举行婚礼？"

"想啊。"

"为什么？"问完霍焰才反应过来林溪说的是"想"，他诧异又不解，"那你为什么要跟你妈说不举办婚礼？"

林溪拿薄被盖在腿上，靠着枕头道："那种给别人看的婚礼我不想要，我想要的是我们两个人的婚礼。"

霍焰走过去，坐在林溪身旁看着她的眼睛："什么样的婚礼算是我们两个人的婚礼？"他眼眸漆黑，却藏着亮光。

林溪单手托着下巴，眉眼弯弯地看着霍焰："最近是不是就是在想求婚和婚礼这事？"

被她忽然点破，霍焰没话说了。

"我就知道。"林溪笑容满面。

"什么时候知道的？"

"很早就知道了，嗯……一个月前吧。"

霍焰皱起眉："那你怎么一点反应都没有？"

林溪看着他："你又没跟我说。"

霍焰好一会儿没说话，林溪就那么看着霍焰，嘴里的水果糖化开丝丝的甜。

她想，这男人有些可爱。

"那……"霍焰拖长了音，最后呼了一口气，语速加快，"你都知道了，我也不拐弯抹角了。"

说着霍焰忽然后退，然后单膝跪地，拉着林溪的一只手，语气郑重道："林溪，嫁给我好吗？我会给你一场你想要的婚礼。"

忽然求婚？林溪愣了一瞬后看了看霍焰，又看了看他空无一物的手，最后视线又在小小的宾馆房间内扫了一圈。

没有鲜花，没有戒指，没有浪漫，她穿着睡衣躺在床上，一点没有准备，霍焰就忽然求了婚。

两人都静静地看着对方，二脸呆滞。

林溪没准备，霍焰也一样没准备。

他冲动下求了婚，林溪看样子也愣住了，现在他进也不是退也不是，不上不下的有些僵住了。

房间内一片安静，静得能听到两人的呼吸。

最终还是霍焰抽回了手："这次不算，你等着，我晚点再求一次。"

林溪失笑："不用了。"

霍焰面色一沉。

她拉起霍焰的手："我愿意。"

霍焰抿了下唇，激动得差点跳起来："你说你愿意？"

林溪点点头："对啊，我愿意啊。那你打算什么时候跟我举行婚礼？"

"只要你愿意，随时都可以。"话刚说完，霍焰便眉头一皱，改道，"至少要给一个月的时间准备，爸妈那边要通知，礼服戒指还有酒席喜糖都得定做，还要拍婚纱照，亲戚那边也都要发请帖……"

林溪打断霍焰的话，道："不用那么麻烦，一周足够了。你也别跪着了，地上冷。"

霍焰重新坐回林溪身旁："一周不够吧？"

"够了。"林溪靠在霍焰的怀里，"我不要那种传统的婚礼，不过是请亲戚朋友吃顿饭，然后我们两个当众走一遍仪式罢了，感觉没什么意义。"

"那你想要什么样的？"

"就我们两个人，在教堂里，你穿西服，我穿婚纱，由神父来为我们证婚。交换完戒指我们去租一辆移动房车，在对方允许的条件下把房车外面刷上类似于‘我们结婚了’这样的话语，然后就开着它自驾游，开到哪算哪儿。”

“不通知爸妈？”

“嗯，不通知爸妈。”

“亲戚朋友都不通知？”

“都不通知。”

“也不回C市？”

“不回。”

“为什么？”

“不想回。”

林溪不喜欢C市，即使这座城市是她长大的地方。

她从小到大都住在C市，家在C市，幼儿园、小学、中学、大学也全部都在C市，曾经她想考省外的大学，想体验一下离开父母庇护和管束的生活，可最后还是因父母的意思，填了本地的大学。

林父林母的想法很简单，一个女孩子家家的，用不着去外面闯。而且C市也有好几所大学排名靠前的高等学府，再加上本地人享有一定的政策福利，所以犯不着舍近求远。

林溪当时被说服了，但事后不止一次地暗自后悔。

她觉得现在的自己的行为就是“触底反弹”，受够了二十多年乖乖女的日子，所以有一朝可以远离，就再也不想回去。

即使父亲母亲、亲戚朋友全在C市，她一点也不留恋那个地方。

霍焰沉默了，林溪也不说话，由他慢慢去想。

“可以。”霍焰抬头，一眨不眨地看着林溪，“依你。”

林溪笑道：“这么顺着我的吗？”

“嗯，那些我也都无所谓。”藏着他快乐回忆的地方是渠西乡，不是C市，他最亲近的人是已经逝去的爷爷，而不是父母，更没有别的亲戚，朋友的话有空约着吃顿饭就行。所以这么算下来，林溪提出的这些他完全能够接受。

而且这样一来也挺好，婚姻本就是他们两个人的事，日子也是他们两个人过，所以婚礼当然也是他们想怎么来怎么来了。

就是……

“我爸妈这边没事，可是你爸妈会同意吗？”

尤其是林溪的父亲，他极其注重形式，连女儿女婿平时回去看望都得跟客人似的带着礼物，而他对待他们也跟对待客人似的，什么都不要他们做，只要坐着说说话就行。

婚礼这种女儿的终身大事，他肯定会更加上心。

林溪不以为意：“就跟他说我们是旅行结婚就行，如果不同意那就动之以情、晓之以理，实在不行就耍赖皮。你爸妈同意不办，我妈也很好说服，就剩他一个也没办法怎么样。对了，我妈不是快生了吗？他们估计忙着带孩子呢，应该也管不上我们。”说完林溪一摊手，“这问题不就都解决了吗？”

“好像是……”霍焰看着林溪笑，“你很大胆，想法也很独特。”

林溪歪头看霍焰：“那你喜欢吗？”

霍焰嘴角的弧度越来越高，笑了出来，他倾身向前亲了一下林溪的额头，声音低沉道：“喜欢。”

喜欢是件容易的事。

有时候人很容易因为一个眼神、一个动作对陌生人产生好感，进而发展成喜欢，最后再变成爱。

霍焰的喜欢由责任感起，随着时间增长、相处增多，喜欢就变成了很喜欢，最后再升华成爱。

他的手又一次地覆上林溪的肚子，现在孩子已经快四个月，林溪的肚子终于有了明显的弧度，摸上去也没有之前那么柔软了，变得更加紧实。

他的动作很轻很柔，好像怕吓到肚子里的小家伙似的。

“这两天我找裁缝准备结婚礼服，然后我们就去教堂找神父为我们证婚？”

林溪也把手放在了肚子上，一下下地轻抚着：“好。”

“对婚纱有要求吗？想去哪个教堂？还有神父……”

林溪笑着摇了摇头。

她并不拘泥于形式，一切从简即可，说到底她最想要的还是自由，是随心所欲。所以婚礼这种说到底还是形式的事情，简单点就行。

曾经她还想过要和霍焰的感情到达一定程度后才能举行婚礼，向所有亲朋好友宣布他们结婚的事，可现在她发现自己根本不在意别人的目光，也不想花时间、费精力走形式给别人看。

她伸手戳了戳霍焰的脸颊，歪着头笑：“有你有我，就够了啊。”

霍焰抓住林溪的手握进手心，道：“是够了。”说完他也看着林溪笑。

林溪是个十足的行动派，霍焰被她带着也变得高效率起来。

婚礼这事说破的当晚两人就凑在一起搜索比较有名的婚纱店，然后第二天的时候直接一家一家地过去，只花了一天的工夫就把婚纱给定了下来，接下来就是选教堂和请神父，这两件事也简单得很，他们两天就全敲定好了。

需要的东西都准备完毕，林溪和霍焰两人就把举行婚礼的时间定在了隔天早上。

当晚霍焰还在跟林溪敲定细节：“我们要不要准备一些喜糖？明天教堂里肯定会有别的人在，到时候我们给在场的人都发一盒喜糖怎么样？”总归是件高兴事，得让在场的人都沾沾喜气。

林溪点点头没说话。

“我明天一早去买？”

她的视线终于从手机屏幕中抽离，看着霍焰道：“跟婚纱摄影的人说一声吧，他们比我们熟，让他们准备，然后我们包个大红包给他们怎么样，要不你问问看？”

“行，我问问。”

“嗯。”

给摄影师发完语音，霍焰扭头去看林溪。

她专注地刷着美妆视频，还很认真地在本子上做笔记，看起来一点都没有明天就要举办婚礼的激动样子。

“你也太淡定了吧。”他都有些紧张呢。

林溪放下笔，认真地掰着手指道：“明早婚车会直接过来接我们两个，到了地方后手挽着手从门口走到神父面前，我们俩面对着面听神父说完话，然后说‘Yes,I do’，最后拥吻一下，不就结束了吗？大概也就半个小时的事情，有什么要紧张的？”说完她看着霍焰眨了眨眼。

霍焰却沉默地看着她。

“你的意思是你很紧张？”林溪拍拍霍焰的肩膀，“别紧张，没什么好紧张的，不都彩排过两遍了吗？没问题的，放轻松。”

霍焰抿抿唇，没再多说什么，但直到关灯睡觉前很沉默。林溪则是沉浸在美妆的海洋里，一直没有注意到这些细节，和往常一样睡了。

第二天霍焰破天荒早上五点就醒了，醒来后整个人脑子发蒙，缓了好一会儿才清醒过来，他看到身旁熟睡的林溪又叹了一口气，面色不怎么好看。

他轻手轻脚地起床做了早饭，然后去门外打电话跟婚庆公司的摄影师和化妆师联系，确定了今天行程后才回到房间，躺在了沙发上。

林溪六点半的时候被敲门声吵醒，坐起一看是婚庆公司的人准时过来给他们化妆拍照。

开始她还很淡定，镇定地起了床，洗漱完毕还吃了个三明治垫肚子，然后才和霍焰一起坐在镜子前化妆弄头发。

结果当冷冷的化妆水扑在脸上的时候，她忽然整个人颤了下，接着手也不自觉地抓住了衣服下摆。

化妆师问她：“怎么了？”

她道：“有点冷。”

“早上温度是有点低。”

“没事，你继续吧。”

她看着镜子里妆容越来越精致的自己，眨了眨眼，又问化妆师：“用的化妆品确定都是孕妇能用的吗？”

“当然，霍先生之前已经跟我确认过无数遍了。”

“哦……”

林溪闭上嘴，不再说话。

过了一会儿，她又问道：“是化完妆再换婚纱吗？”

“是呀。”

“哦。”

旁边已经在做头发的霍焰回头看了眼林溪：“你怎么了？”

林溪朝他伸出手，示意他握着。

霍焰顺势握住，微皱着眉道：“怎么这么凉？”

“我紧张。”说着她反手握紧霍焰的手，从镜子里看着霍焰的眼睛，“我越来越紧张了，怎么办？”

没想到此话一出面色沉了一早上的霍焰脸上不但放晴了，语气都松快了许多，他拍拍林溪的手：“别紧张，我陪你呢。”

林溪心想也是，便“嗯”了一声。

等化好妆，换好衣服上了婚车，车子开动，林溪几不可闻地呼了口气。

“还紧张？”霍焰扭头看林溪。

林溪点点头：“嗯。”她又一次把手放到霍焰跟前，“我现在不只是紧张，还很激动。你看我手心，都冒汗了。”

霍焰笑着握住她的手，确实热乎乎的。

他心里不由更加高兴，胸口的郁气全都一扫而空，紧张的情绪也全部消失，霍焰现在无比期待进入教堂的那一刻。

看到霍焰的笑容，林溪也跟着笑了出来，她感觉到了霍焰的期待，她也同样的期待。可紧张和激动也依旧存在，各种情绪涌在心头，弄得她不知如何是好。

车子开得很快，没一会儿就到了教堂。

今天教堂早上做过弥撒，里面的凳子上还坐着三三两两的陌生人。

林溪下了车后挽住霍焰的手，一路上不停地深呼吸。

裙摆很长，婚庆公司雇了两对男童女童来为她提裙摆，她努力缓和着情绪，跟着身旁霍焰的步伐，一步步往教堂走着。

直到进入教堂的那一刻，她的眼中倏地只剩下了眼前那条通往神父面前的道路，耳边也只听得到自己的心跳，还有身旁霍焰不停悄悄安抚她的声音。

他小声说："别紧张。"

她轻轻地"嗯"了一声，挺直脊背，目光直视前方，挽着霍焰的手一步步往前走。

教堂里所有人的目光都落在这对新人身上，有些窃窃私语地说着听不懂的外国话，有些露出笑，为这对新人送上诚挚的祝福。

很快他们就走到了前方，站在了神父的面前。

林溪仰头看了一眼站在台上的神父，神父很和蔼地冲他们点了点头，然后单手向下压了压，全场就都安静了下来，接着便只听见优雅而稳重的声音在教堂里回荡。

在神父致辞的过程中林溪偷偷扭头去看霍焰，却没想到霍焰也在悄悄看着她，两人都愣了一下，接着相视一笑。

林溪的心在这一瞬间忽然就静了下来，紧张感消失，随之涌上的是感动与快乐。

今天的天气很好，风轻日暖，舒适宜人。

暖暖的阳光透过教堂顶上的玻璃，在地上映出一块块光晕，教堂里很安静，只听得到神父的声音，他现在在问霍焰："霍焰先生，你是否愿意这个女子成为你的妻子，与她缔结婚约，无论贫穷还是健康，或任何其他理由，都爱她、保护她、尊重她，永远对她忠贞不渝，直到生命的尽头？"

"我愿意！"霍焰坚定地说。

林溪抓紧手里的捧花，嘴角勾起的弧度怎么压也压不下去。

"那么林溪小姐，你是否愿意这个男子成为你的丈夫，与他缔结婚约，无论贫穷还是健康，或任何其他理由，都爱他、照顾他、尊重他，永远对他忠贞不渝，直到生命的尽头？"

她抬起头看向慈祥的神父，然后又转头看着霍焰，他也看着他，眼睛像是会发光。

今天一路上她都没有好好地注意过他，现在静下心来才发现今天的霍焰是那么的帅气，他身姿笔挺，一身黑色礼服被他穿出了模特的效果。

他的脸上带着笑，在光线的照耀下整个人都温和了许多。

“快回答啊。”他着急地小声催促她。

林溪眉眼一弯，不再迟疑，笑着回头对神父道：“我愿意！”

说完她想：如此丈夫，得之我幸。我曾以为这一生都要自娱自乐、自给自足，却没想到造化弄人，二十三岁的时候身旁忽然多了个丈夫，接着便剪不断理还乱，然后乱着乱着，两人就再也分不开，到哪都相互陪伴，一个人的远方，也就变成了两个人的远方。

林溪侧头看着霍焰，心想：真幸运啊……

婚礼结束，一切又重新步入正轨。

可惜的是两人没有欧洲驾照，所以林溪幻想的房车自驾游被迫取消了，霍焰说可以雇一个代驾，但林溪没同意，因为她觉得那样就多了个灯泡了。

“没关系啊，在哪都是一样玩啊。”林溪有些兴奋地拍拍手，“接下来要带我去哪玩？”

霍焰笑得宠溺：“你说，我来执行。”

“超开心！”

林溪挺着八个月大的肚子在沙滩上感受着海风的吹拂，她穿着比基尼躺在沙滩椅上，头顶是大大的遮阳伞，手边是调好的柳橙汁。霍焰则是单膝跪在她旁边，给她涂孕妇可用的防晒霜跟防妊娠纹的油。

路过的人都不禁把目光落在林溪的肚子上，毕竟海滩上穿着比基尼的都是一些身材热辣的女性，穿着比基尼的孕妇终归少见。

“这下开心了？那打算什么时候回去？”

林溪喝了一口果汁，慢悠悠道：“我不想剖腹产，也不想躺床上生。

我问过了，C 市好像没有水下生产。”林溪歪头去看霍焰，“要不等我生完了再回去吧。”

霍焰挑眉，挤了一手的防晒霜抹在林溪的大腿上：“我看你就是不想回去。”

林溪笑嘻嘻地应道：“对呀，回去有什么好的。”

林溪怀孕到现在，他们只因为她的论文答辩回去了一次，怀孕的事情也是等四个月了才跟家里人说。果不其然，双方家长知道后都催着他们回去，因为觉得林溪怀着孕还待在外面实在危险，就算有霍焰陪着也危险得很，总归是待在家稳妥。

然而林溪不想回去，霍焰也觉得用不着怀了孕就天天待在家里，等快生了再回去也来得及，加上他宠着林溪，所以就委婉地回绝爸妈们了。

见他们不愿意，家长们催了几天也只好放弃，而且他们自己也忙得很——林妈妈生了个儿子，林爸爸每天忙得焦头烂额，再舍不得也还是请了个保姆，但请保姆了也仍是没空管他们，而霍焰爸妈则是公司里接了个大项目，两人都很忙，连小霍炎都是让保姆带了，自然更没空管他们。

“舒服。”林溪伸了一个懒腰，勾着霍焰的下巴吻了吻他。

“是挺舒服的。”吻完，霍焰在林溪旁边的椅子上躺下。

有足够的钱，充足的时间，肚子里的孩子又不闹腾，家里人也不管他们，丈夫又跟她统一战线，顺着她宠着她。林溪勾起唇，觉得人生简直完美无比。

“你觉得我怀的是个男孩还是女孩？”

“女孩。”说着霍焰把手放到鼓鼓的肚子上摸了摸，“肯定是，我连名字都想好了。”

“叫什么名字？”

霍焰得意道：“霍曼娇。”

林溪想了想，问：“曼娇？这名字是哪首诗里的吗？”

“我没在诗里找，就单纯觉得这两个字好听，特别适合我们女儿，你觉得呢？”说起女儿霍焰就兴致勃勃的。

“勉强吧，我觉得叫珮潆更好听一些。”林溪问，“不过你就这么确定是女孩？”

霍焰坐起来，亲了亲林溪的肚子：“肯定是女孩，你看你肚子这么圆，怀孕的时候又这么爱吃辣。而且这孩子又一点都不闹腾，性格这么乖，肯定是女孩。”

“要是男孩怎么办？”

“叫霍西吧，西边那个西。”

林溪忍不住笑道：“这也太随便了吧？”

霍焰也笑：“男孩简单点就行，好养活。”

“那不行，换一个换一个。”

“行行行，我再想想。”

结果霍焰一直想到林溪预产期都没想出什么好名字，后来干脆说等孩子生出来确定是男孩再起也不迟。

霍焰笃定得很：“肯定是小曼曼，男孩的名字想也是多想的。”

林溪瞥了霍焰一眼，继续翻着字典：“男孩你觉得叫霍易怎么样？”

霍焰摸着林溪的肚子：“肯定是小曼曼。要不我们打赌？我赢了的话孩子就叫曼娇不改了，要是输了我一天起八百个男孩名给你选。”

林溪摇摇头：“不赌。”

“这都不赌？”

林溪“啪”的一声合上字典，她眉眼弯起，脸上尽是柔和笑意：“我也觉得是个女儿，但是我才不想她叫什么曼娇呢，我觉得珮潆比较好听，一听就很有文学内涵。”

霍焰一时没有反驳，怀孕后的林溪丰满了许多，加上她吃得好、心情也好，大概还有孕激素的缘故，皮肤白里透红的，眼里也仿佛含着水，整个人都跟朵绽开的娇艳鲜花似的，比以前化妆后的样子还要惹人眼。

“那你还起那么多男孩名做什么？”

林溪撇了撇嘴：“我无聊嘛。”

霍焰没出声，他盯着林溪看了一会儿后勾起唇，暗示性道：“无聊啊……那要不要拉上窗帘？”

林溪没理他。

林溪的预产期在六月中旬，这个时间的C市都快三十摄氏度了，就更别提七八月份的酷暑了，那个时间坐月子想想都觉得受罪，更何况是舒服惯了的林溪。

于是她想都没想直接选了一个气候宜人的城市安安心心地住下，找好了月子会所，又提前联系好医生，只等最后的发动。

“再过段时间吧，嗯……妈我已经二十三了啊，在外面挺好的……就这样吧再过段时间就回去。不用担心我，真的，没别的事就挂了，拜拜爱你。”迅速挂掉电话后林溪松了一口气，她轻轻踢了踢身旁霍焰的小腿。

霍焰把做到一半的图撇下，伸出一只手摊开在林溪面前，林溪抿唇笑了笑，把吃剩的苹果核放到他手里。

霍焰把果核拿去扔掉，回来的时候拿了一张湿巾给林溪擦手：“又想说服你回去？”

林溪点点头：“嗯，不过态度比以前软化了很多，大概她心里也觉不可能说服我了，只是还是想试试看。”

虽然小两口的日子过得逍遥，但毕竟林溪怀了孩子，下一代的问题总归牵扯到两个家庭，做长辈的也不可能放心他们两个小年轻在外面把孩子生了，于是原本对他们还算放手的态度发生变化，开始想要介入两人的未来规划。

可终于尝到自由滋味的林溪怎么可能再回去？

她爱上了这种想做什么就做什么的生活，原本的C市反倒成了囤积了她所有压抑回忆的地方，自然是能不回去就不回去，霍焰完全站在她这边，于是他们少不了因为这件事跟长辈起一些小矛盾。

不过嘛，毕竟天高皇帝远，电话一挂对面也没办法。

霍焰伸手轻轻地覆上林溪的肚子：“今天肚子感觉怎么样？”

林溪感觉了一下，接着摇摇头：“没什么感觉，我觉得今天应该不会生。”

“好吧，那中午想吃点什么？”

林溪：“也没什么特别想吃的，月嫂做什么我吃什么吧。”她拉着霍焰坐到自己旁边，“过来，给我靠靠，我腰好酸，脚也胀胀的。”

霍焰揽住林溪，一只手伸到后头给她揉腰。

这两天林溪的下肢水肿得有些厉害，尤其是她的脚，之前虽然因为怀孕胖了一些，但脚依旧能用纤细来形容，然而现在摸上去却肉嘟嘟的，而且一捏一个坑，得等一会儿才会恢复。

“好想快点生完啊。”林溪靠在霍焰肩膀上嘟囔着。虽然孩子很乖不闹腾，但怀孕本身就不是好受的事。

霍焰顺着林溪的背：“就这两天了，也快了。”

林溪张口咬在霍焰的锁骨上：“没下次了啊。”

霍焰夸张地叫了一声，然后笑着在林溪的唇上亲了口后保证道：“好，绝对没下次。”

林溪满意地点了点头：“扶我出去走走吧，一直在屋子里待着反而没什么精神。”

“外面有人在 BBQ，熏。”

“那就去远一点的地方，啊……”林溪低头看着自己的肚子，“忽然有点想逛街呢，你说我这样还能出去逛街吗？会不会在半道上就忽然生了？”说着她脑补了一下，忍不住笑了出来。

霍焰拿起桌边的太阳帽扣在林溪头上：“逛街是别想了，我开车带你去附近的公园里散散步吧。”

“也行啊。”

两人收拾好东西便出了门。

霍焰开车，林溪坐在副驾驶座上张开着手臂。

这辆车是霍焰租的，红色的敞篷轿跑，看上去很拉风，特别适合在宽阔的道路上开着散心。

车速不快，微风轻轻拂过脸颊扬起长发，温暖的阳光照在脸上，林溪闭着眼，觉得惬意极了，甚至跟着音响哼起了歌。

“这么开心？”

“对啊，本来心情就不错，肚子也马上就能卸货，想想都觉得人生美好。”说着林溪侧头去看霍焰，他戴着一副墨镜，从侧面看去显得鼻梁挺直，嘴唇略薄，嘴角微微上翘。

不过才几个月，她就觉得霍焰又成熟了许多，不止胸膛更加厚实，肩膀更加宽阔，他整个人都褪去了年少的青涩，看起来更有男人味。

很迷人，也很诱人。

霍焰用余光瞥了一眼林溪：“在看什么？”

“看你啊。”林溪笑着看向霍焰，赞叹道，“不错，越来越帅了。”

霍焰看了一眼前方的路况，接着飞速地凑过去亲了林溪一口。

结果这一口亲在了林溪的鼻子上，而且猛地一下力道还不小，林溪顿时红着眼捂住鼻子：“我收回刚才的话！简直逊毙了！”

霍焰表情一变，立刻道：“别啊！你等会，等前面没车了我重来一个。”

林溪捂嘴笑着去推霍焰的脸：“求你专心开车，别弄幺蛾子。”

霍焰也笑了出来：“我就是想也没机会了，前面都到了。”

到了地方，霍焰停好车后两人手挽手地进了公园，然而挽了没一会儿就松开了——林溪怀孕后特别能吃，散散步就停在路边的小店不肯走了，等再继续散步的时候她左手一串章鱼小丸子，右手一杯关东煮，全占满了。

霍焰背着包在旁边给她拍照，他最近特别爱拍林溪的丑照，每次拍照都是不停地连拍，几十张下来总能抓到搞笑画面。当然，同时也会收获林溪的白眼，或者一顿毫不留情的家暴。

不过今天林溪心情好，她拍任他拍，她继续美滋滋地吃着东西。

“我忽然有点想养狗。”林溪的眼睛落在身旁跑过的狗狗上。

“别想一出是一出啊，有个孩子还不够你忙的？”说着霍焰又拍了好几张照片。

“孩子你带，狗我来养。”说着林溪咬了一口章鱼丸子，享受地眯起眼，

“喏，给你尝一个，这个酱汁很棒啊。”

霍焰凑过去咬了一个，嚼了两下：“还行吧。”

林溪微眯着眼笑道：“那一起去看狗吗？”

“去哪里看？宠物市场？”

“不然呢？”

霍焰伸手敲了敲林溪的脑袋：“那地方猫猫狗狗的到处是毛，太脏了，孕妇不能去。”

“那你去给我买一只回来？”

林溪虽然说的是个问句，但霍焰知道她是真的想养，她这人本就倔，怀孕后更是得顺着才行。于是他想了想，委婉地说：“这个不急，等你生完了我们一起去挑，不然我买回来了你不喜欢怎么办？宠物得挑合眼缘的。”

“说得也是。”林溪点点头，放过了这个话题。

霍焰松了一口气，继而拉着她到处摆姿势拍照。

林溪虽然兴致不错，但挺着个大孕肚实在懒得凹造型，每次霍焰一喊“三二一”她就站在原地仰起头闭着眼笑——这是她从网上学来的，虽然拍的时候有点傻，但照片最后呈现出来的效果特别阳光且元气满满。

然而霍焰是那个见证了被拍时刻的人：“真傻。”

“嗯？”

“太美了，再来一张！”

霍焰觉得离开C市之后的林溪变了许多，从原本笑不露齿总爱多想的小丫头变成了阳光洒脱特别爱笑的人，相处起来也比原来轻松了许多。

她喜欢外出，所以白天几乎不会在家待着，总是拉着他到处玩。他们在走过的大大小小的街道饭店都留下了照片，镜头里的林溪也总是开怀大笑着的——她在C市就不这样，在C市时更多的是刻意疯、刻意笑，还有刻意蹦跳。

说实话，他很喜欢现在的林溪。

虽然一开始这种仿佛漂泊似的生活霍焰很不习惯，但是时间一长，霍焰就觉得这日子……简直太美好了！

美食、美景、美妻，还有自己未出世的孩子，一切的美好都围绕在他身边，这样的生活在他眼里根本没什么好挑剔的……

“别发呆啦！快拍我！快！”

林溪急急的声音打断了霍焰的思绪，他抬头望去，发现林溪身旁不知道什么时候多了一匹白色的小马，小马睁着水汪汪的大眼睛，正好奇地在嗅林溪的肚子。

林溪穿着一身纱质的宽松吊带裙，头发披散，露出的胳膊白皙细长，她一只手捧着肚子，一只手摸着小白马的头，嘴角含笑，眼眸弯起，显然已经做好了拍照的准备。

不错嘛。

霍焰勾起唇，举起相机“咔嚓”一声拍下。

“你觉得这像不像是预示着我们的女儿未来会找到一位白马王子？”

林溪瞥了撇嘴：“怎么不是白马王子来找我们女儿？”

“是是是，老婆说的都对。”

又过了两天，林溪终于在一次午睡的时候发动了！

好在一切都已准备就绪，霍焰虽然紧张又激动，但仍是有条不紊地抱着林溪进了准备好的产房。

三个小时后，林溪通过水下分娩顺利生了个娇娇的小丫头。

霍焰乐得直蹦，抱着母女亲了又亲。

等医生做完后续处理后林溪被放到了床上，她脑门上都是汗，眼睛也有些疲累无力，心里却是火热又滚烫，充满着说不出的情感。

——她好小啊。

——她是我的女儿。

——我真的……做妈妈了呢。

有些恍惚，又觉得神奇，血缘这东西实在强大，即使刚出生的小丫头浑身都皱巴巴的，也不妨碍林溪心里仿佛糖水化开似的甜蜜。她很累，很想好好地睡一觉，可眼睛却一直盯在孩子身上不肯移开。

霍焰小心翼翼地抱着孩子坐在林溪身旁：“来，看看我们的曼娇。”

林溪有气无力道：“什么嘛，明明是珮濛才对。”

珮濛这名字是林溪翻了半天诗歌起的，因为她觉得霍焰起的名字有些过时，毕竟曼啊娇啊什么是他们爸妈那一代爱起的，他们这一代人起名更注重文化感——名字越含深意写起来越复杂越好！

霍焰都听她的，所以最后还是依着她，如果是女宝宝的话大名就叫霍珮濛，小名就叫小曼曼。

“孩子以后学写名字肯定要哭。”

林溪轻笑道：“她是我生的，我喜欢给她起什么名就什么名，她要不喜欢以后自己改。”

霍焰没再说什么，他低头看着林溪，一边笑着一边伸手抚摸着她有些虚弱发白的脸颊，把汗湿的头发整理到耳后：“辛苦你了。”

林溪抬头看向霍焰：“那我以后可以稍微懒一点吗？”

霍焰低头吻上林溪的额头：“嗯，有我在呢。”

林溪眨了眨眼：“好啊。那有了她，你还会和以前一样听我的、对我好吗？”

“这就开始吃醋了？”霍焰心下好笑，但还是吻了吻林溪的眼睛，声音低沉道，“当然了，你永远排第一，我保证。”

“那就好。”林溪疲惫地打了一个哈欠，伸出小拇指，“一言为定。”

“幼不幼稚？”虽这么说，但霍焰还是伸出了小拇指勾上去，“好，一言为定。”

# 番外一
# 她的小曼曼

生完孩子，时间仿佛就被安上了加速器。

可爱的霍珮潆小朋友一天一个样，从不会翻身到会爬，从会爬到到处跑。一晃眼，三年时间就过去了。

林溪和霍焰早已搬进装修好的婚房，霍珮潆小朋友也开始暴露出小恶魔的本性。

一觉醒来，迷糊中霍焰只觉得周围一点声音都没有。

窗帘拉得很严实，仅有一点光透过窗帘缝隙照在地板上，整个房间里都暗沉沉、暖洋洋的，很容易勾起人的睡意。

他坐在床上缓了会儿，总觉得有什么地方不对。

好像有点太安静了。

过了一会儿迟钝的脑子才终于转了起来，霍焰忽然整个人坐直，猛地掀了被子下床。

霍小曼在家呢！这么安静肯定在搞事情！

他匆匆跑到女儿房间，发现没人，再到客厅，果然——三岁的霍小曼真的在搞事，她左手拿着林溪的眉笔，右手拿着口红，肉肉的两腿圈住他们家的柯基小新，正专注地给它涂口红。

还好，不是什么大事。

霍焰扶着额往客厅里走：“你怎么不拦着点？”

林溪躺在沙发上，优哉游哉地吃着杏子看着 iPad，闻言头也不抬地道：“有什么好拦的，让她玩呗。”

“爸爸！”霍小曼看到霍焰，举着手嫩嫩地喊了声。

“乖小曼。”霍焰应了声，盘腿在女儿旁边坐下。

小曼出生后两个月他们就买了只柯基，取名小新。

跟小曼同岁的小新被养得肉滚滚的，水汪汪的眼睛，短短的四肢，可爱得不得了。

小新从小就乖得很，此时脸上身上都被画得乱七八糟的，但依旧乖乖地趴在小曼腿上，任小曼作妖，见霍焰来了便伸舌舔了舔他的手。

“宝贝小曼在做什么呢？”

霍小曼正在用口红把小新脖子上那圈白色的毛发涂红，她还挺认真的，小巧的鼻尖上都冒出了汗珠：“化妆呀！妈妈美美的，小新也要美美的！”

霍焰揉了揉女儿头顶的小揪揪：“小新不是妈妈，小新不用化妆的。”

霍小曼嘴一噘：“小新要的！”

“它跟你说的？”

霍小曼用力地点了点头，郑重其事道：“嗯啊！”

“好好好，要的要的。”

旁边的林溪笑了一声。

霍焰站起来坐到林溪身旁，无奈道：“你就惯着她吧。”

林溪不以为意，伸手给霍焰顺了顺毛：“她还小呢，惯着呗，没事儿的。”

“三岁看老，孩子小的时候也得有意识地教一教。”

林溪不太乐意跟霍焰谈教育上的问题，他们在这上头有分歧，不大，但多讨论也没什么意义。于是她翻了个身，换了个话题：“今天下午我想去早教中心看看，就是柯宝和小霍炎在的那个。”

“行啊，下午一起去看看。”

“好。曼曼，下午妈妈带你去找柯柯叔叔还有炎炎叔叔一起玩好不好？”

“是哥哥！”霍小曼高举双手，开心地蹬了蹬脚，“好！”

林溪无奈。

事情定了，林溪便继续编辑微博，她现在是微博上著名的旅游博主，经常发一些游记分享，她主要负责文字，霍焰负责摄影。

除了生霍小曼的第一年林溪待在家里，之后便一年四季都在世界各地跑，国内的短途旅游她就不带霍小曼了，但一些长时间的旅游会把霍小曼和保姆都带上。

林溪出了月子后就住进了她和霍焰的婚房，住进去的头一件事情便是请保姆，一请就请了两个，家政和霍小曼的起夜喂奶等，都是交给保姆负责，生完孩子后林溪没起过一次夜。

对于霍小曼，林溪也一直是放养政策。

只要不过分，她想做什么就做什么。

林溪从没要求过霍小曼要多乖巧、多听话，在她看来一切只要女儿高兴就好，不过她倒是一直有意地培养女儿自己做选择的意识。

原因很简单，她觉得选择比努力等等的都重要得多。

吃过午饭，林溪给女儿理了理额前汗湿的头发：“喝完奶睡午觉好不好？”

霍小曼嘟着小嘴，眼睛湿漉漉地看着林溪：“可是我还想和小新玩。”

“可以啊。本来妈妈是打算今天下午带你去找柯柯叔叔和炎炎叔叔玩的，但是你不睡午觉的话下午肯定会睡着，到时候就玩不了了。那这样的话你是想和他们玩，还是和小新玩？”

霍小曼托着肉肉的小下巴想了想，道：“我想和小新玩。”

“好，那你不许闹着要出去玩哦。”

霍小曼皱起小眉头，郑重地举起小短手：“嗯！拉钩钩。”

林溪笑着勾住女儿的小指头：“好，拉钩钩。”

林溪把小曼交给保姆看着，回房间休息。

霍焰吃完午饭就出去采购东西了，回来后看着抱着小新在地毯上打滚的女儿，觉得可爱的同时心也有点累。

他潜意识还是觉得女孩子应该娇娇软软地乖一点，而不是跟男孩子似的到处疯玩、到处跑，弄得额头身上都是汗。

“小曼，来，过来，爸爸给你扑点粉。”

“不要不要。”霍小曼抱着小新直摇小脑袋，她一点都不喜欢扑粉，因为她很容易出汗，扑了粉身上容易不舒服。

“不扑的话会长小红豆豆哦，痒痒的，刺刺的。”

霍小曼缩了缩脖子，可怜兮兮地看着霍焰：“爸爸坏，曼曼不要红豆豆。”

霍焰晃了晃手里的痱子粉，哄道：“扑了粉才会没有哦。”

霍小曼撑着地爬了起来，钻进霍焰怀里，声音脆生生的：“爸爸抱抱。”

她在霍焰怀里又是耍赖又是发嗲，哼哼唧唧的，反正就是不愿意涂痱子粉。霍焰被女儿的撒娇弄得心都快化了，只好找林溪救急。

林溪过来后直接得很，抱起女儿直接用湿巾给她擦了擦汗，接着便把女儿放在沙发上，毫不留情地一通扑粉，结果霍小曼不仅不闹，反而咯咯直笑。

林溪在霍小曼的屁股蛋上多拍了两下，接着给她穿好裤子道：“好了，去玩吧。”

霍小曼爬下沙发，迈着小短腿跑去找小新了。

林溪看着瘫在一旁的霍焰，问：“怎么了？”

“她就听你的。”

林溪笑道：“这种事情你跟她多说什么，你要问了她反而认真起来跟你叨叨个没完，不问倒是乐颠颠地任你扑粉了。”

“不是你说的要多尊重她的选择吗？”霍焰不解地蹙眉。

“那也得分事情，有的能让她做决定，有的事情不管她怎么想最后都要做，问了反而找麻烦。”林溪把痱子粉放到桌上，用湿巾擦了擦手，“过两天还要带她去打手足口疫苗呢，你带她去还是我带她去？”

想到霍小曼每次打针时哭得稀里哗啦的样子，霍焰心都忍不住颤了下：“不一起？”

林溪道：“我不是要去B市参加一个作者峰会吗？你忘了？”

“那疫苗的事情就再推个几天好了，她打针时候什么样你又不是不知道，我一个人根本承受不来。”说着霍焰摇了摇头。

霍小曼平时不怎么哭，但一哭起来就跟发大水似的，眼睛鼻子都红彤彤的，颇有种杜鹃啼血似的势头，让旁边的人看着都忍不住心颤，更何况他们做父母的。

但她偏偏打针必哭，霍焰一个人绝对哄不住。

看着霍焰紧张的样子，林溪忍不住笑了出来。

时间越久她便越能察觉到这个男人的好，虽然没什么特别大的事业，也没什么勃勃野心，可他却把自己有的一切都给了她和他们的女儿。

林溪一直都不习惯谈什么爱不爱的，但这个男人让她觉得心安得很。

她坐过去趴到霍焰胸口，听着他的心跳说：“陪我一起去B市吗？”

霍焰把林溪的手抓在手心揉着：“好啊，我给你拍照。”

“小曼呢？带不带？”

“别带了，路上也不方便。”

林溪用下巴蹭了蹭霍焰的胸口，闭着眼轻声道：“好，你给我揉揉手腕吧，感觉要下雨了，手有点不舒服。”

“看来要下雨了。”

林溪道：“下雨也好，空气能清新点。”

“也是，不然太闷了。”

林溪的身体不怎么好，手受伤的时候为了孩子没动手术，虽然最后也自行愈合了，但之后手便不能提重物，雨天雪天还会疼。

霍焰心疼她，在那之后事事都不让她做，出门大包小包都是他拎着，连孩子都是他抱得多。

其实偶尔夜深人静，霍焰也会思考他们这段感情。

说实话，这段感情中一直是林溪占领着高地，他以前是一直围着她转，现在是围着她和孩子两个人转。

男人嘛，心里总归少不了万丈豪情，沸腾热血。霍焰偶尔也会回忆起轻狂的大学时期，也会想象自己要是专注于事业会是怎么样，可想完了，低头看看睡在自己臂弯里的林溪，再看看儿童床上呼呼睡着的可爱女儿，霍焰就又什么都不想了。

妻子娇美，女儿可爱，家庭美满，万事足矣。

林溪闭着眼，困意上涌："我们去休息吧。"

"好。"霍焰笑了笑，抱着林溪回了卧室，外头的霍小曼就让保姆看着。

把林溪放到床上，盖好被子后霍焰没有睡，而是转过身要出去。

林溪眯着眼半侧起身："你不睡吗？"

"我把小曼哄睡了就过来睡。"

"不用哄，困了陈姐会带她睡的。"

"那我去看看她。"

林溪拍拍自己旁边的位置，皱眉道："你来陪我睡嘛。"

霍焰轻笑出声，摇了摇头脱了衣服上床，看着熟练钻到自己怀里的林溪，他道："跟女儿争宠呢？"

林溪的脸贴着霍焰的胸口，嘟囔道："才没有。"

霍焰亲亲她的眼睛，心里有点热热的，无论时间过去多久，他都爱死了林溪需要自己的样子。

"现在就睡了吗？"

他的呼吸喷在林溪的耳朵上，她睁开眼看他："不睡做什么？"

"你说做什么？"

林溪看着霍焰，嘴角缓缓勾起。

# 番外二
# 她的小曼曼 2

来说说我们可爱的霍珮潆小朋友，她的大名叫霍珮潆，小名叫霍小曼。

霍小曼对自己四五岁之前没多少深刻的记忆，因为每天都开开心心的，不是跟着爸爸妈妈到处玩，就是在外公外婆或者爷爷奶奶家里住着。所有人都很疼她，和她年纪差不了多少的炎炎叔叔还有小柯叔叔也处处都会让着她，所以小曼一直都无忧无虑地成长着，直到上了幼儿园。

霍小曼的性格活泼外向，因为有上过早教中心的经历，所以入学后适应良好，一声都没哭过，每天跟着老师唱唱跳跳、讲讲故事和学习知识，小班和中班都过得挺愉快，直到大班要开始学习写自己的名字了，心大又外向的小姑娘终于瘪着嘴抽抽噎噎地哭了出来。

“妈妈！呜呜……”

远在国外的林溪一接电话就听到那头的自家姑娘可怜兮兮的哭声，心里一个咯噔：“怎么了啊？是谁欺负你了吗？”

旁边的霍焰也凑了过来，听到女儿在哭后紧张得蹙起了眉。

小姑娘哭得一抽一抽的：“妈妈，我不会写我的大名，太难写了，我不会写……”

一听这话林溪和霍焰都松了口气，林溪道：“没事，不会写就不写。”

“可是……可是其他同学都会写自己的名字。”声音很委屈。

“你就写霍小曼就好了，大名等上小学了再写，妈妈会跟老师说的。”

小姑娘抽噎的势头减弱：“真的吗？”

“真的。”

安慰完女儿后林溪给学校老师打了个电话，沟通完后她挂掉电话，一扭头便看到霍焰眼睛眨也不眨地默默看着自己。

她愣了一下：“你干吗呢？”

“我早就说了，你给小曼名字起得太生僻了，喏，这不就问题出现了吗？她不会写了。”霍焰撇了一下嘴角，“还不如听我的叫曼娇呢。”

林溪眨了眨眼：“她才大班，这么复杂的字不会写很正常啊，等以后上了小学就好了。而且你摸摸你的心，你觉得霍曼娇好听还是霍珮滢好听？”

“我不跟你争。”

林溪勾起唇，眼里带上笑意：“你也争不过我。”

“我这是让着你。”

“你不让着我那你想让着谁？”

霍焰“啧”了一声：“林溪你这几年越来越刁了啊。”

闻言林溪嘴角含着笑，手指在霍焰胸口轻轻划着，葱白的指尖勾住衣领，藏着小小的得意，还有愉悦。

国内，挂掉电话后的霍小曼松了口气，泪珠子还挂在脸上呢，脸就已经重新露出了笑，她颠颠儿地跑回书房，继续和外婆家的柯宝一起写作业。

但她好动，坐了一会儿便坐不住了，小屁股在凳子上扭来扭去。

“柯柯哥哥，你要吃水果吗？我去拿！”

名叫柯柯的小男孩一本正经道：“你应该喊我柯柯舅舅。”

霍小曼撇了撇嘴，忽地，她的眼珠子转了转，道：“那我喊你一声舅舅，你帮我写作业好不好？”

柯柯摇了摇头："不好，自己的事情要自己做。"

"我还小嘛！"

柯柯的立场很坚定，再次拒绝了霍小曼："还是不好。"

白白的手臂环抱在胸前，霍小曼甩了甩小辫子，噘起嘴哼了一声："臭柯柯，我不要跟你写作业了，我要去找炎炎哥哥玩。"

这话一出柯柯表情立刻变了，他皱起眉又抿了抿嘴唇，最后扭捏道："我教你写，这样好不好？"

霍小曼点点头："那好吧！"

霍小曼虽然被惯得有些公主脾气，但是又很好哄，坏心情来得快去得也快。她在幼儿园里也会和别的小朋友吵嘴冷战，但没一会她就又凑上去跟人姐妹情深了。用林溪的话来说就神经大条，霍焰倒是觉得女儿像他，乐天派加气量大，是可造之才。

爸爸心目中的"可造之才"——霍小曼跨过写名的难题后，又重新过上了无忧无虑的日子。相对于其他已经开始上幼小衔接、拼音音标班的小朋友来说，霍小曼的爸爸妈妈始终贯彻自由放养政策，没有给她报任何补习班，唯一一个需要额外花时间的早教中心去了就是唱唱英文歌，做做手工和饼干，对于霍小曼小朋友来说毫无压力。

但也因此，小曼小朋友的文化成绩一直都不太好，上了一年级后不会背古诗要被留堂，老是做错算数题要被老师课后叫到办公室手把手教，拼音老是拼不对又被额外布置家庭作业。这些对于别的小朋友来说简直糟糕透了，但霍小曼小朋友她……心不是一般的大呀。

这孩子总是天塌了都不怕的架势，对她来说仿佛根本没什么能让她着急上火的——

题目不会做："老师你再教教我吧。"

古诗不会背："老师我再多读读。"

放学被留堂："噢，好的呀。"然后不骄不躁地安静写作业，背课文。

老师都被这孩子整得心累，连让孩子坐在讲台旁边的举措都实施了，这孩子依旧开开心心的，最后老师忍不住问了，只听霍小曼眨巴着眼睛道：“因为爸爸妈妈说只要我开心就好了啊。”接着小曼跟个小大人似的叹了口气，“可是我不开心了大家就会不开心，所以为了大家开心，上课和写作业还是要做的！”

老师：好吧。

虽然文化课成绩不好，但其他活动霍小曼参加得特别勤快。

她对于学校、社区组织的活动都来者不拒。运动会、文艺晚会、朗诵比赛等等的报名表里总有她的名字。

她性格活泼的同时又热情大方，跟他爸一样的不拘小节，所以朋友很多，甚至每个年级都有她认识的人，每次生日派对都要包一个大厅才能坐得下。

“小曼哦，放假也要多看看书啊。”

“知道啦外婆。”

霍小曼拿了一个玉米，边啃边冲坐在沙发上看电视的妈妈笑。这回她放暑假，爸爸妈妈也都从国外回来了，说是要带她去乡下玩。

今天妈妈穿了一身红色长裙，她觉得很好看。

林溪摸了摸女儿的头，对自己母亲道：“妈，我跟霍焰打算带小曼去乡下玩，要不让柯宝也跟我们一起去吧。”

柯宝是林溪的弟弟，全名林柯，比霍小曼大不了几个月。

柯宝很乖，他在读书上非常用功，在学校里一直是班长，成绩比霍小曼那开花的成绩好了数倍，但同样的，性格也比霍小曼沉闷许多，朋友更是一只手数得过来。林溪看着他总是仿佛看到过去的自己，以前还幼稚地嫉妒过，但现在自己生了孩子，反倒连带着对柯宝心疼起来。

“好的啊，多跟小曼玩玩他也能活泼点，这孩子啊话太少了。”林母说着摇了摇头。

林溪的视线落在乖巧的柯宝身上，他吃完晚饭后没有坐下，而是站着看电视，脚上还不停踏着步，似在消食。再回头看自家女儿，吃完饭就一屁股坐下，还要拿个玉米啃。

她忍不住笑了笑，凑过去亲了女儿的脸蛋一口，然后拿了张纸巾给她擦汗。

“柯柯哥哥，你跟我们一起去玩吧！”

柯柯有些含蓄地点了点头，眼里是藏不住的开心：“嗯！”

“那待会我们一起去逛超市吧，我想买好多好多吃的东西，叫爸爸拎。”霍小曼开心地问，“你呢你呢？”

柯柯问：“你不带书吗？”

霍小曼摇摇头：“我不带，带着书怎么玩呀。”说着她强势道，“你也不许带，我们是去玩的！”

柯柯抬头看向林母：“妈妈可以吗？”

没等母亲说话，林溪就插话道：“白天玩得多累啊，再看书效率也不高，暑假这么长，回来了慢慢看也没事。”

话说到这，林母也没了意见。

于是当天林溪带着柯宝一起回了家，霍焰当天没去林溪母亲那，所以看到柯宝跟着过来还有些惊讶：“哟，柯宝也一起过来了啊。”

“霍焰哥哥！”

离开自己家的柯宝整个人都轻快了许多，他换了鞋子朝霍焰走过去，霍焰直接把他举了起来。

“柯宝要跟我们一起去乡下玩。”

霍焰：“行啊，可以热闹点。”

多了一个小伙伴，霍小曼也很开心，她仰头看着被爸爸举得老高的柯柯，兴奋道：“爸爸我也要举高高！”

霍焰笑道：“没问题！”

第二天一早，他们就出发去了渠西乡。

有了孩子后霍焰便买了个家庭用的七座车，他和林溪坐在前排，两个小孩坐在后面。

挂在后视镜上的一串风铃不停作响，兴奋的霍小曼晃着两腿，一路上滔滔不绝："爸爸说要带我去钓龙虾，柯柯你钓过龙虾吗？还有抓鱼和螃蟹，妈妈说还可以挖藕呢！柯柯你喜欢吃藕吗？柯柯你有去过乡下吗？柯柯柯柯……"

霍焰和林溪都不自禁地露出笑容，林溪还向后伸手摸了摸小曼的头。

"这儿还是和原来一样，山清水秀，真好。"

"喜欢就多住两天。"

林溪点点头："好啊。"

车子开到农家乐旁的停车场，兴奋了一路的霍小曼下车后反倒困了，一个接一个地打哈欠，见状霍焰一把抱起她，让她靠在自己的肩头睡。

柯柯也揉了揉眼睛，看来他和小曼一样，兴奋了一晚上。

于是霍焰抱着小曼，林溪牵着柯柯，进了农家乐后先让两个小孩睡了一觉，他们俩则不紧不慢地清理东西，然后牵着手出去转了一圈。

"这儿空气真好。"林溪闭上眼深呼吸了一口气，接着又缓缓呼出。

霍焰没说话，林溪睁开眼后发现他在看她："看什么呢？"

"看你啊。"

"有什么好看的。"

"好看着呢。"

岁月的流逝带走了林溪的那份青涩，她依旧貌美无比，但比原先多了份沉静的气质，只是简简单单地散个步，都含着淡淡的韵味。

原先的她青春洋溢，喜欢穿短抹胸，把曲线都露出来；喜欢烫波浪卷，染头发；还喜欢做指甲化浓妆。但几年下来，她又重新归入沉静，爱上了各式长裙，乌发披肩。

"你穿长裙很好看。"

林溪头也不回道："还不是腰粗了，穿裤子不好看嘛。"

"哪有粗了？"说着霍焰捏了捏林溪的腰。

"反正我觉得不好看。"

"我喜欢。"

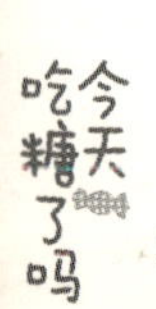

林溪侧头瞥了他一眼，转回头的瞬间勾起了唇。

“这儿没人。”霍焰忽然压低声音道。

林溪条件反射地看了下四周，他们走在一条小道上，旁边是盖起来的蔬菜大棚，另一边是茂盛的果树林。

霍焰朝果树林歪了歪头示意了一下，然后拉着林溪进去。

“想接吻吗？没有孩子在，机会难得。”

林溪笑起来，两手勾住霍焰的脖子，踮起脚尖直接亲了上去。

两人紧紧地贴在一起，亲吻着对方。

两人腻歪了好一会儿才从林子里出来，又散了会步后才回了农家乐。

林溪去摘了一些李子，清洗干净后又去楼上看了看两个小家伙，他们还都睡得香着呢。

林溪又下了楼，霍焰正坐在院子里乘凉呢。

“估计要到吃饭的时候才会醒过来。”

霍焰笑了笑：“那就别管他们了。来，坐我旁边。”

林溪在长椅上躺下，仰头便是一望无际的碧蓝天空，她闭了闭眼，然后问：“小曼学习成绩一直不太好，你会不会怪我太纵容她。”

“又不是你一个人纵容她，我也有份。”

林溪伸手覆上霍焰的手，然后握住：“我真希望她能一直这么快乐下去。”

“这也是我希望的。”

林溪抓着霍焰的手晃了晃：“你以前不是对我的教育方式很有意见的吗？怎么现在什么都赞同我了？”

霍焰想了想，笑着道：“因为小曼成长得很好，唯一差了一点的就是成绩。但是成绩对她、对我们来说都不重要。”

林溪眉眼弯弯：“对，不重要。”

她送霍小曼上学的目的并不是学习课本知识，而是让她出去多接触人，让她去上早教中心、带她到处游玩也是一样，都是为了让她多多接触外界，增长见识，也是培养她的情商。

林溪希望小曼的未来能有更多的选择，而不只是随大流地读书考试上班，人生不过百年，能尽兴的也不过短短四五十年，林溪会尽自己所能，不让女儿受到物质、传统等因素的干扰，让她可以做自己想做的。

十二点的时候两个小家伙才醒，吃过午饭就恢复了精神气，围着霍焰要他带他们去抓螃蟹、钓龙虾。

可此时正值夏天，中午日头正盛，小家伙们皮肤嫩，这时候出去不得晒脱层皮，于是林溪拦着没让，哄着他们先去院子里摘蔬菜，说是摘了做今天的晚饭。

小孩子好哄，有事情做便不闹腾了。

摘了菜，林溪切了一盘西瓜，让他们边吃边看动画片，一直到三点多太阳小点了她才和霍焰带着孩子们出门。

龙虾一般水沟里多，但水沟不干净，霍焰想了想还是带着大家去了一条水流清澈的溪边捕鱼。

小溪清澈见底，只有到小腿的深度，小孩在里面玩比较安全。

两个小孩本来是兴冲冲要和霍焰一起捕鱼的，但一到地方，裤腿一卷，在凉水里一踩，就把鱼和龙虾都忘到了一边，光顾着踩水玩。

霍小曼掰开一块石头，指着里面道："爸爸！小螃蟹！"

霍焰笑道："你敢捉吗？"

话音刚落，霍小曼就把张牙舞爪的小螃蟹从水里拎了起来。

霍焰脸色一变："小心它夹人。"他三两步上前，把螃蟹从女儿手里拿了出来，这种河蟹虽小，但钳子夹人也很疼，"它没夹你吧？"

霍小曼摇了摇头："没有。"

"那就好。好了，你跟柯柯玩吧，小心点别摔了，还有螃蟹别直接用手抓，小心它咬你。"

嘱咐完女儿，霍焰的视线落在了岸边的林溪身上。

她坐在岸边，双脚泡在了水里，看起来恬淡娴静。

霍焰走过去在她身旁坐下："还记得小曼出生前我带你来这儿吗？"

林溪把头发向后撩了下："记得啊。"

"那次什么都没来得及做，本来我是打算……"

"打算什么啊？干吗老是吊着我。"

"跟你学的啊。"霍焰笑道。

"那你说，打算什么？"

霍焰望向远方，延绵的青山连同着澄净的蓝天倒映入漆黑的瞳眸，他勾起唇，一字一顿道："在田野里、树丛中、河里、山里……"说着，他扭头看向林溪，伸手捏了下她的耳垂，"想在这些地方跟你留下一些快乐的记忆。可惜，半道出了点事，一个都没能成。"

林溪那么了解他，当然知道他这些话是什么意思，她别过头，脸颊微红。

"爸爸要亲妈妈了吗？！"霍小曼清脆的声音忽然响起。

林溪捂嘴看过去，只见女儿忽闪着大眼睛，神情和目光坦然又直白，她旁边的柯柯倒是有些害羞，正试图去捂霍小曼的嘴。

耳畔传来轻笑声，林溪瞪了霍焰一眼，瞪完就笑了出来。

她踩进小溪里，捧了一把水朝两个小朋友身上泼了过去："嘿！小曼柯柯看招！"

原本的小尴尬消失无踪，林溪和两个小孩愉快地玩起了泼水游戏。

这回换霍焰坐在岸边看着小溪里的三个人笑了，他扬了扬手，悠悠道："都小心点，千万别摔了——"

群山环抱着渠西乡，小溪里满是欢声笑语。

此时风轻日暖，时光正好。

第二天早上，林溪睁开眼的时候外头刚泛起鱼肚白，太阳还有大半沉在地平下线没上来。

乡下的早晨清冷冷的，空气中有股淡淡的青草香气。

她摸了摸身旁，已经没了人。林溪蹙眉坐了起来，霍焰爱睡懒觉的习惯一直都没改过，要是没什么事他总能睡到日晒三竿，今天他能有什么事？

霍焰不在，林溪也没了睡意，她揉了揉眼睛拿了衣服进到浴室。

林溪换了身吊带裙，理了理长发后她去看了看两个孩子，然后下楼。

走到一半，一只胖乎乎的橘猫蹲在院子里冲她叫，林溪走过去摸了摸猫咪的头，跟它玩了一会儿后又继续往外头走。

她要去找霍焰。

“张叔，你看到霍焰没？”

“他啊？一大早就拿着东西出去钓鱼了，你去那边找找看。”说着，张叔指了指某个方向。

林溪点点头：“好，谢谢张叔。”

“你急着找他？直接打电话嘛。”

林溪笑着摇了摇头：“我不急。”

她慢慢悠悠地走在田间的小路上，走着走着便不由抬手摸了摸胳膊，外头还是有些凉，空气里像是含着露水似的，才走了不远她的头发上就覆了一层非常细密的小水珠。

渠西乡很大，但张叔给她指的方向只有一条河，所以林溪也没费多少工夫就找到了霍焰。

河边草木茂盛，要不是霍焰那顶红彤彤的帽子，林溪都找不着他。

她拨开草丛，小心翼翼地走了过去，等走到霍焰身旁的时候才发现他睡着了——他放松地靠在折叠椅上，头朝一边歪着，脸上盖着帽子，旁边放着一个桶，里面有两条鳊鱼。

她弯腰凑到他耳边：“嘿！有鱼上钩啦！”

霍焰猛地一震，他坐起来四处看：“在哪儿呢？”

“哈哈哈哈……”

霍焰抹了一把脸也笑了出来，他抓住林溪的胳膊：“怎么不多睡一会儿？”

笑够了，林溪顺势坐到霍焰身上，侧脸靠着霍焰的肩膀：“突然就醒了，你不在我睡不着。”

“做噩梦了？”

“没。”

霍焰包住林溪的一只手，轻轻捏着：“天气太闷，昨天抓到的那两条鱼死了，我怕小曼知道了不高兴，就出来钓两条补上。”

“什么时候出来的？”

“五点。”

林溪诧异：“这么早？”

霍焰笑笑：“没事，昨天睡得早。”

林溪倚在霍焰怀里撇了撇嘴：“收收东西回去吧。还早，能再睡一会儿呢。”

“你困吗？”

“不困。”

“那就陪我坐会吧。”

霍焰搂着林溪，单手轻顺着她的背。

天不好，鱼儿们大概也没什么胃口，鱼竿一直过了好久都没有动一下，但好在已经钓到了两条鱼，足够回去交差了。

太阳一点点从地平线上升起，空气中的水分被蒸发，原本清冷的大地渐渐转暖。

两人靠在一起久了，靠着的地方就有些热。

原本搭在霍焰胸口的手缓缓勾上了脖颈，林溪似乎是嫌热，她坐了起来，不再贴着霍焰。

她在他的目光中捋了捋头发，然后目光相对，情感渐渐酝酿。

他们的感情在婚后变得越来越好，曾经向往一个人、向往自由的林溪开始黏人起来，她做什么都要和霍焰一起，睡觉醒来第一反应也是先看枕边。

她越来越喜欢霍焰的拥抱，喜欢他的吻，也喜欢他给予的无尽温柔。

回去的时候林溪走在前面，霍焰拎着工具和钓到的鱼跟在后面。

放了东西上了楼，两人又去孩子们睡觉的屋子看了看，柯宝睡姿很端庄，霍小曼手脚大大摊开，睡姿跟她爸以前一样的嚣张。

林溪忍不住拧了下霍焰的胳膊："都是随了你。"

霍焰轻笑着抓起林溪的手在嘴里咬了咬："随我有什么不好。"

回房后两人一起进了浴室，洗着洗着自然又是一通甜蜜。

吃早饭的时候，霍小曼看起来气哼哼的，林溪和霍焰都忍着没问，见没人问她霍小曼没一会儿就憋不住了，她气呼呼地举着小手跟霍焰和林溪告状："昨天柯柯哥哥趁我睡觉偷偷背课文！说好了不带书的，他骗人！"

柯柯的脸有些红，他辩解道："那是因为我习惯了睡前要看会儿书，而且小曼你应该喊我柯柯舅舅。"

"柯柯哥哥！柯柯哥哥！柯柯哥哥！"喊完三遍，霍小曼还冲柯柯吐舌头。

柯柯的小脾气也上来了，他气得脖子都红了，可他从来不会跟人吵架，更是不知道怎么对付霍小曼，平时只有他被霍小曼欺负的份，最后只好看向林溪："哥哥姐姐你们看小曼！"

霍焰和林溪心底早就笑喷了，面上却还得维持住长辈的气势，但不等他们说话，霍小曼指着柯柯气势汹汹道："柯柯你耍赖皮，你居然告状！"

柯柯委屈极了："明明是你先告状的！"

"我……我……"霍小曼眼珠子转了转，很快找了个理由，"柯柯你是舅舅，你得让着我，我可以告状，你不行的。"

柯柯无法反驳，差点泪奔。

林溪都快笑岔气了，但没办法，还是做出严母的姿态，在女儿头上轻轻敲了一下："不许欺负你舅舅，他是长辈，你得尊重他。"

霍小曼瘪起嘴："妈妈你以前都没让我喊他舅舅的，是你说把柯宝当哥哥就好的。"

好嘛，责任都推到林溪头上了。

但还真是她没带好头，因为柯宝比霍小曼大不了几个月，而且柯宝生下来的时候就不大，即使比霍小曼多了几个月，身量还是一直比不过霍小曼这个小肉球，而且一样大的奶娃娃彼此之间喊舅舅侄女怪怪的，林溪就没强调什么辈分，任霍小曼一直喊的哥哥。

“你个小机灵鬼。”林溪笑着捏了捏女儿的脸颊。

霍小曼调皮地吐了吐舌头。

那厢母女情深，柯柯这边只好霍焰来安慰，但他心里乐呵着呢，这安慰就显得非常鸡肋：“没事的柯宝，没事，我们是男孩子，让让女孩子是应该的，不难过，啊。”

柯宝实在好哄，虽然委屈但听完还是点了点头：“好吧。”

见状林溪拍拍女儿的脑袋：“把这个小兔包子拿去给柯宝。”

霍小曼点头，把包子递给柯宝：“柯宝，这个给你吃。”

柯宝拿着包子冲霍小曼道：“谢谢。”

“不客气！”

两个孩子就这么又重归于好了，手牵着手，一蹦一跳地出去摘桃子。

林溪和霍焰牵着手走在后面，见状林溪笑道：“出来玩还是得带孩子一起，比较热闹。”

“嗯。”霍焰点点头，“小曼有个伴挺好，看着更开心了，也不闹我们，就是柯柯不能一直陪她。”

林溪眨了眨眼，总觉得这人在暗示什么。

“小曼，你喜欢和柯柯玩还是和幼儿园里的花花她们玩？”

“柯柯！”

霍焰“哦”了声，对林溪道：“小曼喜欢男孩呢。”

好么直接明示了。

林溪无视霍焰的视线，转头去看远处的风景。过了一会儿，旁边的男人竟然轻轻地撞了她一下，她还是不说话，没一会又被撞了一下。

林溪瞪他：“你到底要干吗？！”

“我无聊，就撞撞你呗。”

她都快气笑了：“你说你幼不幼稚？”

霍焰眼神乱飘，嘴上却挂着笑：“也就一般幼稚吧。”

林溪又扭过头，没说话。

“要不我给你念一首诗吧。”

林溪哼了声：“什么诗？”

“离离原上草……欸，你怎么又捏我？我就念个诗也没干吗啊。”

“你再狡辩一句试试？”

“……”

空气中渐渐飘来桃子成熟的气息，两个小孩兴奋得又跳又叫，往不远处的桃园跑去。霍焰和林溪牵着手，闲庭信步地跟在后面。

风吹起林溪的长发，在风里，她轻声道：“说起来，刚才我好像还是第一次听你念诗呢。”

“以前是没给你念过。”

“你还会念别的吗？”

霍焰摇摇头，笑道：“那些诗情画意的我还真不会，就会课本上的，课本上的也都快忘光了，只记得简单的了。”

“那你随便念一首吧。”

“刚才的行吗？”

“勉强行吧。”

“离离原上草，一岁一枯荣，野火烧不尽，春风吹又生……”

两年后，林溪生下一个男宝宝，起名霍晰。